译文纪实

The Bad-ass Librarians of Timbuktu

And Their Race to
Save the World's Most Precious
Manuscripts

[美] 约书亚·哈默 著
吴娟娟 译
林 佳 校

盗书者

上海译文出版社

目 录

序幕 …………………………………………………… 001
第一章　知识传统的保管者 ……………………………… 003
第二章　廷巴克图的黄金时代 …………………………… 011
第三章　手稿搜集之旅 …………………………………… 028
第四章　成立家族纪念图书馆 …………………………… 045
第五章　廷巴克图的文化复兴 …………………………… 053
第六章　沙漠中的音乐与杀戮 …………………………… 065
第七章　战争还是和平？ ………………………………… 083
第八章　通往暴力之路 …………………………………… 092
第九章　邪恶同盟崛起 …………………………………… 107
第十章　最后的音乐狂欢 ………………………………… 116
第十一章　占领廷巴克图 ………………………………… 125
第十二章　夜色中的救书行动 …………………………… 143
第十三章　砍手脚、石刑和禁止音乐 …………………… 152
第十四章　一路向南 ……………………………………… 165
第十五章　孔纳沦陷 ……………………………………… 173

第十六章　"薮猫行动" ················· 178

第十七章　尼日尔河上的手稿 ············ 183

第十八章　当文明化为灰烬 ·············· 193

第十九章　围歼之战 ···················· 201

尾声 ································ 210

致谢 ································ 222

序　幕

　　当汽车慢慢接近城南门时，坐在前排座位上的他明显紧张不安。①清晨时分，粉红色的柔光笼罩着沙漠。一个临时检查站突然出现在柏油路的前方。说是检查站，但很粗陋，只是一堆用绳索捆绑起来的汽油桶而已。两名持枪的警卫赫然站立在检查站的旁边。这两个瘦子都蓄着胡须，戴着头巾，肩上扛着卡拉什尼科夫半自动机步枪。他很紧张，心跳加速，但下意识地，他在心里默默告诉自己：深呼吸，要保持微笑，态度一定要毕恭毕敬。他已经被伊斯兰警察拘捕过一次了。那一次，他甚至被拉到了临时法庭上接受问讯，还遭到了法官的威胁，说他应该受到伊斯兰教法的惩罚。那次，他可是费了九牛二虎之力才说服了他们放了他，真是侥幸！但如果第二次被抓，他可不敢再奢望还会那么走运了。

　　他朝后车厢瞥了一眼。毯子下盖着的，是五个大箱子，都上了锁，每个箱子里都塞满了宝藏：上百卷精美绝伦的手稿，其中有些手稿甚至可追溯至15到16世纪廷巴克图②的黄金时代。封皮覆着镶有宝石的山羊皮的这些手稿，是出自那个时代最熟练的抄写员之手的华丽作品，脆弱的纸页上布满了细密的文字以及用不同颜色勾勒出的复杂的几何图案。4个月前，恐怖组织——伊斯兰马格里布基地组织（AQIM）分支攻占了该国的北部地区，他们多次在电视和广播中发誓要尊重、保护这些手稿，但城里几乎没有什么人相信他们的话。极端分子已经宣誓要对任何挑战、违背纯粹伊斯兰社会愿景的人与物发起圣战，而这些手工制品——包括逻辑学、占星术和医学方面的手稿,以及赞颂的乐曲和浪漫的情诗——体现了 500 年来的人间喜乐。它们赞美感性和世俗情感,并承载着明确的信息,即人类和真主一样都有能力创造美。它们具有颠覆性。还有成千上万卷这样的手稿藏在廷巴克图城中目前还算安全的民宅里。现在,他和他的几名队员正在展开行动拯救手稿。

司机将车停在路障前。这两名基地组织的武装分子紧紧盯着车内。

"愿真主赐予你平安。"他努力保持镇静。这两个小伙子很年轻,看上去只有十几岁,但他们的双眼了无生气,神情中一派信徒的坚定和狂热。

"你们要去哪里?"

"巴马科。"他说。那是位于南部的首都。

他们扫了几眼他的车,看向了后边。

他们没作声,但挥了挥手,示意他离开。

他松了一口气。但是,前方还有 600 英里。

---

① 作者 2014 年 2 月 17 日在巴马科对穆罕默德·杜尔的采访。
② 廷巴克图为西非马里历史最悠久的古城,始建于公元 11 世纪,现通常称为通布图(Tombouctou)。——编者

第一章
知识传统的保管者

初识廷巴克图的神秘宝藏时,阿卜杜勒·卡德尔·海达拉还是个小毛孩。海达拉的家位于廷巴克图城里最古老的桑科雷街区。在桑科雷的大院子里,年幼的海达拉常听父亲低声细语地提起这些宝藏,生怕泄露了家族的秘密一般。那时,许多来自非洲萨赫勒地区①——那块从大西洋一直延伸到红海的辽阔而干旱的地带——的年轻学习者,纷纷来到这里,在海达拉父亲开办的传统学堂里学习数学、科学、占星术、法理学、阿拉伯语和《古兰经》。这所学堂实际上是由海达拉家宅院的门厅改造而成的。3小时一节的课,一共3节,从拂晓上到傍晚,中间有短暂休息。海达拉学堂的这种模式可以一直追溯到16世纪时非常兴盛的非正式大学。当时,廷巴克图作为学术中心盛极一时。在廷巴克图的这座房子里,沉重的橡木门后有一间储藏室,里面排列着锡制的箱子,都上了锁,里边收藏着成千上万的手稿。海达拉隐隐意识到这些手稿很重要,但对它们知之甚少。

海达拉的父亲有时会在储藏室里翻翻找找,然后从家族收藏里拿出一卷手稿——或是一册关于12世纪早期以来的伊斯兰教法理学著作;或是一卷13世纪的《古兰经》,它记录在用羚羊皮制成的羊皮纸上;或是另一种12世纪的圣书,镌刻在鱼皮上,手掌般大小,装饰的金箔小叶流金溢彩,繁复的马格里布体②都被照亮了。但海达拉父亲最以为豪的,是少校亚历山大·戈登·莱恩的旅行日志原稿。莱恩是苏格兰人,是第一位穿越的黎波里和撒哈拉沙漠到达廷巴克图的欧洲探险家。1826年,莱恩离开廷巴克图不久,就遭到了阿拉伯游牧民护卫的背叛,他们抢劫并杀害了莱恩。莱恩遇害几年后,一名抄写员在这位探险者的游记纸上记下了阿拉伯语法入门——这是手稿循环使用的一个早期实例。当父亲将学生们聚集在他周围时,海达拉的目光往往会掠过父亲的肩膀,好奇地凝视着这皱巴巴的手卷。随着时间的流逝,他慢慢了解了这些手稿的历史,也学会了如何保护这些手稿。海达拉会说马里桑海部落——主要定居在尼日尔河的北部——的语言桑海语;他在学校又学习了法语,即马里前殖民者的语言。而自孩童时代,他就自学了阿拉伯语,能够流畅地阅读,他对手稿的兴趣也日渐浓厚起来。

那时,也就是1960年代末至1970年代初,廷巴克图与外界来往的方式只有两种。一是河船,当尼罗河水位高涨时,河面上会排满船只;二是一周一次的国有航空公司航班,飞往440空里外的马里首都巴马科。海达拉在12个兄弟姐妹中排行第六,年幼的他几乎没有意识到这座城镇的孤立和隔绝。他和兄弟姐妹以及朋友们一起,在那条连接廷巴克图西缘和尼日尔河的五英里长的运河里游泳、钓鱼。尼日尔河是非洲第三大长河,发源于几内亚高原,河道呈回旋镖形,逶迤千余英里流经马里,形成众多湖泊和河漫滩,在廷巴克图下方曲折向东,再流经尼日尔和尼日利亚,注入几内亚湾。廷巴克图最热闹的地方便是这条运河了,孩子们聚在这里玩闹,妇女们售卖着各种物品,商人们划着独木舟,舟里载满了从尼日尔河附近的农场里收来的瓜果蔬菜。这里也不禁让人联想起过去的血腥事件:1893年圣诞日,图阿雷格部落埋伏在芦苇遮掩的河岸,袭击并杀死了从尼日尔河划船而上的2名法国军官和18名非洲水手。

---

① 萨赫勒(Sahel)是撒哈拉沙漠南部和中部苏丹草原地区之间的一条横贯非洲的狭长走廊,从西部大西洋一直延伸到东部非洲之角。——编者
② 马格里布体(Maghrebi script),10世纪流行于非洲西北部的马格里布和伊比利亚半岛安达卢斯地区的一种书用字体,曾被视为北非地区抄写《古兰经》的标准字体。——编者

海达拉和小伙伴们的脚步遍布桑科雷的每个角落。桑科雷犹如迷宫一般，到处是布满沙土的街巷，巷子里苏菲派圣人的神龛林立，还有始建于14世纪的桑科雷清真寺——一座用泥巴堆成的金字塔，微微歪向一边，成捆的棕榈棍嵌入黏土中做成永久的脚手架。他们在清真寺前的沙地上踢足球，攀爬郁郁葱葱的芒果树。那时，廷巴克图的芒果树数量众多。后来，随着沙漠化向南部推进，许多芒果树逐渐枯萎、死掉，运河也渐渐干涸，被沙土填满。那时鲜有车辆，没有游客，也没有来自外界的纷扰。数十年后，海达拉回想起那时的生活状态，可以说是无忧无虑，心满意足。

阿卜杜勒·卡德尔·海达拉的父亲穆罕默德·"满玛"·海达拉虔诚、博学、富有冒险精神，深刻地影响着他的儿子。1890年代末，满玛·海达拉出生于一个名叫邦巴的小村庄，村庄位于尼日尔河左岸，廷巴克图以东115英里。当他成年时，马里还未全部落入法国的控制之中。当时的马里被称为法属西苏丹——由不同的族群组成，地域辽阔，从南边靠近几内亚和塞内加尔的森林和草原一路延伸，经过北部干旱贫瘠的荒地，一直到达阿尔及利亚边境。撒哈拉沙漠中极为独立的游牧民族图阿雷格人曾奋起武装反抗，骑着骆驼从沙丘中冲出来，用长矛和利剑伏击殖民军队。直到1916年，图阿雷格人才完全被法国殖民者征服。满玛·海达拉在法属殖民学校掌握了阅读和写作后，就过起了旅行和做研究的生活。他没什么钱，但还是能够让骆驼商队免费载他一程。而且他又有学问，沿途随意讲点学，如讲解《古兰经》或其他知识，就可以挣些钱养活自己。

17岁时，满玛·海达拉游历到廷巴克图沿河往东200英里的古代帝国都城加奥①，以及沙漠绿洲阿劳安（Araoua），一个围墙环绕的城镇，拥有众多学者，且是古代盐商穿越撒哈拉沙漠的必经之地，因而闻名遐迩。怀着对知识的渴求以及了解世界的愿望，他游历过索

---

① 加奥（Gao），建于7世纪，马里东部城市，位于尼日尔河东岸，撒哈拉沙漠南缘。——编者

科托,当时那是19世纪强盛的伊斯兰王国的所在地,即现在的尼日利亚;拜访过亚历山大和开罗;到过位于白尼罗河与青尼罗河①交汇处的苏丹首都喀土穆,也到过喀土穆的姊妹城市乌姆杜尔曼②。就在乌姆杜尔曼城的河对面,英国将军霍雷肖·赫伯特·基钦纳1895年指挥军队击败了由伊斯兰复兴运动者和反殖民主义者组成的"救世主"武装势力,并在苏丹建立了英国的统治。

在外游历十余年后,满玛·海达拉回到了故乡。此时的他学问渊博,被邦巴的学者们任命为城镇的"卡迪",即伊斯兰教法官,负责协调财产纠纷,掌管结婚和离婚事宜。他从苏丹、埃及、尼日利亚和乍得等地带回了泥金装饰手抄本的《古兰经》和其他手稿,丰富了邦巴城中的家庭图书馆,那里的书是他的祖辈自16世纪就开始收藏的。满玛·海达拉最后定居在廷巴克图,在那里创办了一座学堂,并通过从事谷物、牲畜交易挣钱,购买土地。他留下了自己解读星象的手稿和廷巴克图各族的族谱。该地区的学者常聚在他家,当地人也常去他家聆听经伊斯兰学者传述的"法特瓦",即伊斯兰教令。

1964年,也就是马里脱离法国统治、获得独立的第四年,来自巴黎的联合国教科文组织代表团聚集在廷巴克图。联合国教科文组织的历史学家们阅读了两位旅行作家伊本·白图泰和哈桑·穆罕默德·瓦赞·扎亚提③有关廷巴克图的文字记载。伊本·白图泰也许是中世纪最伟大的旅行家,他在14世纪上半叶就访遍了现在属于马里的区域;哈桑·穆罕默德·瓦赞·扎亚提在16世纪时被罗马教皇软禁,他以利奥·阿非利加努斯为笔名继续进行创作。两位旅行家都描述了

---

① 白尼罗河和青尼罗河是支流,它们在苏丹喀土穆汇合后始称尼罗河。——编者
② 喀土穆由三个隔河相望的姊妹城市组成:喀土穆本市、乌姆杜尔曼(恩图曼)和北喀土穆,青、白尼罗河上的两座大桥把三个城镇连接在一起,呈品字形。——编者
③ 原文为Hassan Mohammed Al Wazzan Al Zayati,但更普遍的叫法为哈桑·伊本·穆罕默德·瓦赞·法西,此书遵循作者的叫法。——编者

以廷巴克图为中心的盛极一时的手稿创作与书籍收藏文化。欧洲历史学家和哲学家一直认为非洲黑人是没有历史的文盲，然而廷巴克图收藏的手稿证明事实恰恰相反——当欧洲的大部分地区仍深陷于中世纪的泥淖时，一个成熟的、思想自由的社会已在撒哈拉以南的地区蓬勃发展。1591年，摩洛哥征服廷巴克图，手稿创作与书籍收藏的文化被迫转为地下活动，但这些活动在18世纪时又兴盛繁荣起来，只是在法国长达70年的殖民统治下才再次消失。收藏家们将手卷埋藏在地洞、隐秘的柜子或是储藏室里。联合国教科文组织的专家们决定建立一个收藏中心，恢复该地区散失的遗产，重现廷巴克图当日的繁华，并向世界证明：撒哈拉以南的非洲曾创造了无数杰作。教科文组织召集了名人显要，鼓励收藏者们从隐藏之地拿出手卷，让它们重见天日。

9年之后，年逾古稀的满玛·海达拉开始为艾哈迈德·巴巴伊斯兰高级研究所工作。研究所是教科文组织在廷巴克图创立的，并受科威特和沙特阿拉伯统治家族的资助。满玛·海达拉将15卷手稿借给艾哈迈德·巴巴研究所做第一次的公开展览。之后，他在城里挨家挨户敲门走访，试着劝说其他收藏家将秘藏的手稿捐出来。后来，阿卜杜勒·卡德尔·海达拉回忆道，满玛·海达拉参与的这场伟大的教育活动受到了来自各方的怀疑和不解。这项工作激发了阿卜杜勒·卡德尔的兴趣，但他没有想过要追随父亲的脚步。在他看来，这是份没什么前途的工作。

1981年，满玛·海达拉在久病之后过世，享年85岁。当时，阿卜杜勒·卡德尔年仅17岁。镇上的要人以及负责分配遗产的官员召开了一次海达拉家族会议。在位于廷巴克图桑科雷的家族宅院里，阿卜杜勒·卡德尔，他的母亲，众多兄弟姐妹，以及未能出席会议的几个兄弟姐妹的代表们挤凑在前厅，聆听满玛·海达拉的遗愿。老海达拉的遗产包括邦巴的土地、众多牲畜、经营谷物挣下的一大笔钱，以及收藏的大量手稿——有5000卷收藏在廷巴克图，大约8倍于此的其他手稿则收藏在邦巴的祖居。遗产执行人将老海达拉的生意、牲畜、房产、钱财全都分给了阿卜杜勒·卡德尔及其兄弟姐妹。之后,遵循桑海部族的悠久传统,遗产执行人宣布,满玛·海达拉指定一个继承人作为家族图书馆的管理人。他环顾了一下房间。各兄弟姐妹往前倾了倾身体,翘首以待。

"阿卜杜勒·卡德尔,"遗产执行人宣布,"这个人就是你。"①

海达拉沉默了,这个消息让他很吃惊。虽然在 12 个兄弟姐妹中,他学习最为勤奋,能流利地阅读和书写阿拉伯语,长久以来也展现出了对手稿的着迷,但他还是无法想象父亲竟然把照看手稿这样的重任交给如此年轻的他。遗产执行人一条条列举着海达拉的责任和义务。"你无权赠送手稿,也无权售卖手稿,"他说,"你的义务是保存和保护好它们。"②海达拉不确定这个新角色到底意味着什么,并担心自己是否能胜任这份工作。他只知道,这个担子很重。

1984 年,海达拉的母亲在生病 5 个月后也去世了。母亲的离世深刻地影响了他。相比满玛·海达拉的严厉、循规蹈矩,母亲温和而慈爱。6 岁的时候,阿卜杜勒·卡德尔就因与邻家的男孩打架而恶名在外。父亲为了管束他,便将他送到了撒哈拉深处的伊斯兰学校去学习。那所学校是一个非常简朴的营地,位于廷巴克图往北 150 英里的地方。多年以后,海达拉常满怀感情地描述母亲是如何在院子里的炊火旁劳作,给他做香喷喷的米饭、古斯米③和其他好吃的,并将食物装进一个篮子里,好让他的长途奔波轻松一些,并供其在长达一个月的《古兰经》课程中食用。当母亲准备的美食吃完后,年幼的海达拉就拒绝吃饭,管事的族长就会大为光火地用船将他送回他在廷巴克图的父母身边。

---

① 作者 2014 年 2 月 27 日在巴马科对阿卜杜勒·卡德尔·海达拉的采访。
② 对海达拉的采访。
③ 古斯米(couscous),也译为蒸粗麦粉,由粗面粉加工而成,形状和颜色都很像小米,是一种源自马格里布柏柏人的食物。——编者

在海达拉母亲的葬礼后不久,艾哈迈德·巴巴研究所的主任来到海达拉的家里,向他表达敬意。"我需要你来见我。"他对海达拉说,但并没有说明原因。①1 个月之后,海达拉并没有出现。他仍沉浸在失去母亲的痛苦之中,完全忘记了主任的这一请求。主任派他的司机来到海达拉家里。"请跟我去一下吧。"司机说。

马哈茂德·祖波主任在艾哈迈德·巴巴研究所迎接海达拉。研究所是一座石灰岩砌成的四方院子,摩尔风格②的拱形门廊环绕平铺着沙子的庭院,庭院里栽着枣椰树和沙漠刺槐。祖波只有三十来岁,就已经被公认为北非学识最为渊博的学者之一。他最初在廷巴克图的一所法语–阿拉伯语双语高中当老师。后来得到马里政府奖学金的资助,到埃及开罗的艾资哈尔大学——世界最富盛誉的伊斯兰学术中心——深造。之后,他又在巴黎索邦大学获得了西非历史方向的博士学位。祖波博士论文的研究对象正是艾哈迈德·巴巴。艾哈迈德·巴巴是廷巴克图黄金时代的著名知识分子,他 1591 年被入侵的摩洛哥人逮捕,并被当成奴隶运往马拉喀什。祖波 1973 年当选为艾哈迈德·巴巴研究所的主任时,才二十来岁。他从科威特和伊拉克募到了数万美元,用来建设研究所的总部大楼。随后,他从零开始,建成了档案馆——由从满玛·海达拉的藏书里借来的 15 卷手稿起家。

祖波来自马里的颇耳族(Peul),该部族传统上都是农牧民,他们沿着夹在廷巴克图和加奥中间的尼日尔河河湾定居。祖波身形瘦小,温文尔雅。他轻轻地抓着海达拉的手臂,领着海达拉穿过院子,走进他的办公室。"你看,"祖波说,"我们一直在和你父亲合作。他在收集手稿、教育民众理解手稿这些方面做了很多了不起的工作。我希望你也能来参与我们的工作。"

---

① 对海达拉的采访。
② 摩尔是公元 7 世纪至 15 世纪位于阿拉伯半岛的伊斯兰帝国,其建筑特色包括装饰繁复的拱顶、亮丽釉彩的青花瓷砖,以及阿拉伯文或几何图案的装饰。在开放空间中,通常会有喷泉或水道。——编者

"谢谢，但我真的不想参加。"海达拉回答。①他正在考虑经商，或许追随父亲从事牲口和谷物的贸易。他想挣大钱，多年后他这样解释。他很确定，自己最不想做的事，就是整天在图书馆里或是为了某个图书馆忙忙碌碌。

几个月后，主任再一次找上了海达拉。又是派他的司机去了海达拉的家，将海达拉叫到了研究所。"你必须来，"主任说，"我要训练你。你身上责任重大。"②

海达拉再一次咕哝着表达了对这个邀请的感激之情，但还是礼貌地拒绝了。

"你可是伟大知识传统的保管者啊！"祖波不肯罢休。③

艾哈迈德·巴巴研究所正面临着难题，这位主任对海达拉坦陈。过去10年，由8位搜寻员组成的团队开始了寻找手稿的百余项单独任务，10年来，他们的四轮驱动车队，穿越灌木丛，到处寻找，但总共才收集到2500件——平均每天不足一件。之前，法国殖民军队在该地区盗窃手稿长达数十年之久，手稿的收藏者们因此更加小心地保护着他们的藏品，对政府机构极不信任。艾哈迈德·巴巴研究所那些搜寻员的出现让这些收藏者犹如惊弓之鸟，时刻警觉着，提防自家的传家宝被偷走。"每次当他们的车辆开进村落，村民们都会非常恐惧，会将所有手稿都藏起来。"祖波定定地看着海达拉的眼睛，对他说，"我想，如果你能来为我们工作，对我们搜集手稿会有帮助。这会是一个挑战，但我相信你能做到。"④

---

① 对海达拉的采访。
② 同上。
③ 同上。
④ 同上。

第二章
廷巴克图的黄金时代

1509年,来自格拉纳达一个穆斯林贵族家庭的学生哈桑·穆罕默德·瓦赞·扎亚提同他叔叔一起来到廷巴克图(在摩尔人被逐出西班牙之后,他们一家便定居在非斯①)。扎亚提当时仅有16岁,他的叔叔是摩洛哥的外交官。在这里,他们见识到了廷巴克图作为商业与文化中心的活力。1526年,扎亚提以笔名利奥·阿非利加努斯写下了经典旅行著作《非洲的历史、见闻及了不起的事物》(*The History and Description of Africa and of the Notable Things Therein Contained*)。在该书中,他描绘了堆满来自世界各地的货物的市场,塞满欧洲织物的织布店,以及一座雄伟的石灰岩宫殿,宫殿里住着"廷巴克图富甲一方的国王,他拥有数不胜数的金杯银盏、金权杖,有些重达1300磅"。②

扎亚提惊讶于他在廷巴克图感受到的学术氛围。当时,廷巴克图这座城市的人口约为10万,而约四分之一都是从像阿拉伯半岛这样的地方远道而来的学生,只为师从桑海帝国的大师们学习律法、文学和科学。国王阿斯基亚·穆罕默德·朴尔将土地分赠给学者们,给他们提供财政支持,并邀请建筑师到廷巴克图修建清真寺和宫殿。桑科雷大学——一个由众多清真寺和私家宅院组成的松散联盟,就在这时发展成为该城180所学术机构中最负盛名的一所。当时流传甚广的一句苏丹语谚语这样说道:"盐来自北方,黄金来自南方,白银源自白人的国度,但神的教诲和智慧的珍宝却只能在廷巴克图寻得。"③根据《廷巴克图编年史》(Tariq al Fattash),一部写于17世纪的关于廷巴克图的历史著作记载,廷巴克图的学术繁盛,声名远播,以至于当一位小有名气的突尼斯教授来到桑科雷大学担任讲师时,很快意识到自己并不能胜任该职位,于是退隐至非斯,在那里度过了14年时光。

最让扎亚提印象深刻的是手稿交易非常兴盛,这是他在廷巴克图市场上注意到的。这些书均由布料纸制成,售卖的商人从摩洛哥、突尼斯、利比亚和阿尔及利亚等地穿越沙漠来到廷巴克图,而用布料造纸的技术从中国和中亚传过来后,便在那些地方生根发芽、蓬勃发展。到12世纪末期,非斯城共有472家造纸作坊,所制作的纸张一路出口至南边的萨赫勒地区,往北一直输出至马略卡岛和安达卢西亚④。更高级的意大利纸张在地中海港口如开罗和的黎波里等地转运后,很快便打入了马格里布地区,该地区在北非靠近埃及西部一带,"马格里布"一词由阿拉伯语中的"日落"一词派生而来。(有些意大利牌子的纸张因为印有基督教十字架的水印,很难在伊斯兰市场上销售。)当扎亚提来到廷巴克图的时候,纸张多半是从威尼斯经由现在的利比亚进口的,上面带着典型的三个新月的水印。工匠们从沙漠中的植物和矿物中提取墨汁和染料,从山羊和绵羊身上获得羊皮来做成封面。但是,当时北非的人并不知道如何进行装订,因此只好将没有编号的零散书页放在皮革材质的夹子里,再用丝带或绳子绑起来。扎亚提发现贩卖手稿的利润远比售卖其他商品高。

---

① 非斯(Fez),摩洛哥著名的四大古城之一。——编者
② Hassan Mohammed Al Wazzan Al Zayati (Leo Africanus), *The History and Description of Africa: And of the Notable Things Therein Contained* (New York: Cambridge University Press, 2010), p. 824.
③ Michael Woods and Mary B. Woods, *Seven Wonders of Ancient Africa* (London: Lerner Books, 2009).
④ 这两地都位于今西班牙。——编者

在扎亚提造访廷巴克图的 400 年前，撒哈拉沙漠中图阿雷格族部落的一支，裹着头巾，四处放牧，每年夏天的时候，都会一如既往地从遍布盐碱与沙丘的贫瘠之地迁徙到南边 150 公里之处、靠近尼日尔河畔的绿色平原。他们待的地方蚊虫为患、癞蛤蟆成堆、腐烂的草堆散发着恶臭，让人忍无可忍。于是，他们挑出重要的物件，赶着骆驼、牛羊来到他们发现的一个更宜居的地方，这里位于他们原来的居住地北边几英里处，是一处由尼日尔河支流的季节性河水泛滥冲积而成的平原。一口浅井给他们提供了干净、甘美的饮用水。在 9 月份往北迁徙的时候，他们将大件行李留给一个叫巴克图（意为"大肚脐女人"①）的图阿雷格族女人保管。消息便传开了，越来越多的人听说这是个好客的地方，有骆驼和独木舟汇聚于此。第二年，别的游牧民问他们要去哪里，"去廷——巴克图"，他们如此回答，意指巴克图的那口水井处。

在接下来的数百年里，廷巴克图从原本只有几个帐篷和泥砖屋组成的河岸聚居点发展成了一个世界枢纽和两种文化的碰撞地带——沙漠文化和河流文化不断扩大，彼此交流。农民、渔民、被称为贝拉（bella）的图阿雷格族黑奴、他们的图阿雷格族贵族主人，以及阿拉伯和柏柏尔族的商人为了逃离正在衰落的加纳王朝（位于现在的毛里塔尼亚南部和马里西部）的一位信奉泛灵论②的暴君的统治而来到这里安顿下来。骆驼大篷车队载满了盐、蜜枣、珠宝、马格里布香料、熏香、欧洲纺织品和其他从像英格兰那么远的地方运来的货物，历经数周穿越撒哈拉沙漠，来到廷巴克图。在尼日尔河上，船只往北航行，为廷巴克图这个位于尼日尔河最高的转弯处的城镇带来丰富的丛林和草原物产：奴隶、黄金、象牙、棉花、可可豆、蜂蜜、几内亚

---

① Rick Antonson, *To Timbuktu for a Haircut: A Journey Through West Africa* (Toronto: Dundurn, 2008).
② 泛灵论（animist），又译为万物有灵论，认为天下万物皆有灵魂或自然精神，控制并影响其他自然现象。——编者

香料，以及乳木果油产品，即一种从非洲牛油果树的果实中提取的象牙色油脂。商人、中间商、君主因为主要货币——黄金而发了大财。曼萨·穆萨（Mansa Musa），也称为穆萨一世，是当时马里帝国的国王，统治的地域包括几乎瓦解的加纳尼王朝的领地和现在的几内亚与马里北部的广大领土。他在1324年从廷巴克图前往麦加朝圣，带着数千名穿着丝绸衣服的奴隶和80头骆驼，每头骆驼驮着300磅的金砂。"国王在开罗大施恩惠，"当时的一位阿拉伯历史学家写道，"没有哪位宫廷贵胄和拥有王室职位的官员没得到他送的一大堆黄金作为礼物。"①他还补充道，国王在开罗停留期间送出的黄金之多，让那里的黄金市场在十多年间都一直处于低迷的状态。

14世纪末，廷巴克图开始成为该地区学术与文化的中心。曼萨·穆萨从他的朝圣之旅中带回了西班牙安达卢西亚地区的一位著名诗人，并从开罗邀请来一位杰出的建筑师设计廷巴克图最壮丽的清真寺，也就是津加里贝尔大清真寺（Djingareyber）。1375年，这座城市出现在马略卡犹太制图师亚伯拉罕·克雷斯克（Abraham Cresques）绘制的欧洲地图上，这幅地图是专门为法国国王查理五世绘制的，这显示出了廷巴克图这座城市的重要性。但是，这股知识与文化发展的热潮并没有持续下去。1468年，军阀逊尼·阿里（Sunni Ali）和他的军队骑马向廷巴克图进发。逊尼·阿里出生于加奥，一座位于尼日尔河畔的港口城镇，在廷巴克图以东大约200英里，其家族首领自1330年代就开始了对加奥地区的统治，但是逊尼·阿里的野心更大。伊斯兰史料将他描写成一位杰出的军事战略家，率领自己的骑兵作战的骑术高手，同时也是泛灵论的亲身实践者，他反对伊斯兰教，擅长施法和利用护身符及动物的身体来祈福、占卜，他还是一个狂热的奴隶主、一个没有安全感的统治者。在刚开始占领廷巴克图的时候，他

---

① Nehemia Levtzion, "Mamluk Egypt and Takrūr," in *Studies in Islamic History and Civilization*, ed. Mose Sharon (Jerusalem: E. J. Brill, 1986), p. 190.

表明欢迎学者们来廷巴克图,一转身又反对他们来,坚信他们在密谋推翻他。"逊尼·阿里是个大暴君,是个十恶不赦之徒……杀人无数,只有真主才清楚他究竟杀了多少人,"一位廷巴克图的历史学家写道,"他迫害学者和圣人,杀害他们、污蔑他们、羞辱他们。他在这座城市里犯下滔天罪行,纵火焚烧,劫掠并屠杀大量平民。"①最后他建立了一个王国——桑海帝国,其版图沿尼日尔河延绵 2000 多英里。

逊尼·阿里在统治期间,没有遇到可以与之一较高下的对手。但在 1492 年他去世后,发生了一场血腥的战争。一位 49 岁的虔诚的穆斯林将军——据说是逊尼·阿里的侄子——穆罕默德·杜尔组建了一支军队,并于 1493 年 4 月在加奥附近打败了逊尼·阿里的儿子率领的军队。就像廷巴克图的历史上将会常常上演的那样,暴力镇压的噩梦结束之后,会迎来开放和宽容的黄金时代。穆罕默德·杜尔宣布自己成为桑海帝国的新领袖,并在前往麦加朝圣之后,将改年号为阿斯基亚·穆罕默德·杜尔王朝,开启了延续百年的和平与繁荣。

尽管逊尼·阿里不断迫害伊斯兰学者,但在阿斯基亚·穆罕默德成为廷巴克图的统治者并开始巩固他的政权时,这座城市的文学传统已经深入人心。外来的访问学者从开罗、科尔多瓦以及更远的地方带来了伊斯兰学术经典,如《古兰经》、《圣训》(即先知穆罕默德的言行汇编)、苏菲教派(盛行于摩洛哥和北非绝大部分地区的一种温和而神秘的伊斯兰派别)释疑,以及马利基法学派的著作等。马利基法学是萨赫勒的主要法律制度,以突尼斯的凯鲁万大清真寺为中心。人们对这样的作品的渴求促使家庭手抄作坊兴盛起来。抄写员为教授和富有的主顾的图书馆精心制作了进口书籍的摹本。他们在廷巴克图

---

① John Hunwick, ed. and trans., *Timbuktu and the Songhay Empire: Al-Sa'dī's Ta'rikh al-sūdān Down to 1613 and other Contemporary Documents* (Leiden, NLD: Brill, 2003).

小巷的工作坊里并肩工作,最高产的摹本以每两个月一件的速度完成,即平均每天抄写150行,然后获得金块或金砂作为回报。这些抄写员雇了校对,校对员会小心翼翼地逐字核对阿拉伯字母,按比例获得报酬。每部作品的结尾部分都有一个标记,即"科洛芬"(colophon)——希腊语中"最后一笔"之意,以记录手稿抄写的起止日期、抄写地点以及抄写员、校对员、第三经手人的姓名,这位经手人负责将一些通常不在阿拉伯文手稿中体现的"短元音"标记出来。委托这项工作的主顾也经常会被提及。抄写员还会制作一种被称为"阿贾米"(ajami)的手稿,即将多种当地语言——如图阿雷格族的塔玛舍克语、富拉尼语、豪萨语、班巴拉语和索宁克语——译为古阿拉伯语。

尽管致力于宗教学术研究,但在廷巴克图扎根的伊斯兰教从来都不是非常严苛。利奥·阿非利加努斯(扎亚提)写道,许多居民"大半个晚上都在这座城市的所有街道上唱歌跳舞"。①一位旅行者提到,廷巴克图的大部分居民并不遵守斋月的规定,他们喝酒,并且对伊斯兰教法的遵守仅限于行割礼和周五在清真寺祈祷。廷巴克图的伊玛目②和普通民众都乐意接受世俗的观念,其中许多观点是被温和派伊斯兰学者从开罗带到撒哈拉沙漠的——比起廷巴克图,开罗更为国际化。随着时间的推移,抄写员扩大了他们的业务范围。他们开始抄写代数、三角、物理、化学和天文等学术报告;他们将最伟大的希腊哲学家托勒密、亚里士多德和柏拉图的著作,将"医学之父"希波克拉底的著作,还有11世纪的波斯哲学家、学者阿维森纳(Avicenna)所写的数十篇关于伦理学、逻辑学、医学和药理学的手稿,都翻译成了阿拉伯语。抄写员甚至还复制出了一位安达卢西亚学者创作于11世纪中叶的皇皇28卷阿拉伯语辞典《木卡姆》(The

---

① Hassan Mohammed Al Wazzan Al Zayati, *The History and Description of Africa*, p. 825.
② 伊玛目(Imam),意为领拜人,引申为学者、领袖、表率、祈祷主持人,也指伊斯兰教法权威。——编者

Mukham），以及一部由 9 世纪时的伊拉克语言学家、历史学家哈利勒·伊本·艾哈迈德创作的诗歌赏析作品，其中使用了复杂的圆形图来描绘阿拉伯诗歌的韵律模式。

廷巴克图也涌现出了不少原创著作，是由层出不穷的当地科学家、历史学家、哲学家和诗歌创作者所写。诗歌选集的内容包罗万象：从先知的预言到浪漫爱情故事，甚至还有写绿茶这种平凡物件的。《苏丹史籍》（The Tariq Al Sudan）共 38 个章节，是对桑海国王统治下尼日尔中部平民生活史的无与伦比的记载，它以丰富的细节描述了贸易路线、战斗、敌军入侵以及诸多城市里的日常生活，比如以兴建于 13 世纪的大清真寺而闻名的杰内市。"杰内富裕而繁荣，人口分布密集，几乎每天都有大大小小的集市。据说在那片土地上有 7077 个村庄，彼此离得很近。"这位作者注意到，"如果该地的苏丹想将住在德博湖（杰内北部的一个湖泊，由尼日尔河流域的季节性洪水灌入而成）的人传唤到杰内来，苏丹的信使只需上城门那里大叫那个人的名字，消息就会从一个村传到另一个村，片刻就会传到那个人那里，然后他就会动身去见苏丹。"①

廷巴克图的法律专家汇编了大量的伊斯兰教法学书籍，即费格赫（fikh），其中一些文章提供了对廷巴克图社会进步的不少见解。"我已经研读过你的问题并进行了仔细的思考，"其中许多书籍都以这句话开头，然后再给出相应的伊斯兰教法上的裁决（fatwa），从遗产的分配到剥夺婚床上的性特权，不一而足。有份裁决支持了一位妇女不与丈夫同床的决定，认为这样的权利男性常常行使，女性也应享有。还有一份裁决是篇冗长的讨论，探讨的是施舍的义务，即天课②（zakat），它宣称接受来自盗贼和压迫者的施舍形同教唆他们犯罪，

---

① Hunwick, *Timbuktu and the Songhay Empire.*
② 天课（zakat），伊斯兰教术语，是其五大信条之一。教法规定，凡有合法收入的穆斯林家庭，须抽出家庭收入的 2.5% 用于赈济穷人或需要帮助者。又称"济贫税"。——编者

并且认为任何拥有最少量财富的人，不只是贵族，都应该承担施舍的义务。

廷巴克图的天文学家还研究了恒星的运动及其与季节的关系，并在书稿中配有精心制作的天文图。他们根据复杂的数学计算，在书稿中画出了精准的行星运行轨迹图。天文学家指导读者如何用日晷的投影边缘来确定一日五次的伊斯兰教祈祷时间；如何使用球形三角法来计算朝拜的方向；还提出太阳系以地球为中心的论据；测试了计算闰年的公式；绘制出了月球围绕地球运转的月宿，以追踪夜晚时间、农历和季节的更迭。他们记录了一系列天文现象，其中包括1593年的一次流星雨："在991年的赖哲卜月①，午夜过后，流星四处飞舞，天际仿佛被火海点燃——东西南北都一片明晃晃。"一位天文学家写道，"流星将午夜照得亮如白昼，人们紧张不安起来。这种景象一直持续到天亮之后。"②

廷巴克图的医生们还发布了营养知识的说明，并描述了沙漠植物的治疗功效。他们提到用药草帮助妇女减轻分娩的痛苦，用蟾蜍肉治疗毒蛇的咬伤，用混有黄油的黑豹粪便缓解烫伤的痛苦。伦理学家就一夫多妻制、借贷和奴隶制等议题进行了辩论。还有咒语和法术大全，占星术，算命，黑魔法，通灵术（通过召唤死者的灵魂来与之交流，以揭示隐藏的秘密），地相术（通过投掷石块、泥土或沙子在地上产生形迹来占卜），水占术（将石头扔进水里，以激起的涟漪来解读未来），以及其他神秘主题，这些主题将被证明会令未来占领廷巴克图的圣战分子尤为厌恶。

其中最令人大开眼界的一卷书稿叫做《男女性事指南》（*Advising*

---

① 991年、赖哲卜月（Rajab, 问候月）均出自伊斯兰历。公元639年，伊斯兰教第二任哈里发欧麦尔为纪念先知穆罕默德于622年率穆斯林由麦加迁到麦地那，决定把这一年定为伊斯兰教历纪元。赖哲卜月为伊斯兰历的第七个月，亦是第二个圣月，禁止打斗。——编者

② Lila Azam Zanganeh, "When Timbuktu was the Paris of Islamic Intellectuals in Africa," *The New York Times*, April 24, 2004.

Men on Sexual Engagement with Their Women),教导男性如何激起情欲、治疗不孕症,以及如何让冷淡的妻子回心转意。在西方还对女性性行为几乎一无所知的当时,这份类似于"高潮指南"的手稿里竟然提供了让男女双方性趣最大化的不少技巧。手稿中这样建议:"喝牛奶,或者将牛角烧成粉末,与食物或饮料混合在一起服用,都能增强性能力。那些性活动更频繁,且想要享受更多性高潮的男人,必须服用用公牛睾丸做成的粉末。如果一个男人出现阳痿等情况,可以取公鸡右脚的指甲,将其燃烧,以其烟熏自己,他就会痊愈。"①这份手稿中还提到了很多更为奇特的一系列药剂和疗法,其中有些是基于该地区存在了数千年的泛灵论者的做法。它宣称:"将晒干的蜥蜴睾丸制成粉末,加入蜂蜜,让男性服用,可以大幅提升他们的欲望和满足感,并增加精子的数量。"该手稿还声称,伊斯兰教是允许享受性快感的,甚至建议将祈祷作为延长勃起时间和增强性高潮的一种手段。它接着写道:"为让阴茎更硬并享受性交过程,丈夫必须吟诵经文:'是安拉将你从[你的软弱中]创造出来并从软弱中获得力量',必须念诵'哦,你们这些不信者',直到性事结束。"该作者建议每天吟诵经文,连续一周,而且吟诵时,旁边要放上7片泡过水的合欢树叶子,并在行房之前将水饮下。将经文用作助性之物,既表明了宗教已深植于廷巴克图的日常生活中,也表明了这里信奉伊斯兰教的大胆本质。而几个世纪以来一而再地占领廷巴克图的狂热分子会认为这是对经文的不尊重,甚至是亵渎。

廷巴克图的手稿因其美学上的华丽和主题而备受重视。这座城市的抄写员采用了各式各样复杂的书法风格:西非传统的豪萨文(Hausa),以粗笔画为显著标志;来自波斯的库菲体(Kufic),有着

---

① Aslam Farouk-Alli and Mohamed Shaid Mathee, "The Tombouctou Manuscript Project: Social History Approaches," in *The Meanings of Timbuktu*, Shamil Jeppie and Souleymane Bachir Diagne, eds. (Cape Town: HSRC Press, 2008), p. 182.

夸张的横线和棱角分明的字母,弯曲和倾斜,好像在真主面前俯首一样;还有最受欢迎的马格里布体(Maghrebi),特点是圆形、碗形的字母和广泛使用的曲线和圆圈。传统的中东书法家一般使用一整条芦苇枝,将其削尖,因而写出来的字非常干脆,有着挺括的边缘,与之不同的是,马格里布的抄写员将芦苇切成扁平的板条,末端钝而圆,写出的字轮廓明显更柔和,在许多人看来更赏心悦目。书法家也用当地灌木或鸟的羽毛做成的笔来书写。

他们一般使用由木炭或阿拉伯树胶制成的标准黑色墨水,再加入各种土壤的颜色——黄色来自俗称为雌黄的硫化物,在热液矿脉①、火山喷口和温泉中可以找到这种矿物质,它在罗马帝国和古代中国是用在箭尖上的毒药;红色则来源于朱砂,或者是从一种叫做胭脂虫的蚧壳虫中提取的,胭脂虫会分泌出一种红酸来吓唬捕食者,把这种红酸混入铝或钙盐之中,就可以当颜料用。绘图者还开发出了其他许多原料,比如胶质物,能让字体更加的明亮;比如铁锈,能让图文不褪色。最精美的手稿中还一页接一页地装饰着金箔图案,通常是将 22K 黄金打成薄片,再小心地压在书页上。

由于《古兰经》中不鼓励人类形象的出现,手稿艺术家只能用与书法颜色相同色调的几何图案填充页边的空白处,或将文本破成好几块。那些缠绕交织、无休止地重复的阿拉伯花纹——树叶、藤蔓、棕榈叶和花朵——让人联想到大马士革大清真寺和格拉纳达的阿尔罕布拉宫的马赛克镶嵌图案,传达了真主国度里的恩惠和无限之感。那些像万花筒一样千变万化的钻石形、八角形、星形和其他几何形状则表达了平衡和对称。有些图案是模仿了中东或柏柏尔族地毯的图案——长方形里充斥着奶油色、红色和绿色的同心圆,装饰着环形的花瓣、圆圈和抽象的毛笔字体。四边代表了生存的基本要

---

① 热液矿脉指的是由与侵入岩浆活动有关的上升溶液形成的一种热液矿产。——编者

素——火、水、土、空气——圆圈则象征着物质世界。在《古兰经》的手稿中有一页精确地描摹出了摩洛哥的阿特拉斯山区一种名叫曾莫拉（Zemmoura）地毯的图案；另一种图案的外围是长方形，里面是对角线和曲曲折折的线，这种图案和伯格蓝非尼布（bogolanfini）——在马里地区非常普遍的一种泥染布图案极其相似，这种布由棉布缝制而成。偶尔，抄写员也会采用现实的图像，使文本活跃起来，比如用钢笔细致描画出来的清真寺、中世纪的弦乐器、山脉、撒哈拉沙漠中有着闪闪发光的水池和枣椰树的绿洲。而那些镶嵌着琥珀、绿松石和白银的皮质封面是用山羊、绵羊或骆驼的皮制成的。

廷巴克图城里到处是知名的博学之士，但有一位名声远大于其他人，他就是艾哈迈德·巴巴·马苏菲·廷巴克提，一个学识渊博却性情古怪的黑人，1556年出生于撒哈拉沙漠深处盐矿丰富的绿洲阿劳安，因其聪明的头脑和郁郁的外表而为人熟知。因为他经常抹着黑色的眼影、同时又穿一身黑色的衣服，人们纷纷给他取外号，比如"苏丹尼"（像苏丹一样），或"黑人"。那些赞赏他的人则称他为"他那个时代独一无二的珍珠"。他为桑科雷大学图书馆编写了60部书——包括一部空前绝后的天文学专著（以诗歌的形式撰写而成）、关于《古兰经》和《圣训》的评论，以及一部非常详尽的北非马利基苏菲派学者的传记大辞典。

在其中一部书稿，即《论烟草的合法性》（*On the Lawfulness of Tobacco Usage*）中，他思考了吸烟的道德问题，并回应了廷巴克图一项禁止吸烟的宗教运动。也许是受到了商业考量的影响，艾哈迈德·巴巴非常坚定地认为，抽烟既不刺激也不会让人上瘾，因而是可以接受的。他还提出了一种解决方案，主张对话、宽容和谅解。他最为著名的手稿是《艾哈迈德·巴巴有关摩洛哥蓄奴答问》（*Ahmed Baba Answers a Moroccan's Questions About Slavery*），也称《上升的梯子》（*The Ladders of Ascent*）。在书中，他提出，自由是人类最基本的权利，但在一些受伊斯兰教法管制的罕见场合中除外。在这方面，他提倡怜悯和同情:"真主下令,无论奴隶是否黑人,他都应该受到人性化的待遇。"①他继续写道:"人们必须同情他们的厄运,不要对他们施以残忍惩罚。因为光是成为一个人的主人,将另一个人当成奴隶,就已经让人很是痛心。奴役他人是与暴力和强权统治密不可分的,特别是对于那些被迫从家乡来到遥远地方的奴隶而言。"

在廷巴克图的黄金时代,如果说有一种倒退的思想对其造成了破坏的话,那就是对犹太人的普遍态度。公元1世纪,数千名犹太人被罗马帝国逐出巴勒斯坦地区后,来到了马格里布安顿下来。15世纪时,尽管伊斯兰教已经成为该地区的主要宗教派别,但犹太人还是可以正常从事食盐贸易等活动,并被摩洛哥的统治者封为"苏丹王国的商人"(Tujjar Al Sultan),犹太人甚至还以希伯来文撰写了该地区最杰出的一些手稿。但到了1495年,犹太人脆弱的地位就非常清晰了。那一年,一个名叫穆罕默德·马格希利(Muhammed Al Maghili)的原教旨主义学者,也是一个狂热的反犹太人传教士,不满犹太人取得的重要经济地位,于是策划了摧毁位于撒哈拉盐路上的图瓦特(Touat)绿洲(也就是现在的阿尔及利亚附近)上的犹太教堂的行动,并将犹太人从城里赶了出去。"起来,杀死犹太人。"马格希利在发动对犹太人的攻击后这样写道。②当时也正值阿斯基亚·穆罕默德国王掌权后不久,开始巩固其权力之际。"犹太人无疑是反抗穆罕默德国王最激烈的敌人。"在执政早期,阿斯基亚·穆罕默德国王在赴麦加朝圣时,在开罗遇到了一位温和派的埃及学者,他向国王进言要容忍其境内的非穆斯林人士。但在遇到激进的马格希利后,国王的

---

① Mahmoud Zouber, "Ahmed Baba of Timbuktu (1556 – 1627): Introduction to His Life and Works" in *Timbuktu: Script and Scholarship*, Lalou Meltzer, Lindsay Hooper, and Gerald Kinghardt, eds. (Cape Town: Tombouctou Manuscripts Project/Iziko, 2008), p. 25.

② Ralph A. Austen, *Trans-Saharan Africa in World History* (New York: Oxford University Press, 2010), p. 99.

立场完全变了。他听从马格希利的建议,将加奥的犹太人和桑海帝国的官员都囚禁了起来,并下令将他们从他的领土上驱逐出去。后来,来自廷巴克图的使节造访他在加奥的行宫——一座庞大的围篱式建筑,在此受国王接见之前,使节必须将灰土撒在自己头上——劝说他要仁慈一点,他对犹太人的态度才稍稍缓和下来。

两种伊斯兰意识形态的针锋相对——一种开放、包容,另一种则僵化、暴力——将在接下来长达5个世纪的时间里困扰着廷巴克图。以阿斯基亚·穆罕默德国王为例,这个复杂多面的人,一方面鼓励在世俗观念和伊斯兰价值观之间取得平衡,一方面又表现出对非穆斯林人士的不宽容,这两种倾向似乎都集于他一身。"穆罕默德国王坚定地与犹太人为敌,"利奥·阿非利加努斯注意到,"他不希望任何一个犹太人住在他的领土上。如果他知道北非商人……跟犹太人做生意,就会没收他们的物品。"①

1591年,也就是在利奥·阿非利加努斯记录下廷巴克图的文学与知识繁荣82年之后,廷巴克图的黄金时代戛然而止。摩洛哥苏丹要求桑海帝国的最后一位独立国王阿斯基亚·伊沙克二世(Askia Ishak II)将撒哈拉沙漠中的塔阿扎②盐矿交给摩洛哥。国王拒绝了这个要求。于是,4.2万名摩洛哥士兵、共计1万匹的马和骆驼横跨1700英里沙漠,将廷巴克图包围了起来。他们配备了大炮和火绳枪——15世纪时发明的一种威力强大的火枪,需用支架发射,而入侵者面对的却是对机械化战争一无所知的人:1万名拿着弓箭的桑海步兵、1.8万名持长矛的骑兵。阿斯基亚·伊沙克二世在逃亡中被杀,他的弟弟继位后宣誓效忠摩洛哥苏丹。

艾哈迈德·巴巴与其他学者一起,鼓动民众抵抗占领者。为了报

---

① Hassan Mohammed Al Wazzan Al Zayati, *The History and Description of Africa*, p. 825.
② 撒哈拉沙漠北缘的产盐区,也是商品贸易的集散地。——编者

复,摩洛哥军队突袭了桑科雷清真寺,将艾哈迈德·巴巴的图书馆洗劫一空,并将他戴上镣铐,关了起来。"你们为什么要攻打廷巴克图?"他这样质问。①与数十位廷巴克图的学者一道,艾哈迈德·巴巴被押着走上了跨越撒哈拉沙漠的艰苦旅程,途中,他被铁链绊住,从骆驼上摔了下来,摔断了一条腿。"跟你们一样,我们都是穆斯林,我们应该像兄弟般彼此友爱。"趁着与摩洛哥苏丹见面的机会,巴巴满腔痛苦地抱怨他失去了那些珍贵的手稿。"相比我其他的朋友,我的图书馆的规模已经是最小的了,"他说,并拒绝在国王面前卑躬屈膝,"你的士兵从我的图书馆里掳走了1600卷书稿。"在这之后,他被囚禁在马拉喀什的监狱里2年。其他学者则被流放至沃尔特河②盆地、加纳和科特迪瓦北部——廷巴克图作为世界学术之都的繁荣盛世也就此告一段落。

然而廷巴克图这座城市在学术方面的努力从没有消失。1660年,摩洛哥国王放弃了对廷巴克图的直接统治,管辖权落入了图阿雷格人——主宰撒哈拉沙漠的柏柏尔部落——手中。他们人高马大、肤色较浅,裹着靛青色的长袍,五尺长的蓝色或白色的棉布,将脸整个蒙住,只露出两只眼睛。17世纪中期的《苏丹史籍》里有这样的记载,"他们是撒哈拉的流浪者,居无定所的游牧民族"。他们也是能写会读的民族,廷巴克图城里的部分手稿就是用提非纳文(Tifinagh)写成的,这是一种由柏柏尔族人发明,并在撒哈拉地区广泛流传,如今已有两千多年历史的文字。在摩洛哥人攻占廷巴克图期间,城里的学术活动渐次衰退,但一群叫做凯尔·苏克的图阿雷格族隐士——也被称为智者——继续保持着这种学术传统。

19世纪初期及中期,来自尼日尔河三角洲的苏菲派改革分子发

---

① Chris Gratien, "Race, Slavery, and Islamic Law in the Early Modern Atlantic," in *Journal of North African Studies* 18, no.3 (2013): pp. 454–468.
② 又称沃塔河,西非的河流,加纳的主要饮用水源。——编者

起了"剑之圣战",蔓延至廷巴克图。圣战分子杀害异教徒领袖,禁止烟草、酒类和音乐,开设伊斯兰学校(或称《古兰经》学校),要求男女在学校和公共场合完全分隔,以伊斯兰教严厉禁止浮夸作风等为由,将杰内大清真寺强行关闭,查封并捣毁那些被认为令人不能专心敬拜真主的手稿。极端分子掠夺了廷巴克图所有的图书馆,还突击搜查私人住宅寻找书籍。

圣战分子的行动让廷巴克图的藏书家更加小心翼翼,但并没有打消他们继续从事手稿收集与交易的热情。1853 年,德国探险家海因里希·巴尔特历经千辛万苦穿越撒哈拉大沙漠,到达廷巴克图。他写道:"廷巴克图稍有学识的人,也常常为能写出几句《古兰经》的经文而自豪,他们全都如饥似渴地想求得几张残破的手稿,我很高兴自己仍有能力……给出这样一些小礼品。"[1]圣战分子毁去了不少手稿收藏,但是这位德国人很喜欢一本到处是折页的希波克拉底著作的阿拉伯语译本,还找到了一本写于 1650 年代,异常珍贵的有关桑海帝国的《苏丹史籍》。"我很幸运能见识到桑海帝国自发轫到 1640 年的完整历史。"他在自传《中北非旅行与发现》(*Travels and Discoveries in North and Central Africa*)中这样写道。

接着,1879 年,法属苏丹总督路易·费代尔布宣布,包括塞内加尔和尼日尔河在内的领土上将建立"一个新印度的基础",并从那里一路延伸至红海。1883 年,法国占领了当时最为繁荣的奴隶交易中心巴马科。1894 年 2 月 12 日,约瑟夫·塞泽尔·霞飞上校率领一支陆军,在行军 49 天、穿越了 500 英里的沙漠之后,占领了廷巴克图,随后在那里建立了城防工事,将马里撒哈拉带入了法国殖民时代。

法国军队刚抵达不久,法国记者费利克斯·迪布瓦也到达了廷巴

---

[1] Heinrich Barth, *Travels and Discoveries in North and Central Africa* (London: Ward, Lock, and Co., 1890), p. 435.

克图。他发现几乎不可能说服这座城市的藏书家拿出他们的藏书。"他们害怕我会像圣战分子一样穷凶极恶。"他在《神秘的廷巴克图》(Timbuctoo the Mysterious) 一书里这样写道。[1]等他登门拜访廷巴克图的知识分子家庭,他们才逐渐向他敞开心扉。"这些手稿中既有诗歌和极富想象力的作品,也不乏独一无二的阿拉伯文学作品,"他写道,"关于摩洛哥、突尼斯和埃及的历史及地理作品在廷巴克图也为人熟知(伊本·白图泰的作品常被引用),从纯科学的角度探究天文学和医学的书籍也很多。"[2]廷巴克图的藏书家仍然致力于"热切搜寻那些还没找到的手稿。如果穷得买不起原稿,他们就会买手抄本或者自己手抄一份",迪布瓦注意到,"他们的收藏……从 700 本到 2000 本不等;而且……当这些藏书家分享他们最珍贵的手稿时,你能感受到他们发自内心的喜悦。"

然而,随着法国人巩固了对北方的控制,自由贸易与书籍交易的日子也结束了。士兵和访问学者将手稿偷走并带回了法国,在那里它们最终成为大学和政府对外展出的藏品,其中包括巴黎的国家图书馆。3 本在廷巴克图劫掠的《苏丹史籍》被送到巴黎,由奥克塔夫·乌达翻译成法文,并于 1900 年出版。人们将手稿藏在马里的各个角落:将它们放在皮袋子里,藏在后院或者花园里挖的洞里,或者藏在沙漠中废弃的洞穴中,或者用泥土将图书馆的门糊起来,将宝藏掩藏其中。在新的殖民统治下,法语成为马里各所学校主要教授的语言。因此,在廷巴克图和其他几个城镇里,几代人都没有学过阿拉伯语,使这些手稿逐渐丧失了存在的意义。

这些曾经在图书馆、市场或者是家庭被自豪地陈列展示的记载历史、诗歌、医学和天文学的书籍,变得日渐稀少,渐渐销声匿迹。伟大的写作传统也几乎被完全遗忘了。"也许将来会有非洲历史可以教

---

[1] Félix Dubois, *Timbuctoo the Mysterious*, trans. Diana White (New York: Longmans, Green, and Co., 1896), p. 289.
[2] 同上,p. 287。

和学。但是目前还没有,"1963年,在BBC的一次采访中,英国历史学家休·特雷弗-罗波这样表示,"非洲只有欧洲的历史。其余的是一片黑暗。"①

---

① Kwame Anthony Appiah, "Africa: The Hidden History," *The New York Review of Books*, December 17, 1998.

第三章
手稿搜集之旅

　　1984年秋天，阿卜杜勒·卡德尔·海达拉开始在艾哈迈德·巴巴研究所担任手稿搜寻员。研究所的主任祖波教海达拉怎么与手稿所有者联系。祖波说，最重要的一点，是在最开始时不要提及艾哈迈德·巴巴研究所，因为，经过法国殖民占领的创伤后，人们仍然非常害怕与政府有牵连的组织。"你就说你是杰出学者满玛·海达拉的儿子，"祖波建议道，"你必须慢慢来，最后才提到手稿的事。"他接着说："可不能惹他们生气，也尽量不要让他们紧张。要有耐心。你可能不得不多去几次。"①

　　祖波有位老朋友，是世界著名的廷巴克图文学遗产专家约翰·亨威克，他也是研究埃及、尼日利亚和加纳地区手稿传统的学者。受祖波的邀请，他在廷巴克图停留了大约一个月，给海达拉上了一堂手稿历史的速成课。

　　约翰·亨威克1936年出生在英格兰萨默塞特郡，矛矛起义②时期，他在肯尼亚的英军部队里服役，接着转入哈尔格萨的索马里兰巡查队，随后在伦敦大学亚非学院学习阿拉伯语。1960年代中期，亨威克在尼日利亚伊巴丹大学教书，那时他第一次接触到了廷巴克图的手稿，并着手翻译了关于桑海帝国历史的原始手稿，在接下来的25年里，他还远赴马里、塞内加尔、几内亚、加纳、象牙海岸、布基纳法索和尼日尔，搜集了上万份阿拉伯文手稿的具体信息，例如标题、所在地等。亨威克还在芝加哥的西北大学设立了非洲伊斯兰思想研究中心,该中心是全球公认的最重要的阿拉伯文手稿研究学术机构。

在廷巴克图,亨威克和海达拉每天都会在祖波的家里或者研究所的会议室里见面,并且一坐就是好几个小时,讨论手稿的来源、保存方法以及马里境内最可能找到手稿的地区。师从亨威克之后,海达拉前往摩洛哥首都拉巴特和巴马科参加了联合国教科文组织的手稿保护研讨会,学习如何按手稿的年份、作者身份和设计来评估其价值。该培训课程持续了 8 个月。

刚开始搜寻手稿时,海达拉拜访了廷巴克图最显赫的 12 户人家,几个世纪以来,这 12 家一直主导着该地区的手稿收藏。海达拉小心翼翼地敲开门,介绍自己,并小小地寒暄几句,有时要反复拜访两三次,才能谨慎地提到手稿这一话题。但每次得到的回复都是一样的。"就你?"手稿收藏者常常会摆出一副不屑一顾的样子,摆摆手让海达拉离开。"你以为你是谁,小毛孩一个。"③他们往往对海达拉嗤之以鼻,取笑他太年轻、不经世故,甚至也会嘲笑他在廷巴克图的社会阶层中不那么显赫的家族背景。"你竟敢和我谈手稿?"这样反复几个星期后,他放弃了,没能成功说服他们交出几份手稿。

之后,他拓宽了搜寻的范围。首次航行去廷巴克图之外的地方时,海达拉搭乘了一艘既载客又运货的铺满木板的机动平底渔船,沿尼日尔河顺流而下。他的目的地是距廷巴克图以东 100 英里的古尔马加鲁斯,这个小镇是桑海帝国鼎盛时期的文化中心。海达拉遇见了很多人,他们都对古尔马加鲁斯赞不绝口,称其为诗人、科学家、宗教领袖的汇聚地。那里的世袭酋长——穆罕默德·哈纳菲,曾是海达拉父亲的朋友,海达拉因此得以知晓,数百年来,这个小镇藏有无比珍贵的手稿。

---

① 对海达拉的采访,2014 年 1 月 30 日。
② Mau-Mau rebellion,是指 1952 年至 1960 年在肯尼亚爆发的茅茅党人反抗英国人统治的武装起义。——编者
③ 对海达拉的采访。

之前的那支"寻宝队"开着政府部门配的两三辆丰田陆地巡洋舰——一行8人，带着摄像机、缩微胶片机和发电机，浩浩荡荡地冲进村子。意识到这样的阵仗吓到了村民，海达拉便独自上路了，他穿着朴素，只带了一个小背包。他在包里藏了几千美金用来购买手稿，但他认为这样不起眼的外表，可以防止他被土匪盯上，事实证明，他是对的。

船夫驾驶着小船，经过沙滩和低矮的沙丘，除了成片的干草地和偶尔出现的金合欢树，几乎没有其他植被——这是尼日尔河蜿蜒向东流经马里中部的半沙漠时的典型景观。安装在舷缘上的帆布顶，刚好为海达拉遮挡了灼热的阳光，他路过桑海渔民的独木舟，这些渔民是博佐人，居住在盒状的泥屋中，泥屋在橄榄绿的水域旁排成一线。"他们是居住在这些定居地的唯一人口，分布在城镇中的不同地方，因此，可以说……博佐人依旧完全属于这条河流。"法国记者、历史学家费利克斯·迪布瓦这样写道。[1]他在法国统治马里时曾访遍该地区，并在1895年沿河顺流而下300英里，从殖民城镇塞古到达廷巴克图，其间观察了河流亚文化。迪布瓦所见与海达拉途中所见并无二致。"我看到他们正准备出发去捕大猎物（鳄鱼和海牛），"迪布瓦继续写道，"独木舟悄无声息地前进，仿佛纹丝未动，直到船头那位警惕的渔民发现了一头正在睡觉的鳄鱼，或者几条长着胡须的大鱼在微风与碧水之间打着盹儿。然后，船头那个光着膀子的渔民一个漂亮的动作，绷紧身体，右臂蓄势待发，鱼叉猛地掷下，大猎物根本来不及反应，就被鱼叉戳中了。"[2]

经过两天一夜的旅行，海达拉到达了古尔马加鲁斯镇。一到镇里，海达拉就迫不及待地来到河边，穿过铺满沙土的小巷，寻找当地的世袭酋长——哈纳菲，并告诉他自己是满玛·海达拉的儿子。他们

---

[1] Dubois, *Timbuctoo the Mysterious*, p. 20.
[2] 同上。

一起喝了茶,那晚,海达拉住在了酋长家。第二天一大早,几盏茶过后,海达拉和盘托出了他此行的真正使命。

海达拉跟哈纳菲酋长保证,艾哈迈德·巴巴研究所会将所有手稿进行登记,捐献者可以随时追踪、查看手稿的情况。他再三强调,手稿捐献者会得到丰厚的补偿。酋长说自己并没有收藏任何手稿,但很乐意给予他力所能及的帮助。"待在这儿,不要到镇子里去,"哈纳菲说,"我会去清真寺,跟那里所有有书稿的人说说。"①

村民们带着手稿陆续赶了过来。一些书稿保存得很完好,而另一些书稿一到海达拉手上就散架了。他小心翼翼地翻动着书页,一言不发,用专家的眼光审视着这些书稿,从书稿的年代、来源地、书页边缘处的装饰以及金叶的数量来评估它们的价值。最终,他购买了250卷手稿,将它们全部装在了一艘平底小船中,并沿河而上返回了廷巴克图。

接下来的几个月中,海达拉又两次往返古尔马加鲁斯,再次购买了250卷手稿。渐渐地,他对自己的说服能力越来越自信,对自己衡量、评估手稿的本事也愈加肯定。然而,在他第四次造访古尔马加鲁斯时,手稿拥有者不再来出售他们的手稿了,而且没有任何预兆和解释。

"没人跟我说话,人们都在躲着我。究竟发生了什么?"海达拉问酋长。②

"我也摸不着头脑。"哈纳菲酋长答道。

又过了一个星期。当海达拉在街上跟人打招呼时,人们转身就走。终于,在集市上,一个熟人朝海达拉走去。他说,古尔马加鲁斯镇的一位职责包括看护当地文化遗产的官员正在四处寻找海达拉,此人"非常生气"。

---

① 对海达拉的采访。
② 同上。

海达拉找到了这位官员,并做了自我介绍。但是,这位官员拒绝与海达拉握手。"你给我们惹了很多麻烦。每个人都认为你在贩运手稿牟利。你的所作所为让大家都不开心。"

海达拉试图解释他收集手稿的目的,但是并没有什么用。这位官员在当地极有影响力,他已经开始行动,劝说镇上的每个人都不要与海达拉合作。"小心点,收好自己的手稿,别搭理那个家伙。"这位官员提醒大家,"我们对这个家伙的底细一无所知,我们也不知道他要去哪里。"①海达拉在镇上又待了几天。前三次拜访他总共收了500卷手稿,不同的是,这次他空手而归,灰心丧气。只要有一个人心存怀疑,海达拉想要获取人们信任的努力都会大打折扣。

然而,心存怀疑的人无处不在。他顺河而下去了他的祖籍所在地邦巴,又沿着尼日尔河往东一直到加奥,那里是桑海帝国的古都,距离廷巴克图以东200多英里。在加奥,他找到了伊斯兰教的教法官(*qadi*),这个城市最有学问的人之一。他热诚地跟海达拉打了招呼,并请他就坐,他们谈了手稿以及马里的文化遗产。海达拉小心翼翼地提到了艾哈迈德·巴巴研究所的话题,并表示他来这儿是为了鼓动教法官将其手稿捐出来,以丰富收藏。突然,教法官的态度变了。

"谁带你来的?"教法官严肃地质问道。②

"我读了很多书,从中了解到您的家族世代都是学者和知识分子,并珍藏了很多古老的手稿。"

"没有,没有,没有。"教法官连连否定。海达拉知道他没说真话——他已得到可靠消息,教法官把他的这些宝贝藏在他家房子的一间密室里——但海达拉束手无策。教法官指着海达拉的鼻子骂他是"强盗",并把他赶了出去。

海达拉骑着骆驼走了五天,沿着一条历史悠久的商队路线向北

---

① 对海达拉的采访。
② 同上。

150英里，前往撒哈拉沙漠深处曾经的食盐贸易集散地阿劳安。500年前的阿劳安，是艾哈迈德·巴巴的出生地，曾是伊斯兰学术中心和食盐贸易之地，海达拉从撒哈拉人那里打听到，这里藏着许多赫赫有名的作品——包括苏格兰探险家莱恩所收集的，还有莱恩被杀后被阿拉伯游牧民偷走的。海达拉尚不习惯骑着骆驼旅行。当骆驼摇晃着爬上60英尺高、覆盖着青草的沙丘，或是膝盖弯曲，从沙丘的另一面急速滑下来时，海达拉都会牢牢地抓住鞍子。他跟跟跄跄地骑着骆驼穿过山谷，那里密密麻麻布满带刺的灌木，越往北，灌木就越稀疏。然后，巨浪般的沙子逐渐消失了，取而代之的是一片起伏缓和、没有植被覆盖的沙漠高原。不远处是传说中的塔阿扎城的废墟，它曾经激发了中世纪旅行者无尽的想象力。"一如它所有的墙壁、支柱和屋顶，塔阿扎这座城市的城墙也是盐砌成的。"中世纪的波斯地图绘制大师扎卡利亚·伊本·穆罕默德·卡兹维尼这样写塔阿扎，[1]他的叙述是基于一位目击者的离奇证词，此人最近造访过这片绿洲。"门也是盐块做的，只不过为了防止边缘裂开，人们用皮革将盐块包了起来……城镇周围所有的土地是一个盐田……那里的动物一旦死了，就会被扔进沙漠里，变成盐。"阿劳安这座40年来滴雨未下、摇摇欲坠的村庄，并未变成盐，而是堕入了困境。人口只有200，吃炸蝗虫度日，对外来者充满了敌意。"他是个危险的家伙，他要这些手稿究竟有何目的？"人们对海达拉的到来议论纷纷。"也许他想毁掉手稿。也许他想带给我们一种新的宗教。"[2]

充满希望的潜在客户变成了巨大的失望。在尼日尔河畔的马亚口（Majakoy），村民们领着海达拉去见了一个男人，他们说此人有一批珍稀的藏品。海达拉发现他守着一个上了锁的箱子，而且死活不愿意打开。

---

[1] John O. Hunwick and Alida Jay Boye, *The Hidden Treasures of Timbuktu: Historic City of Islamic Africa* (London: Thames & Hudson, 2008), p. 55.
[2] 对海达拉的采访。

"这是留给镇上孤儿的,不是我的,我连碰都不能碰。"①

"我能看一眼吗?"海达拉恳求道。

"门都没有。"

对话持续了4天,最终这个男人打开了箱子。海达拉迫不及待地凝视着里面——不大一会儿就沮丧地收回了目光。白蚁四处乱窜。它们已经把这些手稿蚕食得所剩无几。90%已经化为蠹粉。主人呆呆地看着剩下的7卷手稿,哭了。他说,他已经20年没有打开过箱子了。

但海达拉很有耐心。在旅途中,他不断地完善自己搜寻手稿的方法,取得的结果也越来越好。"我的前任们犯了很多错误,我尝试着去改正,"数年后,海达拉回忆道,"一切对他们不起作用的方法,我都尽力避免,并且我也引入我自己的策略。"②海达拉从不乘坐机动车旅行,认为这会让贫困村庄里的手稿所有者以为他非常富有,从而漫天要价。相反,当他离开河流时,他会租用骆驼或驴子。坐驮畜而非机动车出行,让他的行程拉长了几天,有时甚至是几个星期,但海达拉深信这样能为他赢得村民的信任。通常,当海达拉跟一家之主谈论"购买"手稿时,他会立即被轰出门。"滚出去,滚出去!"主人会这样说。他很快意识到,这个词对许多手稿所有者来说有着令人反感的含义,竟然用冰冷的现金来衡量代代相传的珍宝。从那以后,他就只用"交换"这个词。他获得了手稿,作为回报,给村里建了一座学校,而更多时候,是用牲畜交换手稿。"我换出去很多奶牛。"海达拉说。③

海达拉多次安排用印制的书籍交换手稿,这是偏远的村落里备受追捧的物品。海达拉联系了马格里布各地——突尼斯、摩洛哥、阿尔

---

① 对海达拉的采访。
② 同上。
③ 同上。

及利亚和利比亚——的书商，收到了寄来的阿拉伯文学、历史和诗歌作品，然后他带着这些书回到了村里。这个过程可能需要半年时间，但几乎总是值得的。"想拿什么就拿什么吧！"手稿主人高兴地喊道，手还不停地摩挲着那些装订成册的印刷书籍。随着时间的流逝，关于艾哈迈德·巴巴研究所正在做手稿保护工作的消息在尼日尔各地和沙漠地区传开，一些手稿所有者跑到廷巴克图来，看到他们的传家宝在这里得到的照顾。对海达拉的信任也与日俱增。

渐渐地，海达拉对每本书的价值也有了敏锐的认识，成了一名熟练的谈判者。如果手稿是完整的，这并不常见，就会提升手稿的价值。如果廷巴克图的抄写员已经对某部手稿做了多个抄本，其价格就会降低。海达拉重视廷巴克图最杰出的书法家所写的手稿远甚于不太优秀的抄写员的作品，前者中的少数艺术天才可通过每卷手稿末页的出版者徽标识别出来。主题是另一个关键的衡量标准。海达拉高度推崇关于冲突解决、时政、地理的——尤其是那些有详细的彩色地图的——作品，以及有关政府腐败的作品，原因是这样的研究本身就很少，他也高度重视医学手稿，因为它们传授的知识即使在今天往往仍旧适用。

海达拉考虑到了白蚁、灰尘或细菌的破坏，但会在损坏程度和作品的稀有性与美观性之间进行权衡，他经常会买下来，并寄希望于把它们带回廷巴克图进行修复。如果有什么东西能抓住他的想象，引发他的好奇，他也准备花大价钱。在锡卡索，一个巴马科东南部靠近布基纳法索边境的镇子里，海达拉曾偶遇了一只装着数百份手稿的大箱子——有些是18世纪马西纳地区颇耳族的乌理玛（即伊斯兰学者）写的诗集；有些描绘了19世纪中期法国军队到达该地的情形，并就外国人的存在对当地的影响进行了辩论；有些是用马里的各种语言写成的法学手稿，如颇耳语、班巴拉语、索宁克语，以及被翻译成阿拉伯语的；还有些手稿深入研究了草药和其他神秘疗法。海达拉得到了这整箱手稿，作为交换，他为这个村子建了一座新的清真寺和一所小学，为这些手稿花了"数千美金"。①这是海达拉从事手稿搜寻15年来所做的最昂贵的一次交易。

人们也意识到海达拉的交易很公平。海达拉拜访的第一个城镇是古尔马加鲁斯镇，当时他几乎是被赶出去的，一年以后，他又回到了那里。进到镇上的第一个下午，海达拉经过一个帐篷，一个40多岁的图阿雷格牧民大声跟他打招呼。这个人面容憔悴，戴着破旧的头巾，周围有五六个孩子在沙地里玩耍。

"到里边来。"他朝海达拉喊道。

海达拉进入了这传统的住所，帐篷是用山羊皮缝合在一起的，帐篷里光线昏暗，海达拉在地上坐了下来。他注意到帐篷后面有一只金属箱子，这样的箱子通常是用来装手稿的。

"你打哪儿来？"图阿雷格人问。②

"我来自廷巴克图。"海达拉用塔玛舍克语回答道。塔玛舍克语是图阿雷格人的一种语言。除了母语桑海语之外，海达拉还通晓塔玛舍克语和颇耳语，这两种是马里北部的主要语言，此外海达拉还会法语，因此，与该地区各地的手稿所有者进行商谈时，不存在语言问题。

海达拉与牧民寒暄起来，看到这家穷得连一杯茶都拿不出来给客人时，他提出去买一些食物和饮料送给这位牧民和他的家人。海达拉跑到市场，买回了半扇羊和一袋一公斤的茶叶。这位图阿雷格牧民在帐篷外将半扇羊烤了，当海达拉与这家人坐在沙地上边吃边聊时，他才小心翼翼地提到了手稿的事。

"我没有手稿，"图阿雷格牧民说，"我只有一些印刷的书籍。"

"可以给我瞧瞧吗？"海达拉问。

"当然可以。"

---

① 对海达拉的采访。
② 同上。

海达拉打开了箱子，仔细地看了看这些书。在这些印刷品中，有一件吸引了他的眼球：一部17世纪的《古兰经》。他仔细地翻看着，注意到了那些精致的马格里布字母，从帐篷的门帘透过来的午后阳光正好照在有些磨损的金边上。海达拉意识到，这是一部珍品。

"这本书你想要多少钱？"海达拉问道。①

主人耸耸肩说："你愿意给多少就给多少吧！"

"你得给个价。"

"那就5000法郎。"大约10美元，牧民说。这个价钱低得可怜。海达拉不能接受。他们开始讨价还价——但这次，是买家在加价。

"不，不行，这可是个宝贝，价值很大。"海达拉回答说。

"那就1万法郎。"②

"不行。"海达拉说。

"2万。"

最终，海达拉给了他10万法郎。牧民接过钱，有点目瞪口呆。他问道："如果我们还有这样的书，你也会买吗？"

"当然。"

第二天清晨5点，天还没亮。一片漆黑中，海达拉听到有人敲门。

"是谁？"海达拉说。

那位图阿雷格牧民走了进来，扛着一个用一大张骆驼皮做的袋子。他一声不吭地将一堆手稿倒在地上。黎明之前，光线昏暗，海达拉基本上没看清楚堆在地上的是什么。但6点的时候，从窗户透过来的第一缕金色的光线照亮了这堆无与伦比的珍宝。那天早晨晚些时候，当海达拉走出屋门，他被眼前的景象惊呆了。来自该地区各地的图阿雷格人在他的门前排起了长队，他们背着装满手稿的骆驼皮或羊

---

① 对海达拉的采访。
② 同上。

皮袋子。许多手稿几十年以来一直藏在山洞或沙洞里。海达拉付出了相当于数千美金的现金——在科威特和沙特阿拉伯的资助下——得到了 1000 多份手稿。他向卖家支付了他们所要求的一切，甚至超过了他们的要求。毕竟，他拿走了他们所拥有的全部。

海达拉沿河而上，返回廷巴克图，塞满手稿的小提箱和骆驼皮袋子堆满了小船，小船吃水很深。

回到廷巴克图后，马哈茂德·祖波看着海达拉满载而归，感到十分惊讶。他问：“这些都是你找到的？”①

在艾哈迈德·巴巴研究所工作的第一年，海达拉就取得了惊人的成绩：他收集的手稿数量相当于之前一个 8 人搜寻小组在过去 10 年里收集的手稿总量。

海达拉越来越迷恋他的这份事业了。平均下来，每个月里有三个星期他都奔波在路上，大都是搭乘着平底小船或独木舟沿着尼日尔河航行，然后返回廷巴克图，把收集到的手稿编入目录，稍微休息后再次上路。

一些偶然的发现让他渴望更多。一次，在廷巴克图附近的一个小村子里，海达拉得到了一本 50 页的伊斯兰教多位圣人的传记残本。海达拉觉得非常有趣，于是，他凭着直觉，沿着尼日尔来来回回，寻找其余的部分。经过两年的不懈搜寻，他在加奥附近一个村落的储藏室里发现了一个类似的残本，而这个地方，距离他第一次获得部分手稿的地点 250 英里。回到廷巴克图后，海达拉将这两部分组装在一起，然后发现手上捧着的是伟大的艾哈迈德·巴巴在他被囚禁期间所写的一部完整的作品。在最后一页的版权页上，巴巴留下了他的名字；日期为"991 年"，根据伊斯兰历，大约为公元 1593 年；其创作地为"马拉喀什"。几个世纪后，这部一分为二的传记穿越茫茫沙漠

---

① 对海达拉的采访。

回到了马里。

海达拉对寻找手稿出处的冲动越来越强烈，会去追溯它们几个世纪以来常常迂回辗转出现的轨迹。"当我在艾哈迈德·巴巴研究所时，我的办公室里堆满了手稿，"几十年后，他这样回忆道，"而当我在家时，我的周围也都是手稿。我的朋友都说'你疯了，你就不能谈点别的什么吗'。我会说：'让我自己待着吧。'手稿会散发出某种气味，而朋友们会说：'阿卜杜勒·海达拉，你闻起来跟手稿一个味儿。'"①

1992年，祖波在艾哈迈德·巴巴研究所总部截住了海达拉。这位主任一直像父亲一样关注着年轻的海达拉，关心着他的个人生活。"你是怎么了？"祖波问道，"为什么还没结婚？你还在等什么？"②

"您看啊，"海达拉不想感到这方面的压力，他说，"我甚至连自己住的房子都没有呢！"海达拉一直满意足地与他的兄弟姐妹住在父母留下来的位于桑科雷的宽敞房子里。虽然他还没找到伴侣，但是他觉得没有必要着急。他的社交生活非常活跃，在廷巴克图有大把的朋友，跟他的众多兄弟姐妹关系密切，包括两个离得很远、在喀麦隆和塞内加尔做商人的哥哥。尽管如此，祖波还是坚持要海达拉成家并安定下来。

"好吧，"祖波说，"上次你为我们执行的任务，我欠你一大笔钱。我要给你开张支票，我想让你用它去买些房产。"海达拉顺从了祖波的意愿，用这笔收入买下了一位叔叔拥有的贝拉法伦加（Bella Farandja）的一小块地，贝拉法伦加是廷巴克图东部边缘的一个新建社区，面朝沙漠。后来，海达拉在这块地上建了一座传统的石灰岩房子，有个宽敞的门厅，一个内院，很像他长大的地方。几个月后，海达拉遇到了一个年轻姑娘，她是巴马科的一名大学生，父亲是廷巴克

---

① 对海达拉的采访。
② 同上。

图津加里贝尔区的一位传统的桑海族酋长。他们开始了一段恋情,每次她一回到廷巴克图,他们都会见面。

一天,海达拉从廷巴克图出发,前往东南方向 500 英里处马里与布基纳法索的萨赫勒地区边境。他听说那里一个偏远村庄的一户人家收藏着该地区最精美的手稿。他乘卡车赶往加奥,路上绕过一个浅褐色的大湖,长着长角的牛在贫瘠的棕色岸边吃草,淹在水里的金合欢树的枝干从浅滩上冒出来。这个湖位于格西镇附近,也因大批沙漠象群而闻名,这些象是萨赫勒地区最后的象群之一,在马里旱季,它们会聚集在湖岸周围。就在湖的那一边,矗立着一块奇怪的石英砂岩,它有个名字叫"法蒂玛之手",得名于先知和他的妻子赫蒂彻的女儿的名字。三根手指状的柱子与人肉的颜色相差无几,均稍稍后倾,从沙漠地面伸向天空达 2000 英尺。

在格西,该地区最大的牲口交易市场,海达拉搭乘另一辆卡车,去了一个小一点的村落。在那里,他加入了一支有 50 头骆驼的商队,后者刚好要将从撒哈拉北部的陶代尼矿场挖的盐送到布基纳法索。第一天下午 2 点,海达拉骑上了一头骆驼,但走了半英里后,他就要求让他下来。

"怎么回事?"赶骆驼的人问。①

"我不舒服,需要步行。"

他们在沙漠里跋涉了 11 个小时,凌晨 1 点,他们找到了一个合适的地方扎营。同行的旅伴准备了饭食,但当海达拉看到给他吃的食物——软软的、像是腐肉的羚羊肉时——他觉得恶心,宁愿饿着。早上 6 点,他们继续上路,又朝东走了 12 个小时后,在沙地里扎营。第二天一大早,他们再次出发,穿过了一个位于布基纳法索—马里边境附近的浅湖。"我们要在这里分道扬镳了,你得自己往前走了。"

---

① 对海达拉的采访。

赶骆驼的人走到另一边说道。海达拉背着他的小背包，开始步行。"你要去的地方很近了，"赶骆驼的人朝海达拉喊道，"沿着这个湖走就行，别背对着这个湖走。"

海达拉顶着烈日，在接近 100 华氏度的高温下，沿着湖边艰难地前行，他一边小口喝着随身携带的半升装水壶里的水，一边时不时地从温热、浑浊的湖中捞起一点湖水拍在自己身上，好让自己凉快一点。他的背包里装着上万美金，但他跟往常一样穿着朴素，并坚信这身打扮不会让自己成为抢劫的目标。经过 8 个小时的辛苦旅程，接近日落时分，口干舌燥、筋疲力尽的他到达了村子。但是手稿的主人外出了。他一边从疲惫的长途跋涉中恢复，一边等待，两天后，手稿主人回来了。海达拉做了自我介绍，并告诉他，自己此行的目的是想看看手稿。

"谁告诉你我有手稿的？"那人质问道。①

"这谁都知道啊。我的父亲跟你的父亲是好朋友。"

"你想做什么？复制？你想让我把它们借给你？"

"不，不，我想拿东西跟你换。"

"那我连谈都不想跟你谈了，这是我们的历史，是无价的。"

"无论如何，我还是想看看。"

那个人将装满手稿的麻袋搬了出来。大部分手稿情况都很糟糕——不是被水泡胀了，就是被白蚁咬穿了——而且无法修复。有些手稿的部分页面被撕破了，而且长满了霉菌，但海达拉相信他可以修复它们。其余的则非常完好，包括一些海达拉所见过的最精美的作品。有 15 世纪和 16 世纪的神学巨著，上面镶着金叶子，带有几代学者手写的批注。其中最珍贵的是一部 11 世纪的《古兰经》，写于埃及，时间比廷巴克图建城还要早上百余年。

海达拉明白他必须拿下这些手稿，无论代价如何。

---

① 对海达拉的采访。

"我不会卖的,"那个人一口咬定,"我们不能没有这些手稿。"

"我想将它们带去廷巴克图,"海达拉解释道,"那里的一个研究所会保护它们、展示它们,并将它们修复到最好的状态。在那里,全世界的人都能看到它们——包括你和你的后辈。"

"它们不仅仅属于我,"那人回答,"也是我大哥的,他就住在离我家不远的一个村子里。"一队人出发去寻找这位大哥。第二天晚上,他出现了。海达拉能够感觉到,这位大哥还是很好沟通的。

"我可以用山羊、绵羊、奶牛交换,或者是任何你想要的东西。"

海达拉和这位大哥乘着独木舟穿过沼泽,然后步行了两天,去了位于布基纳法索边境的一个集镇。在萨赫勒地区这个人烟稀少的偏僻角落,边境并没有明确的标记,也没有警察,人们都是自由地来来往往。那人拿出了一张购物清单:50 头山羊,2 头骡子,大量的大米、小米和布料。海达拉一共花了 1 万美金——这数目之前从未有过。骡子驮着这些货物回到了村里。海达拉将手稿装进麻袋放到三头骆驼的背上,然后,握了一圈手,朝着回廷巴克图的方向而去。

这时,他基本上花光了所有的钱。他的向导将他带到了一个村落,他在那里等了 5 天,然后租到了一辆四轮车,载着他到了加奥,从加奥他搭了一辆卡车回廷巴克图。为了拿回这批手稿,海达拉这趟走了 4 个星期,这是他所有旅程中时间最长、最艰难的一次。经过几天艰苦的跋涉,在灌木丛中穿来穿去,终于回到廷巴克图时,他憔悴不堪、身无分文、又饥又渴、体力耗尽。但是他从不后悔走这一趟。

海达拉也没有对自己所选择的生活有丝毫的怀疑。"这份工作的报酬很高。他们从不约束我,我可以随心所欲,做自己想做的事情,而且我也做得很好,"30 年后,海达拉这样回忆道,"我很自由,但同时我也肩负很大的责任。我必须说服人们不要撒谎。我必须取得人们的信任,让他们将手稿交给我。他们信任我,给了我这份责任,我必须履行好。当我开始阅读这些手稿的时候,我发现了令人惊喜的东西，我不能丢下它们不管。我忍不住要去读它们。"①他沉浸在国王与学者的生活中，陶醉于廷巴克图的学者与到达这座城市的第一批西方学者的奇妙邂逅中，游走于苏菲派内部关于伊斯兰教义的分歧中，聆听着艾哈迈德·巴巴与其他辩论家的伦理争论。

  海达拉尤其感兴趣的是那些与西方将伊斯兰教视为一种不宽容的宗教的刻板印象相矛盾的手稿——他会骄傲地指出艾哈迈德·巴巴对奴隶制的谴责，以及马西纳帝国②苏丹和谢赫艾哈迈德·巴卡伊·孔提之间措辞强硬的通信，后者是19世纪中期廷巴克图城里的一位伊斯兰学者，以其对犹太人与基督徒的谦逊和接受而闻名。随着时间的推移，海达拉自己也成了一名学者，因为对该地区历史和宗教的了解而受到廷巴克图的许多同行的尊敬，常常有父母们来找海达拉，请他指导他们的孩子。

  在他带着从布基纳法索边境搜集到的珍宝回到廷巴克图后没多久，他又再次上路了。步伐依旧从容，势头不减。他划着独木舟，或者搭乘机动平板船，沿着尼日尔河上下游航行了数百英里，途中经过的几乎每个村庄和城镇都要停一下——迪雷、通加、贡多姆、尼亚芬凯、古尔马加鲁斯、布勒姆因纳里、加奥。他多次随着骆驼商队一路往北，前往阿尔及利亚边境的贫瘠沙漠，有时还越过边境进入阿尔及利亚和摩洛哥。海达拉那时还单身，因此可以离开很长一段时间，但他发现旅途非常累人，有时还很危险。他从骆驼上摔下来过。他饱受暴晒之苦，被沙漠的阳光灼伤，被沙漠中的暴风刮伤。

  在加奥附近，他搭乘的一辆十八轮大车在试图越过一个巨大的沙丘时翻车了。几十名乘客，包括妇女和孩童，都被夹住装满粮食的大麻布袋和其他货物之间，有几人伤势严重。就在这辆大车倾覆前一刻，海达拉从车里跳了出来，只落下了几处轻微的刮伤。在尼日尔河

---

① 对海达拉的采访。
② 马西纳帝国是19世纪早期集中在内尼日尔三角洲地区的一个圣战国家，位于今马里的莫普提和塞古地区。——编者

里，他乘坐的独木舟在汹涌的波涛中翻过三次，背包和其他物品全都沉入了河底。幸运的是，每一次事故都发生在他从廷巴克图出发，前往一个村庄购买手稿的途中。每一次，他都能保住他带出来的钱，他把它们小心地包在长袍里，随身携带。而手稿，他从未弄丢过一卷。

第四章
成立家族纪念图书馆

1993 年,海达拉打算做些变动。他已经为艾哈迈德·巴巴研究所工作了 9 年,从多次道路事故和独木舟倾覆事件中逃生,在撒哈拉沙漠中迷失过方向。他收集到了 1.65 万份手稿,造就了世界上最大的阿拉伯语手写书籍的公共收藏之一。海达拉已经与巴马科的那位大学生订婚,他准备安顿下来,建立自己的小家庭;他们将于 1995 年结婚。他已经将注意力集中于满玛·海达拉藏品的未来,常常在廷巴克图和他老家邦巴的储藏室里那些锡板条箱间流连忘返。一天,他找到研究所主任祖波,祖波现在是他最亲近的知己之一。海达拉后来以祖波的名字给自己的长子取了名。

"你知道有件事一直困扰着我,"海达拉说,"我一直在为艾哈迈德·巴巴研究所工作,收集和维护廷巴克图的手稿有很长一段时间了,但我从来没有为我自家的手稿这样做过。"[1]

"为什么不呢?"祖波问道。

"我不想将家传的手稿带到这来。"

"你得把它们带到这里来。"

"但我不能。"海达拉说,并开始解释自己在 17 岁时发过誓,绝不放弃家传手稿中的任何一份。

"那你要怎么处理?"

"我想建一个私人手稿图书馆。"

"这主意不错,"主任说,"你必须这么做。"

得到祖波的支持，海达拉很高兴，在开始寻找资金的同时，他留在了研究所的办公室里工作。他仔细阅读各种报纸和杂志，追查各种基金会和研究中心的地址，并给土耳其、伊拉克、伊朗、科威特、沙特阿拉伯、埃及、利比亚、叙利亚、黎巴嫩以及西欧和美国的地址发出了上百封信。绝大多数机构都没有回音。少数机构表示感兴趣，但它们要求海达拉提供一份海达拉手稿的完整目录。海达拉做不到。从没有人试着将满玛·海达拉收藏的数千件藏品详细列出，甚至海达拉自己也不知道里面到底有多少。他揣摩着，如果只给对方寄几百个样本，对方一定会认为收藏量很小，微不足道，并拒绝赞助他。海达拉试着与巴马科的文化部长取得了联系，部长告诉他，马里还不曾有过私人图书馆。

同年，海达拉在廷巴克图接待了一名马里的学生，此人当时正在利比亚撰写关于撒哈拉地区手稿的博士论文。海达拉领着他在艾哈迈德·巴巴研究所转了一圈，让他瞄了一眼自己的藏品，并允许他拍了些照片。有关海达拉的私人收藏的消息不胫而走，最终被利比亚政府知晓，后者于1996年初联系了海达拉。

"我们会帮助你。"一位与穆阿迈尔·卡扎菲关系近的官员说。[②] 5名利比亚历史学家和档案管理员乘坐政府专机从的黎波里到达廷巴克图机场，并直接去了海达拉的家里。这些人翻阅了手稿，并商议了一阵。

他们说："我们有一个提议。"

海达拉回答："我洗耳恭听。"

"我们想买下我们在这里看到的所有东西。"说着，他们打开一个手提箱，让海达拉看里面成堆的各种币种的钞票。"你开个价吧。"

海达拉对穆阿迈尔·卡扎菲及其政治主张几乎没什么好感。这位

---

① 对海达拉的采访。
② 同上。

利比亚独裁者经常表示出对撒哈拉文化和廷巴克图的热爱——称廷巴克图是"我最喜欢的城市",并花费数百万美元购置了房地产,重新填充了海达拉儿时经常游泳的运河——但海达拉觉得他是一个执迷于权力的自大狂,在整个地区播撒恶意。谁都知道,这位利比亚领导人是在玩两面三刀——一边慷慨地为发展项目提供资金,支持马里政府,一边通过窝藏叛军领导人、训练年轻的图阿雷格人做雇佣兵并输送资金,让北部的图阿雷格人叛乱活动继续下去。卡扎菲有许多不可告人的目的,他似乎认为每个人都有个价码。

"我了解他们的政治,但我跟他们不一样。我并不富有,但我图的不是钱。"数年后,海达拉这样告诉我。①

他对利比亚人说:"谢谢,但是不卖,你们从来没有说过你们是来这里购买这些手稿的。"

"你什么意思?你想要什么样的钱,我们都可以给你。"

"这些手稿不卖。"

"为什么不卖?"

"因为这不是我的。这是马里的遗产,它属于一个伟大的民族。"

"但我们能让你余生都过得舒舒服服。"

"还是不卖。"海达拉说。

大约就在海达拉回绝卡扎菲及其代表的要求的同时,美国文学学者、电影制作人、教授、哈佛大学哈钦斯非洲人和非裔美国人研究中心主任亨利·路易斯·盖茨正在考虑造访马里。盖茨出生于西弗吉尼亚的凯泽市,1972年以优异成绩从哈佛大学获得历史学位,并成为第一位获得安德鲁 W. 梅隆基金会奖学金的非裔美国人,该奖学金资助他在剑桥大学的博士研究。面对多所常春藤盟校向他抛出的橄榄枝,他最终于1991年接受了哈佛大学英语系的终身教职。借助这个享有盛誉的平台,盖茨成为美国最著名的欧洲中心论文学经典的批评

---

① 对海达拉的采访。

家，并在其 1989 年获得美国图书奖的作品《意指的猴子》(*The Signifying Monkey*) 等著作中积极地推动了对非洲及非裔美国文学和历史的认可。

1960 年，广受欢迎的《雷普利：信不信由你！》(*Ripley's—Believe It or Not!*) 的连环漫画登上了美国多家报纸，它以千奇百怪的事件为特色———颗流星击中了在太平洋上航行的一艘船，婆罗洲①发现一只 2 英尺长的虫子，一群盗贼通过挖走沙子盗走了牙买加的"整个海滩"——这些有关非洲的光怪陆离的事，让当时年仅 10 岁的盖茨心驰神往。盖茨家的当地报纸上登有单幅的漫画，画的是穿着长袍、戴着头巾的男人们拿着书，漫步在 16 世纪廷巴克图一座著名的大学图书馆里。对于从小在非洲是一个丛林中布满野蛮人的大陆的传统观念中长大的盖茨来说，这张漫画是一个启示。"它闯进了我的心灵，从那以后，那个形象一直印在我脑海里。"盖茨说。②

报纸上的漫画与西方世界一些顶级的历史学家和哲学家提出的关于非洲人的长期公认的"真相"相矛盾。在 1754 年的一篇题为《论民族性格》(*Of National Characters*) 的文章中，大卫·休谟宣称："我倾向于怀疑黑人……天生劣于白人……他们没有精巧的制造业，没有艺术，没有科学。"③伊曼纽尔·康德在其 1764 年出版的美学著作《对美与崇高感的观察》(*Observations on the Feeling of the Beautifuland Sublime*) 中谈道："非洲的黑人天生就没有超越琐碎的感觉……没有一个人在艺术或科学或任何其他值得称赞的品质方面表现出色。"④格奥尔格·威廉·弗里德里希·黑格尔在他 1837 年的《历史哲学》一书中指出，非洲没有本土的书写体系，没有历史记忆，也没有文明。

---

① 一座岛，位于南洋群岛中。——编者
② 对亨利·路易斯·盖茨的电话采访，2014 年 10 月 1 日。
③ Isaac Kramnick, ed., *The Portable Enlightenment Reader*, (New York: Penguin Books, 1995).
④ P. H. Coetzee and A. P. J. Roux, eds., *The African Philosophy Reader*, (London: Routledge, 2003), p. 81.

"它不是世界历史的一部分，它没有可供展示的活动或发展，"黑格尔宣称，"我们对非洲的正确理解就是那是个没有历史可言、尚未开化的灵魂。"①这些启蒙运动哲学家的观点常被引用作为进行奴隶贸易的理由。这些观点还认为，非洲没有书籍，这进一步证实了黑人在"存在巨链"（Great Chain of Being）中处于非人位置，"存在巨链"是一个柏拉图式的概念，在中世纪发展起来，并在启蒙时代继续存在，它将所有生命都与最顶层的上帝联系在一起，在上帝之下依次是天使、贵族、人类、野生动物、驯化的动物、植物和无生命物质。

在被《雷普利：信不信由你!》的漫画启发37年后，盖茨获得了一笔资金，为英国广播公司和美国公共广播公司拍摄了一部关于非洲历史的6集纪录片。他决定让"通往廷巴克图的路"这部分占一个小时，它将考察马里和桑海帝国的崛起和成就。盖茨回忆道："我想去看杰内的大清真寺，去廷巴克图，亲自探究那座大学及其所谓的图书馆的真实面目。"1997年春天，盖茨和他的纪录片摄制团队来到了巴马科，并乘机动平底渔船沿着尼日尔河旅行了一周。抵达廷巴克图附近的港口后，他们打算在艾哈迈德·巴巴研究所、桑科雷以及津加里贝尔清真寺进行拍摄。在廷巴克图的黄金时代，这些地方的非正式大学蓬勃发展。

但当他们到达旅馆，他们的翻译兼向导，也是海达拉的一位老熟人给他们提供了一个不同的建议。他说："如果你们想见识下真正的图书馆，不妨这样。这些书大都为私人所有，我就认识这么一个人，他可能会乐意向你们展示他的收藏。"盖茨很感兴趣，随即改变了行程，他和他的摄制组跟随向导穿街走巷，来到了海达拉的家。

而这时的海达拉正一筹莫展。5年来他一直梦想建立的图书馆，仍然没有着落。已经有一百多家基金会拒绝了他的提议，他也想不出其他办法了。

---

① Robert Dainotto, *Europe (In Theory)* (Raleigh: Duke University Press, 2007), p. 169.

盖茨的向导在这位哈佛教授到达的那天早上就通知了海达拉："廷巴克图有个从美国来的大代表团,他们想拜访你,他们想看看你的手稿,所以你准备一下吧。"

海达拉意识到这次拜访可能是个机会。他回答道："好吧,我会准备一下。"海达拉铺了一张毯子,放上了他在廷巴克图的收藏中最好的手稿。那天晚些时候,盖茨和摄制组来了。在摄制过程中,盖茨翻阅了一本关于天文学的文集,一本记录奴隶贸易的账册以及其他作品。

摄影机在拍摄,其中一个场景里,盖茨问海达拉："这些都是黑人写的?"海达拉点点头,头发浓密的他此时33岁。盖茨很惊愕,不敢置信地摇头道:"我年轻时,课本上说非洲人不会读书写字,而且连书都没有。"在接下来的几个小时里,海达拉给盖茨上了一堂关于廷巴克图的文学遗产的课,讲到了桑科雷大学的兴起以及它那些赫赫有名的传记作家、法学家、历史学家,列举了在廷巴克图的黄金时代收集了该地绝大多数手稿的十二大家族;讲述了摩洛哥人入侵时,这些手稿中的大部分被转入地下的来龙去脉;解释了廷巴克图的收藏家的后代400年来为保护这些手稿所做的贡献。"那是我一生中最激动的日子之一,"盖茨回忆道,"握着这些手稿,我心潮澎湃。"

盖茨离开时,对海达拉建图书馆的计划的困难重重只字未提,但他深信自己必须做点什么来保护这些手稿。在那些无人问津的储藏室里,疏于保护的手稿要么化为尘土,要么被白蚁蚕食,有些已经散失不见了。盖茨说:"海达拉还是比较幸运的,因为廷巴克图的气候极为干燥。要是它们被存放在尼日利亚那种潮湿的环境中,估计早已成了纸糊糊了。"

回到美国后,盖茨将他在廷巴克图的"惊人发现"告诉了纽约市安德鲁·W.梅隆基金会的项目主任。"所有这些书仍然存在,在这个家伙手上,甚至不在图书馆里。"3个月后,在盖茨的推荐下,梅隆基金给了海达拉一笔将近10万美元的赠款,用于在廷巴克图建一个新的手稿中心。给这笔钱是有附带条件的：梅隆基金会要求收藏者在进行实体建设前，先建一个数字档案。盖茨强调道："我知道你想建一个图书馆，但是编目和数字化必须放在第一位。海达拉表达了感激。随后，他雇了一名建筑师和施工队盖起图书馆来。

几个月后，当海达拉通知盖茨图书馆已经竣工时，盖茨难以置信："什么？我跟你说过要先编目。"

"如果不先盖一栋楼，我们就无法进行编目。"海达拉答道。他解释说，这些手稿一直暴露在满是灰尘的储藏室里，面临着各种威胁，因而他的当务之急是保护它们。

盖茨很恼火，又担心此事演变成丑闻，于是向梅隆基金会报告了这笔赠款被滥用的事。盖茨说，他们对此颇有怨言，但最终表示"木已成舟"，建就建了吧。

几个月后，海达拉再次打电话到哈佛大学找盖茨。

"出了什么事？"盖茨问道，此时他仍在为海达拉擅作主张的事生气。

海达拉说："我还需要一笔钱再盖一座图书馆。"

"什么？"盖茨再次惊呼，"你拿到第一笔资助开工就已经是个奇迹了！"

"我知道，"海达拉说，"但是我们有点误判了。"

"什么误判？"

"我们将房子建在了河漫滩上，我们得重建。"正如海达拉所解释的，在廷巴克图多年几乎没有降雨后，他和他的施工队理所当然地认为选址是万无一失的。但是那一年，当地接二连三地下了几场百年一遇的暴雨。雨水灌进了刚建好的房间，水泥开裂，导致屋顶坍塌了。

"什么都泡在水里了。"海达拉告诉盖茨。好在手稿还没开始搬进新图书馆，都幸免于难。

盖茨郁闷坏了，只好回去找梅隆基金会。见到项目主任后，盖茨问:"你还记得廷巴克图的那个图书馆吧?就是用你们的钱,未经你们批准就建的那个。"

项目主任回答:"当然记得。"

"呃……我们需要重建这个图书馆。"

项目主任听罢就笑了。盖茨说,当时的整个情况太"荒唐了",海达拉竟然这样理直气壮地伸手要钱,这固然让人生气,但更多是觉得好笑。梅隆基金会决定再给海达拉一笔资金,福特基金会也出了钱。很快,一座新图书馆拔地而起,这座建筑采用了钢筋混凝土,地基高出地面几英尺。2000年1月13日,在包括马里和摩洛哥的文化部长、马里的第一夫人(亨利·路易斯·盖茨因时间冲突未能成行,几个月后梅隆基金会派了一名代表来)等许多名人出席的落成典礼上,满玛·海达拉纪念图书馆正式向世界敞开了大门。

第五章
廷巴克图的文化复兴

2006年3月，我在读到一篇关于廷巴克图重见天日的手稿的新闻报道之后，得到了《史密森尼》杂志[1]的一项任务，前往马里，报道撒哈拉的文学拯救行动。我乘坐一家新的私人航空公司——马里航空快运公司的航班，从巴马科起飞，那是我第一次去见阿卜杜勒·卡德尔·海达拉。

廷巴克图的文学拯救行动与撒哈拉的一个音乐盛会前后相接。这是一场名为"沙漠节"（Festival in the Desert）的活动，为期3天，有赛骆驼和马里一些最受欢迎的音乐家的表演，包括伟大的蓝调音乐人、在廷巴克图附近的尼日尔河畔小镇尼亚丰凯长大的阿里·法尔卡·杜尔，以及由图阿雷格的前叛乱分子组成的塔里温乐队（Tinariwen，意为"沙漠里的人"）。塔里温乐队组建于2001年1月，现在引得全球各地的上千乐迷每年1月都赶到埃萨卡纳看他们的表演，埃萨卡纳是个布满沙丘的绿洲小镇，在廷巴克图以西40英里的一条沙漠小路上。一个是清醒的学术上的觉醒，一个是生气勃勃、有时花里胡哨的商业上的觉醒，它们共同将廷巴克图变成了一个文化中心，就像它在16世纪的黄金时代一样。多亏了互联网的兴起和国际旅行的日益便利，海达拉儿时的那个与世隔绝的小镇向世界敞开了大门。

自我1995年造访廷巴克图以来，廷巴克图发生了非同寻常的变化。回想那时，我和两名同行租了一架小型飞机从巴马科出发，行色匆匆的两个小时里一直在小镇上空盘旋,而飞行员在机场等着,他的计时表还在转。在为《新共和》写的关于廷巴克图的文章《依然在这里》(*Still Here*)中,我描述了这个地方"令人窒息的偏僻"[2],尽管1992年签署了和平协议,但图阿雷格族叛乱的影响仍在困扰着这里。19世纪末20世纪初,撒哈拉的这些游牧民用剑和矛抵抗法国殖民军队,后来又以AK-47抵抗马里政府,他们袭击军营,招来了政府军对平民的狠狠报复。当时我在文章中写道:"骑着骆驼,开着四轮驱动的丰田车,图阿雷格族牧民横行在撒哈拉大沙漠上,他们阻断了道路交通,切断了日常供应,毁掉了旅游业。图阿雷格族人和黑人之间的紧张关系加剧,拿着马里军方提供的武器的黑人自卫队纵火烧毁了图阿雷格人的营地,以报复其叛乱分子的袭击。"[3]数万人越过马里的西部边境逃到了毛里塔尼亚,而一向与世界其他地方鲜有联系的廷巴克图陷入了更深的孤立。

1995年时,这个城镇没有报纸,只有一个广播电台,两条电话线。在廷巴克图的布克图酒店——镇上仅有的两个旅游设施之一,我和酒店老板布巴卡尔·杜尔在满是沙土的酒店大厅里喝茶,大厅里贴着几张十年前的马里旅游海报。"下一班从巴马科起飞的马里航空公司航班还要等三天,杜尔希望它能带来更多的生意,"我当时写道,"'这周没有西方游客来我们这儿,上一周也没有,但下周我们也许会走运。'他说。他的酒店有29间房,但只有4间住了人,而且还都是马里商人。"[4]

但在我短期造访廷巴克图的第二年,在北部地区折腾了5年的图阿雷格叛乱的最后一批叛乱分子终于同意放下武器,游牧民战士向政

---

[1] 创刊于1970年,隶属于美国华盛顿特区的史密森尼学会,主题多与科学、文化、艺术有关。——编者
[2] Joshua Hammer, "Timbuktu Postcard: Still Here," *The New Republic*, November 13, 1995.
[3] 同上。
[4] 同上。

府交出了数千支卡拉什尼科夫冲锋枪。这些武器被埋在了一座"和平纪念碑"的混凝土基座下,纪念碑矗立在廷巴克图郊区一处高地上,是一组相互紧扣的拱门,周围是一幅幅描绘马里政府军士兵与图阿雷格叛乱分子握手并焚烧武器的场景的彩色壁画。

如今,在图阿雷格族人放下武器 10 年后,和平的果实显现了出来:一条新的柏油马路连接着机场和廷巴克图,排成一列的四轮驱动出租车等着接走这条路上的游客。为满足快速增长的游客数量,5 家酒店刚刚开业。私营移动电话公司 Ikatel 已在廷巴克图建了网点。镇上已经开了 3 家网吧。到处都在敲敲打打、垒砖砌墙。来自摩洛哥的一个伊玛目代表团,来自巴黎的 3 位研究人员,奥斯陆大学的一队文物保护者,以及来自德国的 2 位电台记者,都在亲身感受手稿的风采。

海达拉在家里见了我,他家位于城东边缘的贝拉法伦加社区,去桑科雷清真寺只需步行一小段,他是个高个儿,热情洋溢,留着福斯塔夫式①的山羊胡子,一头鬈发中央是光秃秃的头顶。吵吵嚷嚷的孩子们蜂拥着穿过两层的石灰岩房屋,冲进铺着地砖的庭院,庭院里满是海达拉的妻子布置的盆栽和五颜六色的花。这群嬉闹的孩子中包括海达拉 11 岁、9 岁和 5 岁的女儿,以及 7 岁和 2 岁的儿子。海达拉的家让人感觉温暖、舒适,洋溢着活力。从屋顶上,这家人可以眺望撒哈拉的沙丘和蔚蓝的天空。

为了保护该地区的文学瑰宝,海达拉将廷巴克图 20 个拥有手稿收藏的家族组织起来,成立了一个协会,即捍卫伊斯兰文化之手稿保存与价值评估协会,按其法语首字母缩写,简称为 SAVAMA-DCI②。"我说,'你们得开办你们自己的图书馆,并承接修复手稿的活儿',

---

① 福斯塔夫是莎士比亚剧中人物。——编者
② 即 Sauvegarde et Valorisation des Manuscrits pour la Défense de la Culture Islamique。——编者

大家都赞成这个想法。"海达拉回忆道。①该组织到处游说，并开始接受来自世界各地的财政援助。福特基金会提供了 60 万美元作为种子资金，帮助开办了 3 家图书馆，其中包括海达拉自己的图书馆。海达拉用部分资金将邦巴的 4 万卷藏品和廷巴克图的 5000 卷藏品合并到了一起，他的满玛·海达拉图书馆现在每天要迎来 200 名访客。向廷巴克图提供了大量资金支持的还有由沙特前石油部长管理的英国伊斯兰遗产研究基金会，迪拜的朱马·马吉德文化与遗产中心，里昂高等师范学院，德国汉高基金会，荷兰克劳斯亲王文化与发展基金会，卢森堡公主，以及其他捐助者。捐助者划拨了数百万美元用于建筑原料、保护材料、藏品编目以及计算机、扫描仪和其他设备。

甚至卡扎菲也参与其中。失去了占有海达拉藏品的机会后，卡扎菲开始在廷巴克图建造他自己的图书馆和手稿保护中心。卡扎菲将花 5 年时间购买地皮、派遣工程师，并建起一栋大楼，只可惜随着 2011 年利比亚爆发内战和他的垮台，一切都化为泡影。这位利比亚领导人还宣布设立"卡扎菲人权奖"，并将其颁给了海达拉和他的几位图书管理员同事，以表彰他们为拯救廷巴克图的文学遗产所做的工作。

海达拉几乎是单枪匹马地将廷巴克图由一个萧条的穷乡僻壤变成了世界各地的研究人员、外交人员和旅游者的麦加。"真的，我们做得很好，我们从国际社会收到了很多钱，"海达拉告诉我，"廷巴克图迎来了一个很棒的开端，它唤醒了这座城市的文化生活。"②

而这些手稿也开始找到自己的方式进入更广阔的世界。海达拉近期飞去了华盛顿特区，帮助照管美国国会图书馆的满玛·海达拉藏品样本的展览，之后安排了一次穿越密西西比州的杰克逊、纽约、芝加哥、康涅狄格州的哈特福德和水牛城的巡展。美国博物馆的观众第一

---

① 作者为《史密森尼》杂志对海达拉所做的采访，廷巴克图，2006 年 3 月 4 日。
② 对海达拉的采访，2006 年 3 月 4 日。

次能够一窥廷巴克图学者引领的智识探究的广度。《诸天中的重要恒星》(*The Important Stars Among the Multitude of the Heavens*)写于1733年,那是在廷巴克图16世纪黄金时代之后的第二个学术繁荣时期,作者为廷巴克图的一位天文学家,它探讨了恒星的运动及其与四季的关系。《显性与隐性疾病和缺陷的治疗》(*Curing Diseases and Defects Both Apparent and Hidden*)完美地结合了宗教和科学,记述了可以作为药物的动物、植物和矿物质,以及被认为有助于治疗疾病的伊斯兰祈祷语和《古兰经》段落。《描述手工艺和农业功德之书》(*The Book Describing the Blessed Merits of Crafts and Agriculture*)讨论了从事劳动的生活对社会的效益。引用《古兰经》和《圣训》中的《致交战部落的信》(*Letter to the Warring Tribes*),敦促两个有世仇的派别相互包容、和平共处。

廷巴克图涌现出了一批新的图书馆员,他们几乎全都是几个世纪前的伟大学者和手稿收藏家的后代。曾在非斯教授阿拉伯文学,并在塞内加尔的达喀尔担任联合国教科文组织顾问的西迪·亚伊雅·旺加里是海达拉最成功的门徒之一。在16世纪中期,他的祖先穆罕默德·阿布·伯克尔·旺加里曾是桑科雷清真寺的一名教师,并收集了从历史到诗歌再到天文学等主题的手写书稿。

"他在一整日的教学中表现出了极大的耐心,即使是愚人也能理解他所说之事,绝不会感到无聊或疲惫。"他最喜欢的学生之一、被称为"他那个时代独一无二的明珠"的流亡哲人艾哈迈德·巴巴·苏丹尼写道。这位学者1594年逝世,他的那些书分散到了越来越多的家庭成员中。"家里没有人想过收集或保存它们。"[1]旺加里这么告诉我时,我正跪在他潮湿的储藏室里的一个旧木箱旁,翻着泛黄的书页,盯着那些优雅的阿拉伯书法和复杂的几何设计看。那是一本16世纪的《古兰经》,封面上装饰的方形和多边形凹槽之中,绿松石色

---

① 作者为《史密森尼》杂志对西迪·亚伊雅·旺加里做的采访,2006年3月5日。

和红色染料仍清晰可见,但几个世纪以来无人照看的代价是显而易见的。当我欣赏着这本书时,易碎的皮革竟在我手中断开了。装订处一破损,历经几个世纪的书页便颤巍巍的,成了碎片。我仔细地察看了装在小提箱里的更多书籍,有些由于受潮而膨胀,有些上面已覆满了白色或黄色的霉菌。我翻开一本关于占星术的手稿,页边空白处用极小的字体小心翼翼地手写了注解,大多数页面上的墨迹都已模糊难辨。"这本烂掉了,恐怕是彻底毁了。"旺加里嘟囔道,说着便把一本《圣训》扔到了一边。①

在海达拉的支持下,旺加里从福特基金会获得了20万美元的拨款,用于建造旺加里图书馆,在还不算无可救药之前保护手稿。工人们还在给混凝土砌块墙涂抹灰泥,并把砖块铺在完工了一半的建筑之外,让它们在太阳下晒干。

另一位涌现出来的廷巴克图收藏家是伊斯梅尔·迪亚尼·海达拉(他与阿卜杜勒·海达拉没有亲戚关系),是一位著名的摩尔学者的直系后裔。1469年,这名摩尔学者携带其全部手稿逃离了西班牙的托莱多,娶了阿斯基亚·穆罕默德国王的姐姐,并在加奥建了第一个图书馆。"这个图书馆是可以借书的,跟现代图书馆一样,在书的空白处会写着'×先生借了这本书'。"伊斯梅尔·迪亚尼·海达拉回忆道。②海达拉开始寻找这些书的下落,并从西班牙筹集资金创办了Fondo Kati图书馆。找回的7028份手稿,包括对桑海帝国基督徒和犹太人的生活,对买卖奴隶,以及对书籍、盐、黄金、织物、香料和可可坚果贸易的描述。有些书稿最初来自尼日尔河流域,经由廷巴克图和杰内等地的学者做过注解。有些书稿则从中东各地来到马里,书页边缘满是科尔多瓦、格拉纳达、非斯、马拉喀什、的黎波里、开罗和巴格达等地圣贤哲人的所思所悟。伊斯梅尔·迪亚尼·海达拉最引以

---

① 对旺加里的采访。
② 作者为《史密森尼》杂志对伊斯梅尔·迪亚尼·海达拉做的采访,2006年3月5日。

为豪的是两卷华美的《古兰经》,一本是1420年在土耳其抄写下来的,另一本是1198年在安达卢西亚的休达抄在羊皮上的,几个世纪以来,一直藏在距离廷巴克图100英里的卡什沙木巴村一户人家的箱子里。

我参观了位于一个建筑群之中的艾哈迈德·巴巴研究所,那是阿卜杜勒·卡德尔·海达拉工作多年的地方。它仍在接受富有的中东政府以及挪威和南非的资助,仍旧是廷巴克图最负盛名、资金最充足、最现代化且最大的图书馆。摩尔式拱形入口上方的门楣上刻着这位被铁链锁着带到马拉喀什的著名学者的哀叹:"哦,朋友,当你去加奥时,绕道去一下廷巴克图吧,向我的朋友们低声道出我的名字,并带着流亡者对朋友、家人和邻居生活的土地的渴望,给他们捎去一声问候。"在一间工作室里,14名工人正在制作储物箱,并用喜多方纸小心翼翼地包起即将碎裂的手稿页面,喜多方纸是一种薄而结实的日本纸,由楮①的编织纤维制成,被认为是修复撕裂处或加固脆弱手稿页的背面的理想材料,但这种纸通常只能在其中一面书写。"这样可以保护这些手稿至少100年。"艾哈迈德·巴巴研究所的主任穆罕默德·加拉·迪科告诉我。②马哈茂德·祖波退休之后,迪科接替他成了研究所的主任(祖波后来将成为马里驻沙特阿拉伯大使)。

迪科的技术人员已经对6538份手稿进行了"除尘",用无酸纸将散架的手稿的每一页都包起来装进一个个盒子里,还有1.9万份手稿等待处理。南非国家档案馆已经派了数十名工作人员飞往开普敦和比勒陀利亚的工作室,这是南非总统姆贝基2001年11月对马里进行国事访问后发起的一项计划的一部分。在马里总统阿尔法·奥马尔·科纳雷的陪同下,姆贝基总统参观了廷巴克图,他被艾哈迈德·巴巴研究所的手稿收藏所打动,承诺协助马里人民进行保护工作,而且南

———————————
① Kozo,桑科构属植物。——编者
② 作者为《史密森尼》杂志对穆罕默德·加拉·迪科做的采访,2006年3月5日。

非国家档案馆已从 2003 年起开始培训马里的文物保护人员。在院子对面一间洒满阳光的房间里,十几名档案管理员挤在爱普生和佳能扫描仪旁,为手稿制作数字图像。迪科跟我说:"我们正在将搜索范围扩大到西北和东北部,还有数十万份手稿散落在那里。"①

海达拉的组织还将其文化复兴输出到了这座城市之外很远的地方。2004 年,这个组织在杰内大清真寺的对面开设了一座图书馆,杰内大清真寺是一座高大的多尖塔耸立的建筑,初建于 14 世纪,之后多次重建,是马里最著名的地标之一。SAVAMA-DCI 翻新了加奥的一座图书馆,在尼日尔河南部的塞古镇设立了另一座图书馆,甚至冒险进入了撒哈拉沙漠的几个偏远定居点,一些伊斯兰学者已经开始在那里寻找沙漠中被遗忘和埋葬的手稿,并各自建起了自己简陋的图书馆。

阿卜杜勒·卡德尔·海达拉安排我参观了其中一个社区,即位于廷巴克图以东 40 英里一个名叫贝尔的图阿雷格族村落。当贝尔村的图书馆馆长菲达·阿格·穆罕默德——一个五十来岁、一边脸上有轻微烧伤的瘦削男子——和我的司机巴巴以及我离开廷巴克图时,太阳才刚刚升起,寒风从我们那辆破旧的陆地巡洋舰敞开的窗户扑了进来。巴巴驾车穿过一条起伏不平的沙道,一路摆尾驶过沙丘和荆棘树,进入撒哈拉沙漠腹地。贝尔村由散布在两个低矮的沙漠山脊之间一个鞍形地带的座座泥砖小屋和帐篷组成,四周无遮无挡,这里曾经有可以追溯至 15 世纪的 1.5 万份手稿。但在 1990 年图阿雷格族叛乱期间,马里政府军和来自阿拉伯部族的雇佣军袭击、抢劫、焚烧了该地区的许多图阿雷格村庄,为防不测,贝尔村的居民将大部分手稿分散至居住在撒哈拉沙漠更深处定居点的亲戚家里,或者直接埋进了沙子里,只留下了几百份手稿。这是一个在马里上演了几个世纪的故事的现代版本,一个关于战争、掩藏之地和失去的故事。

---

① 对迪科的采访。

我们穿过一片沙地，进入一间铁皮房顶的棚屋，这就是穆罕默德研究中心。穆罕默德打开了我脚边的一个箱子，取出他从沙漠里找出的几十卷手稿。他虔诚地摩挲着，摇着头低声说道："灰尘是这些手稿的敌人，随着时间的流逝，灰尘会吞噬它们，毁掉它们。"[1]我拾起一本15世纪的微型《古兰经》，翘起手指小心地翻动着书页，目光惊讶地停留在了一幅麦地那大清真寺的插图上。那是一位不具名的艺术家用钢笔和墨水精心描绘的沙特阿拉伯的石墙堡垒，两座铅笔般细长的宣礼塔矗立在中央的金色圆顶上，清真寺的边缘排满了枣椰树，远处的沙漠群山清晰可见。穆罕默德对我说："你可是第一批看到这手稿的外地人之一。"

我回到廷巴克图后，阿卜杜勒·卡德尔·海达拉领着我穿街走巷，那些纵横交错着杂乱的电话线的小巷里沙土飞扬，我们经过两三层高、用泥砖和石灰石盖的摇摇欲坠的房子，一路所见都是令人感觉压抑的浅褐色。少数几处色彩给这幅场景增添了一抹亮色：那是在沙地上练球的一支足球队穿的火红球衣，那是一家杂货店的灰绿色外墙，还有当地图阿雷格族或桑海族的男子穿的孔雀蓝西非长袍或飘逸的马里长袍。

我们走进了铺着瓷砖、院子里有成荫的金合欢树的满玛·海达拉图书馆。海达拉领着我穿过一扇扇传统的摩尔风格木门，门上镶嵌着几十个装饰性的银色把手。馆内展厅是福特基金会资助修建的，洒满阳光，海达拉最好的藏品被整齐地摆放在真空密封的玻璃柜中。他向我展示了一本14世纪的《古兰经》，一本天文学作品，打开到了有一幅画有众多天体的图表的那页，以及一封精神领袖谢赫艾哈迈德·巴卡伊·孔提写于1853年的信，此人在信里恳请马西纳的苏丹饶了德国探险家海因里希·巴尔特的命。苏丹实行严厉的伊斯兰统治，非穆斯林被禁止进入其治下的城市，但是巴卡伊辩称处决巴尔特有违教

---

[1] 作者为《史密森尼》杂志对菲达·阿格·穆罕默德的采访，2006年3月6日。

Bad-ass Librarians   **061**

法。巴卡伊写道:"它禁止对踏上伊斯兰土地、受到穆斯林友好相待的异教徒的不公,无论这些人是不是战士。"巴尔特在巴卡伊的保护下活了下来,之后毫发无伤地回到了欧洲。海达拉说:"这些手稿表明了伊斯兰教是一种宽容的宗教,我们需要将这个真相告诉西方世界。"

然而,这不是廷巴克图唯一的真相。在这个镇子的东北边缘,从海达拉的家沿着一条沙路走不了多久,一个新的建设项目正从沙丘上拔地而起:那是一座巨大的、刷成奶油糖果色和桃红色的混凝土清真寺。它是来自沙特阿拉伯的原教旨主义的瓦哈比教派的一些富人花费数百万美元建的。它有一座座摩尔风格的拱门,一个顶着新月的绿色铜圆顶,一座40英尺高的宣礼塔,还安装了5个扬声器,向四面八方播放《古兰经》。虽然还没有引起外界的太多关注,但瓦哈比教徒正在尽力将他们坚定的伊斯兰信仰输出到撒哈拉沙漠。

100年前,法国记者、历史学家费利克斯·迪布瓦提到过"阿拉伯穆斯林"对两拨马里圣战分子的"影响",这两拨人于19世纪早期和中期在廷巴克图推行伊斯兰教法。穆罕默德·阿卜杜勒·瓦哈比,一位来自沙漠内地(现属于沙特阿拉伯)的18世纪传道者,曾呼吁恢复先知在伊斯兰教纪元——公元622年他从麦加迁往麦地那——开始之后创建的更为严苛的伊斯兰社会。瓦哈比的追随者拒不接受现代主义和世俗主义,支持推行伊斯兰教法,呼吁限制妇女的作用,并渴望模仿7世纪由先知及其后继者统治的宗教国家,建立一个伊斯兰哈里发国。瓦哈比还宣布对什叶派、苏菲派和希腊哲学发动圣战。他制定了被称为takfir(意为叛教者)的教义,根据该教义,瓦哈比及其追随者可以将任何拒绝向哈里发宣誓效忠的穆斯林、逊尼派伊斯兰世界的领袖或崇拜真主以外任何实体的穆斯林,定为异教徒,并处以死刑。19世纪,马里苏菲派在去麦加朝圣期间接触了这些阿拉伯狂热分子,并将他们僵化的意识形态和不宽容文化嫁接到了从苏菲派、万物有灵论乃至这两者的融合生发出的尼日尔河文化中。这些马里圣战分子致力于通过实行伊斯兰教法来"净化"伊斯兰教，由于他们的存在，对该宗教的两种解释带来了暴力冲突。如今，150年后，历史还在伺机重演。

那天傍晚，我坐在位于撒哈拉边缘的廷巴克图最古老的旅馆——布克图酒店的户外酒吧里。图阿雷格游牧民披着西非长袍，已经西化的当地人穿着牛仔裤和带大学标志的T恤，外国游客们跟着阿里·法尔卡·杜尔的音乐摇摆身体。在渐渐暗下去的光线中，几乎没人注意到坐在角落的桌子旁的5个美国年轻人，他们留着平头、身材匀称，正喝着卡斯特啤酒。他们是美国特种部队的教官，被派到马里来帮助训练该国装备不足的军队，以应对沙漠地区甚嚣尘上的恐怖主义威胁。"他们占了布克图酒店的一栋楼，不太跟外人来往。"图阿雷格族导游阿齐马·阿里低声对我说这些时，廷巴克图数十座清真寺的宣礼员的召唤恰好在光线昏暗的小巷中响起。

近几个月来，西方和马里的官员侦测到在马里的撒哈拉地区，伊斯兰分子的招募活动激增。马里政府盯紧了几位来自巴基斯坦的巡回传教的伊玛目，他们在整个北部从事劝人改宗的活动。"他们已经让这帮巴基斯坦人知道自己在这里是不受欢迎的了。"在巴马科的一位美国官员这样告诉我。来自沙特阿拉伯的萨拉菲派教徒——原教旨主义穆斯林，他们颂扬回归先知及其最初的追随者，即先人们信奉的伊斯兰教——在廷巴克图和其他沙漠社区都建了瓦哈比派清真寺，设立了孤儿院，并向当地的慈善机构慷慨解囊。美国驻巴马科的外交官告诉我："马里北部地域辽阔、极端贫穷，有很多失业的满腔愤怒的年轻人。利用这些被剥夺权利的年轻人的可能性是肯定存在的。"

我的司机巴巴告诉我，廷巴克图那座新修的瓦哈比清真寺的伊玛目是当地桑海部落的人，他已经成功地吸引了20多名廷巴克图居民参加周五的祈祷，其中包括一些在9·11袭击之后自豪地穿着印有奥萨马·本·拉登头像的T恤招摇过市的年轻人。但图阿雷格导游阿齐马·阿里还是坚称，那位伊玛目给出的信息在廷巴克图仍是不受大家待见的。"这里的人不是极端分子,"他说,"我们信奉的伊斯兰教是友善、慷慨的。我们不相信通过暴力传播的宗教。如果你不是穆斯林,没有人可以强迫你成为穆斯林。"

参观完沙特人修建的清真寺后,巴巴和我驱车穿过了镇中心。我们经过了廷巴克图著名的津加里贝尔清真寺,一座宏伟的14世纪的泥砌堡垒。巴巴告诉我:"只要这座清真寺还矗立在城市之中,瓦哈比人就永远不会强大。"但不一会儿,一辆满载着马里士兵的吉普车就从我们旁边呼啸而过,扬起一片尘土,这些士兵刚参加完美国教练在撒哈拉沙漠中搞的军事演习。巴巴目光沉沉地望向他们。"我们很高兴美国人能来这里帮我们,"他喃喃道,"谁知道沙漠里在发生什么呢?"

第六章
沙漠中的音乐与杀戮

美国欧洲司令部位于德国斯图加特东郊的瓦辛根,副司令查尔斯·F. 瓦尔德将军来自美国北达科他州,是一名高大魁梧的前大学橄榄球明星,他一向态度强硬,对下属既激励又恐吓。1969 年,瓦尔德在美国橄榄球大联盟的第 14 轮选秀中被亚特兰大猎鹰队选为外接手,之后他选择了加入空军,开启了作为飞行员的职业生涯。自 1960 年代末以来,他在美国的历次军事行动中都执行或指挥过作战任务,这一表现使得一位国防专家称他为"空军的西力"①——指的是伍迪·艾伦电影②中一位人物,此人有本事在 1920 年代和 1930 年代的一个接一个的大事件中都到场。瓦尔德驾驶轻型飞机在越南、老挝、柬埔寨上空作战;1986 年,在利比亚恐怖分子袭击了柏林一家夜总会,导致 2 名美国士兵身亡后,瓦尔德指挥了对穆阿迈尔·卡扎菲在的黎波里的驻地的空袭。10 年后,波黑战争即将结束之际,他驾着 F-16 轰炸了位于波斯尼亚-黑塞哥维那的几座塞族弹药库。他曾是驻阿富汗的空军负责人,在摧毁塔利班的行动中管着 3.5 万名士兵和 350 架飞机。

2002 年瓦尔德到达瓦辛根时,美国在非洲的军事行动由三个联合司令部负责,欧洲司令部负责西非。(5 年后,国防部长唐纳德·拉姆斯菲尔德将创设非洲司令部,在非洲政府无一接受美国在其领土上的永久军事存在之后,将非洲司令部的总部设在斯图加特,并由其负责整个非洲大陆。)瓦尔德把大部分时间都花在了注意尼日利亚盛产石油的尼日尔三角洲日益恶化的危机上，那里的反叛组织和罪犯不仅绑架美国石油工人，还扣着他们索要数百万美元的赎金。瓦尔德还发现了撒哈拉沙漠"浩瀚且荒无人烟的多个地方"③所潜藏的麻烦。阿拉伯不法分子通过走私香烟、毒品、武器，以及从马里和尼日尔到北非或穿越地中海往欧洲运送非法移民，每年获利数千万美元。一些走私者与多个伊斯兰叛乱组织有来往，后者在1990年代对阿尔及利亚政权发动了残酷的内战，造成成千上万平民丧生。钱财、武器、犯罪和激进的伊斯兰分子之间的瓜葛，一直让阿尔及利亚人惴惴不安，而给他们送去情报并帮助他们在边境上进行监视的美国人也同样感到忧心。

在9·11袭击以及布什政府对塔利班和基地组织发动战争之后，瓦尔德认为萨赫勒地区是圣战主义的沃土。美国军方已将基地组织及其塔利班庇护者赶出了阿富汗，让他们失去了主要的避难所；在1990年代庇护了本·拉登5年的苏丹伊斯兰政府，也在美国和沙特的施压下于1996年驱逐了本·拉登，并明确表示苏丹不再欢迎该恐怖组织。留给激进分子的可靠避难所，只剩下也门——该国软弱的政权已将亚丁港以东山区的控制权交给了圣战分子——和撒哈拉的"狂野西部"，尤其是马里。作为1996年与图阿雷格族叛军签署的和平协议的一部分，马里当局同意减少自己在廷巴克图以北地区的军事存在，而且双方还在一件事上心照不宣，即马里政府不会干涉图阿雷格人的传统收入来源，即通过漏洞百出的沙漠边界走私违禁品，经常是与阿拉伯部族的人勾结。1990年代中期马里军队撤退后，这个地区就变得越来越荒凉，极端分子趁机进入了整个真空地带。马里是叙利亚等政权倒台的国家中的第一个，陷入困境的叙利亚巴沙尔·阿萨

---

① John Barry, "Lt. Gen. Charles F. Wald," *Newsweek*, December 30, 2001.
② 指其早期电影作品《西力传》（*Zelig*）。——编者
③ 作者对查尔斯·F. 瓦尔德的采访，弗吉尼亚州阿灵顿的艾美酒店，2014年2月24日。

德政权在 2012 年、2013 年丧失了权力，这使得伊拉克和大叙利亚伊斯兰国霸占了大片无法管控的领土。

2003 年初，美国情报部门发给瓦尔德一套由"天空间谍"卫星拍摄的颗粒较粗的照片。照片显示，数十名武装人员在廷巴克图以北的一个沙漠训练营里整齐列队。在欧洲司令部总部的一间安全屋里，瓦尔德把这些照片举向聚光灯。欧洲司令部总部是一个由多座浅褐色的混凝土建筑组成的叶状建筑群，1936 年为纳粹的战争机器而建，第二次世界大战后被美国陆军第三军占领。瓦尔德仔细观察着照片上的元素：半自动武器，偏远的沙漠环境，一些看起来像伊斯兰战士的人，有些骑在马背上。这些图像看起来几乎跟他经常分析的那些阿富汗塔利班武装分子的监视照片一模一样。他认为，这是一个军事编队。这看起来像是恐怖分子的日常训练。照片太过粗糙，看不清那些武装分子长什么样。但几年后，瓦尔德告诉我，截获的卫星电话和其他情报表明，该组织的指挥官是撒哈拉沙漠最臭名昭著的亡命之徒，一个指定要做马里的伊斯兰马格里布基地组织头目的家伙：穆赫塔尔·贝尔摩塔尔。

贝尔摩塔尔，30 岁，在盖尔达耶出生、长大，那是一座尘土飞扬的小镇，位于阿尔及尔以南 370 英里的阿尔及利亚撒哈拉的马扎布山谷，小镇的失业率非常高，民众中郁积着反政府情绪。"这里没有大海真是太糟了，"这是山谷里年轻人常挂在嘴边的丧气话，"那么我们应该逃离这个没有我们容身之处的国家。"① 在贝尔摩塔尔的青春期，盖尔达耶镇的许多年轻人都迷上了萨拉菲主义，而贝尔摩塔尔成了它的最狂热的信徒之一。贝尔摩塔尔上中学时正值阿富汗发动抵抗苏联的圣战，受此鼓动，他满腔热血地听磁带，读巴勒斯坦思想领袖阿卜杜拉·优素福·阿扎姆的讲经，此人是本·拉登的导师，也是巴

---

① Djamel Alilat, "Avec Les Chôeurs de la vallée de Metlili (Ghardaïa)," *El Watan*, March 23, 2013.

基斯坦恐怖组织虔诚军的联合创始人。

1989年,阿扎姆在白沙瓦的一次汽车炸弹爆炸事件中死亡,这件事对年轻的贝尔摩塔尔的人生产生了深远的影响。一年之后,贝尔摩塔尔去麦加进行小朝觐——通常在斋月期间进行的二次朝圣。第二年,他和另外三个来自盖尔达耶的青少年前往阿富汗,加入圣战组织。他们的动机之一是想给阿扎姆报仇,虽然一直未确定凶手是谁;嫌疑人包括以色列的秘密行动和反恐部门摩萨德,以及最近成立的基地组织内部的竞争对手。1989年2月,苏联从阿富汗撤军。贝尔摩塔尔偶然结识了伊斯兰协会(Hezb-i-Islami),一个伊斯兰游击队组织,旨在推翻喀布尔的世俗政权。这群伊斯兰叛乱分子由从世界各地招募的数千名新兵组成,驻扎在巴基斯坦的部落聚集区,其头目是古勒卜丁·希克马蒂亚尔,一位心狠手辣的反西方圣战组织领导人,中央情报局在1980年代向他输送了至少6亿美元,让他发动战争,对付苏联。

后来,贝尔摩塔尔想办法去了距离喀布尔约100英里的阿富汗东部城市贾拉拉巴德的基地组织营地,并在那里与来自中东各地的激进伊斯兰分子建立了联系。其中就包括阿布·卡塔达,一名出生在伯利恒的圣战分子,此人后来将被称为"奥萨马·本·拉登的驻欧洲大使"①,他呼吁对"身在任何地方的美国公民"发动袭击。另一个是熟人阿布·穆罕默德·马克迪西,出生在纳布卢斯的一名理论家,他将成为伊拉克基地组织杀人不眨眼的指挥官阿布·穆萨布·扎卡维的精神导师,贝尔摩塔尔也声称在贾拉拉巴德匆匆见过扎卡维一面。

根据数年后贝尔摩塔尔在接受一个圣战网站的采访时所说,他在一次训练演习中处理爆炸物时,爆炸物在他脸上炸开,导致他左眼失

---

① Duncan Gardham, "Abu Qatada Profile: 'Osama Bin Laden's ambassador man in Europe,'" *The Telegraph*, June 17, 2008.

明。1992年底,就在巴基斯坦政府因窝藏潜在恐怖分子而受到巨大的国际压力,不得不驱逐许多外国圣战分子之前,贝尔摩塔尔回到了阿尔及利亚。当年早些时候,阿尔及利亚军方宣布一个名为伊斯兰救世阵线(FIS)的广受欢迎的伊斯兰政党在选举中获胜为无效,从而使这个国家陷入了内战,那是20世纪最血腥的内战之一。贝尔摩塔尔的伊斯兰教观点此时已经因其在阿富汗的岁月而变得更加强硬,他加入了阿尔及利亚伊斯兰军事组织(GIA),一个凶残的民兵组织,旨在推翻新建立的军事政权,并代之以一个伊斯兰国家。

根据阿尔及利亚司法委员会2004年的一份人权报告,到1990年代中期,阿尔及利亚伊斯兰军事组织一直在残忍杀害涉嫌与阿尔及利亚安全部队合作的平民,或是仅仅做出了被视为非伊斯兰的行为的人。阿尔及尔附近的一名幸存者回忆说:"阿尔及利亚伊斯兰军事组织袭击家庭,袭击年轻人,并将禁忌强加于人。隔天我们就会发现尸体,包括年轻女孩的。这些尸体有时被挂在柱子上,有时是用金属线捆着,被剁碎或是被斩首了。恐怖似乎无休无止。"[1]阿尔及利亚伊斯兰军事组织还设置路障,拦截公共汽车,到处搜查"嫌疑人"——包括任何服过兵役的人——并将他们当场处决。很快,阿尔及利亚伊斯兰军事组织就从开枪转向了对公共汽车、集市、火车、学校、行政大楼和工厂实施炸弹袭击。伊斯兰极端分子和阿尔及利亚军队所造成的大规模平民伤亡席卷全国。1997年底,也就是屠杀最为疯狂的时候,"大赦国际"的一份报告指出:"从远处就能听到枪声、炸弹爆炸声、受害者的尖叫声,看见看火房屋的火焰和浓烟。"[2]

1999年,阿尔及利亚的内战缓和了下来。阿卜杜拉齐兹·布特

---

[1] Salima Mellah, *The Massacres in Algeria, 1992–2004: Extracts from a report presented by the Justice Commission for Algeria at the 32nd Session of the Permanent People's Tribunal on Human Rights Violations in Algeria (1992–2004)*, May 2004, p. 12.

[2] 同上, p. 20。

弗利卡总统赦免了伊斯兰武装分子、实施酷刑的政府人士和行刑队。截至当时，军队和伊斯兰叛乱分子杀害的平民人数已达10万。记者罗伯特·菲斯克在《独立报》上写道："伊斯兰叛乱分子中较为软弱的弟兄们回到了家乡，而那些冥顽不灵、残酷无情的则迁至沙漠深处并越过了阿尔及利亚边境。"[1]圣战的新阶段正在形成——它将以北非的法国和美国公民为目标，从整个伊斯兰世界招兵买马，夺取成片的没什么人巡逻的地区，并为在撒哈拉建立哈里发国奠定基础。菲斯克写道："贝尔摩塔尔继承了一个'清理后的'基地组织——和本·拉登的战斗的新形式。"

一直以来，贝尔摩塔尔其实并不那么情愿参加阿尔及利亚伊斯兰军事组织的一些较为残忍血腥的罪行。虽然他杀阿尔及利亚士兵和海关人员时可以说是眼睛都不眨一下——阿尔及利亚政府因这些谋杀罪两次缺席判处他死刑——但他也认为，杀害非战斗人员玷污了圣战者的形象，并会使他们失去民众的支持。1998年左右，当阿尔及利亚伊斯兰军事组织在阿尔及尔郊区进行几乎每天一轮的屠杀时，贝尔摩塔尔退出了该组织，撤到了塔曼拉塞特，那是马里-阿尔及利亚边境以北的阿哈加尔山脉中的一个绿洲城镇，也是阿尔及利亚图阿雷格部落的重要城市。

在这里，贝尔摩塔尔远离伊斯兰圣战，开始壮大自己。这名前圣战分子与边境两边的阿拉伯和图阿雷格村庄的长老们打成一片，而这两个民族在撒哈拉地区始终维持着不太稳定的共生关系。他到处撒钱和置办牲畜，娶了4个图阿雷格族和阿拉伯的新娘，其中包括青春期的小女孩，还在好几个社区建立了深厚的根基，成为西非和北非烟草走私的主导者。贝尔摩塔尔贩卖中国和越南出产的假冒伪劣商品，也交易西方大品牌的真货，这些真货通常从美国和欧洲通过加纳、贝

---

[1] Robert Fisk, "Mokhtar Belmokhtar: The new face of al Qa'ida (and why he's nothing like Osama bin Laden)," *The Independent*, January 24, 2013.

宁、多哥和几内亚进入西非，然后由公路或水路从尼日尔河到达马里。贝尔摩塔尔和他的同伙要收取安全通行税，不仅对香烟，也对通过 SUV、卡车和摩托车沿着现有的盐贸易路线穿过撒哈拉沙漠走私的其他商品。最后的目的地是阿尔及利亚、埃及、利比亚、摩洛哥和突尼斯，这些国家总共消费了非洲近一半的香烟，而其中大部分都来自黑市。

所有人都说，贝尔摩塔尔是个狡猾无比、精力充沛、机敏多变的匪徒。短短几年，通过在沙漠里建立一个坚固的帮手网络，并恐吓潜在的竞争对手，他就在跨撒哈拉沙漠的走私生意中获得了巨大的份额，以至于该地区的人称他为"万宝路先生"（其他人称他为"独眼龙"）。他成功地把香烟非法运过边境，引起了阿尔及利亚一个独立出来的伊斯兰分子组织的注意，这个组织名为"萨拉菲宣教与战斗组织"（GSPC），在阿尔及利亚内战行将结束之际从阿尔及利亚伊斯兰军事组织分裂出来，并向阿尔及利亚的世俗政权宣战。该组织的领导人藏在山区，1998 年将贝尔摩塔尔招入麾下，并任命他为撒哈拉西南部地区的"埃米尔"。他的主要职责是替"萨拉菲宣教与战斗组织"的骨干成员走私武器弹药。2002 年，阿尔及利亚情报部门声称有证据表明该组织正在寻求与国际恐怖网络建立联系，并表示官方已对奥萨马·本·拉登进行了制裁。

其他危险人物，即那些最终将和贝尔摩塔尔一起组成马里的伊斯兰马格里布基地组织的领导层的家伙，也被美国密切关注着。其中一位是阿卜杜勒哈米德·阿布·扎伊德，他 1965 年 12 月出生于绿洲小镇 Zaouia El-Abidia 外某个帐篷营地里的一个家徒四壁的贝都因人家庭，那个绿洲小镇位于阿尔及利亚撒哈拉沙漠之中，全镇只有一条铺过路面的街道。孩童时代的阿布·扎伊德（生下来时叫阿贝德·哈马默）尝尽了贫穷、绝望和嘲讽。他的父亲，一名流动劳工，将全家迁去了布加，在某个农场找到了一份工作，农场位于该国东北角一个海拔4000英尺、常年大风肆虐的高原上,离阿尔及尔以东190英里。后来,这家人又赌了一把,定居到了塞提夫,这也是一个高海拔城镇,但恶名在外,因为第二次世界大战结束之际阿尔及利亚自由战士在此屠杀了104名"黑脚"(pieds-noirs)——定居在阿尔及尔的欧洲人,随后法国殖民地部队展开报复,屠杀了数千名平民。在这个常年白雪皑皑,冬天无比寒冷的地方,阿布·扎伊德在学校遭到了无情的嘲笑,因为皮肤黝黑、身材矮小,又患有佝偻病——一种缺乏维生素D的疾病,会导致骨骼结构变软,弯腰驼背。阿布·扎伊德从中学辍学,不久之后,他的父亲又一次因为工作原因将全家搬回了南部的Zaouia El-Abidia,在这座小镇上,22000名居民大多靠种植枣椰树维生。

这个男孩和他的家人,住的是一座简陋的干泥砖盖的房子,房子在该镇最贫穷角落的一条沙地小巷里,铁门上刻着Dar Es Salaam(达累斯萨拉姆),阿拉伯语的意思是"平安之家"。数年后,阿布·扎伊德的妈妈对一位来访的记者回忆道:"这是阿贝德亲手画的。"[1] 少年时,阿布·扎伊德在农场工作,后来成了一名石匠——这份工作让他有了个绰号叫"师傅",因为在阿尔及利亚的这个小角落里,掌握石匠手艺就是掌握了一门大学问。

但他很快就从建筑业转去做走私生意。1980年代初,阿布·扎伊德就摸进了撒哈拉的走私网络,将大量茶叶、电子产品和香烟从利比亚越过没什么人巡逻的边境带到阿尔及利亚,在Zaouia El-Abidia的黑市上出售。但阿布·扎伊德不是贝尔摩塔尔。1984年,阿布·扎伊德首次因走私罪被阿尔及利亚宪兵队逮捕,20多岁时他就不断进出监狱,而在监狱里,他青少年时期遭受的虐待、欺凌再度上演。在2010年《巴黎竞赛画报》的一篇专题中,阿尔

---

[1] Alfred de Montesquiou, "Abou Zeid veut être le Ben Laden du Sahara," *Paris Match*, September 30, 2010.

及利亚警方的一名成员告诉记者:"阿布·扎伊德多次遭[警方]粗暴对待。"①阿尔及尔报纸 Ennahar 的主管、萨赫勒恐怖主义问题专家穆罕默德·莫克德姆声称:"他对阿尔及利亚政府的仇恨深埋在他的个性里。"

阿布·扎伊德满腔怨恨,1989 年他父亲的去世让他情绪波动很大,由此一步步走向了极端的伊斯兰主义。"[在他父亲去世]之前,他很开朗,很爱笑。"②来自 Zaouia El-Abidia 的一位密友说,这个镇的贝都因人因其各种节日和喜欢喝棕榈酒而闻名,尽管《古兰经》禁止饮酒。阿布·扎伊德参加了阿尔及利亚穆斯林兄弟会在 Zaouia El-Abidia 举行的秘密会议,从利比亚向多个伊斯兰组织走私武器,并且——据安全官员和记者称——为即将发动的针对阿尔及利亚政权的圣战做准备。1990 年代初,阿布·扎伊德在城外买下了一个小型的椰枣农场。他的母亲还记得:"他让我准备 40 个人的食物,说他们是他农场的工人,其实,他们是伊斯兰分子,但我不能将他们拒之门外。"

1991 年,当伊斯兰救世阵线似乎即将在阿尔及利亚立法选举中取得压倒性胜利,这使得军方宣布第二轮投票无效。阿布·扎伊德当时是"救世阵线"在图古尔特分部的成员,图古尔特是一个离 Zaouia El-Abidia 不远的镇子。和该组织的许多人一样,阿布·扎伊德发誓要报复。

之后不久,阿尔及利亚军队在 Zaouia El-Abidia 郊外伏击了一个伊斯兰武装组织,并杀害了阿布·扎伊德最亲的哥哥巴奇尔。兄长丧生后,阿布·扎伊德立即加入了阿尔及利亚伊斯兰军事组织,这是反对这个国家的最暴力的恐怖组织,并且很有可能参与了一系列屠杀被控与阿尔及利亚军方合作的平民的行动。1998 年,阿布·扎伊德加

---

① Alfred de Montesquiou, "Abou Zeid veut être le Ben Laden du Sahara," *Paris Match*, September 30, 2010.
② 同上。

入了"萨拉菲宣教与战斗组织"。在阿马里·萨义菲的部队里，阿布·扎伊德从一名普通的步兵做起，而前者曾是阿尔及利亚的空降兵、阿尔及利亚国防部长的保镖。这位化名为埃尔·帕拉的恐怖组织头目，很看不起这个身材矮小、看起来弱不禁风的年轻人。埃尔·帕拉在20世纪初说过："他长得丑，甚至比［法国总统尼古拉·］萨科齐还要矮。我认为他很自卑，甚至有点嫉妒我。"①但是，阿布·扎伊德爬得很快，甚至获得了与女性同居的罕见许可，这表明他在该组织中举足轻重。2002年，他发布了他的第一项裁决（fatwa），宣布所有服完兵役的阿尔及利亚年轻人都是"萨拉菲宣教与战斗组织"的合法攻击目标。阿布·扎伊德很快就会名声在外，被誉为"萨拉菲宣教与战斗组织"最狂热的理论家之一——也许也是该组织最残忍的刽子手。

2003年，空降兵出身的圣战分子埃尔·帕拉将阿布·扎伊德纳入了一项图谋之中，后者将因其是撒哈拉历史上最骇人听闻的犯罪行动之一而臭名远扬。从2月底到4月，他和他的伊斯兰民兵从阿尔及利亚东南部一段景色极好的沙漠公路上绑架了32名西方游客——其中包括来自法国、德国、瑞士和荷兰的游客。这些恐怖分子开着摩托车或汽车沿公路行驶，每次掳走四五名外国游客，随即消失在茫茫沙漠里，这条公路因沿途有古老的图阿雷格族墓地而被称为"墓地大道"。

起初，埃尔·帕拉、阿布·扎伊德以及他们的同伙并不承认自己的罪行：一架德国军用侦察机拍到了沙漠地面上被遗弃的车辆的照片，以及其他一些表明游客被绑架并被分成两组带入沙漠的图像。1200名阿尔及利亚士兵和警察与德国反恐部队一起，骑着骆驼、开

---

① Alfred de Montesquiou, "Abou Zeid veut être le Ben Laden du Sahara," *Paris Match*, September 30, 2010.

着直升机翻山越岭进行搜索。不久之后，一名侦察兵在树下发现了一封信，信中透露"萨拉菲宣教与战斗组织"就是绑架事件的幕后黑手。

2003年5月，阿尔及利亚特种部队突袭了一个峡谷，杀死了15名绑匪，并将17名人质带到了安全地带。后来被法国新闻媒体称为"撒哈拉的本·拉登"的埃尔·帕拉以及阿布·扎伊德逃过了这次剿杀，带着15名人质——14名德国人和1名荷兰人——向南徒步2周，进入马里。绑架者强迫女人质裹上用手帕和毛巾临时拼凑出的希贾布（hijabs），即伊斯兰面纱，并给她们吃少量掺着泥水的粥。在穿越沙漠的行程中，一名46岁的德国女子中暑而死，尸体被草草埋在了沙子里。这群衣衫褴褛的人躲在马里的伊福加斯山脉（Adrar des Ifoghas massif），那是一片满是被侵蚀的砂岩和花岗岩山丘的荒野，古老的河床填满了沙子，还有起于首府基达尔以北40英里处的一个个布满巨石的山谷。早期有个例子——埃尔·帕拉和他的手下，包括阿布·扎伊德，向马里和德国政府喊话说他们会释放这些人质，但要拿数百万美元来换——此举后来成为该地区圣战分子的常规操作。

马里总统指定伊亚德·阿格·加利代表政府进行人质谈判，此人来自基达尔，是马里一位著名的图阿雷格族人。跟所有的图阿雷格族人一样，加利自小长在苏菲派的文化之中，苏菲派是长期统治马里北部的一种温和、神秘的伊斯兰教派别。他也是个老练的战士，天生的领导者，诗人，歌曲创作者，灵魂探索者，以及杀手。那些圣战分子固然危险，但讽刺的是，加利将会变成该地区稳定的最大威胁。

他很早就接触到了暴力。1957年左右，伊亚德·加利出生于基达尔北部的一个游牧营地，是一名图阿雷格士兵的儿子，他的父亲在1963年那场失败的叛乱中站在了马里政府一边，当时图阿雷格分离主义者反对新独立的马里，试图建立自己的国家——阿扎瓦德（Azawad），即"牧场之地"。加利大约6岁时，叛军的一名指挥官开枪击中了他父亲的头部，导致其死亡。10年之后，一场毁灭性的干旱袭击了北方，导致该地区几乎所有的骆驼、绵羊和奶牛死亡，少年加利背井离乡，靠搭便车和步行在茫茫沙漠跋涉数周，最终到达了利比亚首都的黎波里。和成千上万图阿雷格族流亡者一样，加利靠做园丁、木工、油漆工、牧牛、放山羊和绵羊等零工活了下来，他们都被称为ishumar（来自法语单词chômeur，即失业者）。

就这样艰难地生活了几年之后，加利在的黎波里建立了一个小型的图阿雷格族反叛组织，并开始为新的图阿雷格反叛运动制订计划，当时他们的办公室只是一个单间，有一台传真机，约30名成员。尽管叛军杀害了他的父亲，但是长于基达尔的加利目睹了马里军政府的暴行——总督在镇广场处决了疑似持不同政见者——而且，在塔曼拉塞特和的黎波里咖啡馆里，他与年轻的图阿雷格族流亡者的来往增加了他对叛军事业的同情。二十出头时，加利在卡扎菲于1980年代初在利比亚撒哈拉建立的一个军营接受训练，表面上是为了图阿雷格流亡者发动的另一场起义做准备，但主要是为利比亚在非洲和中东的军事冒险训练去做炮灰的年轻战士。1982年以色列入侵黎巴嫩期间，加利与巴勒斯坦解放组织一起在卡扎菲的伊斯兰旅作战。当以色列战机轰炸巴勒斯坦解放组织目标时，加利在西顿附近的掩体里躲了几个星期。他还参加了1987年步兵和坦克在乍得沙漠对独裁者侯赛因·哈布雷的袭击，当时卡扎菲正千方百计废黜哈布雷。乍得军队包围并杀死了卡扎菲部队的数千名士兵，迫使加利的图阿雷格族部队越过边境逃走了。

在卡扎菲营地一个被称为"艺术家之家"的营房里，加利遇见了一群身为士兵的图阿雷格族音乐家。他由此发现了自己在诗歌方面的天赋，很快就开始为这些音乐家作词。他们的音乐，跟伟大的吉他手阿里·法尔卡·杜尔创作的音乐相似，也被称为"沙漠蓝调"，通常只由两三个和弦、一呼一应的演唱、忧郁的音调和一个重复的让人昏昏欲睡的短语组成。加利的歌《以上帝之名》（*Bismillahi*）后来成了阿扎瓦德的非官方国歌，阿扎瓦德则是许多图阿雷格人想要在马里北部开辟的独立国家，他们设想它从尼日尔河以北延伸到塔阿扎盐矿，从廷巴克图东北部延伸到毛里塔尼亚现在的边界。"以上帝之名，我们站起来了，我们所有的兄弟团结一致，开始革命，"《以上帝之名》的第一节唱道，"就像真正的战士一样，我们将把敌人踩在脚下/是的，以上帝之名，我们站起来了。"①在加利的民谣《漫漫长夜》(Pendant Toute Une Nuit) 中，他表达了自己对一位不曾透露姓名的女性的狂热爱恋："我的眼睛仍旧迷失在星光之中/被一种像帐篷一样笼罩我的怀旧情绪压垮/你温柔的话语占据了我的记忆/恍若你此刻就在我耳旁诉说。"

1990年6月，加利率领大约100人，携带10支老旧的AK-47，越过马里边境。他们袭击了偏远的军营，让缺乏训练的马里军队大吃一惊，他们速战速决，取得了多次胜利，缴获了武器和车辆，并吸引了几百后来是几千名图阿雷格族人加入他们的事业。"图阿雷格族人不上学，不参军，在政府部门寻不到一官半职，"一名与加利并肩作战的叛军指挥官对我解释说，"我们不得不回来打仗，这样我们才会被接受为马里公民，享有平等的权利。"②

在卡扎菲的伊斯兰旅作战多年后，这些持轻武器近身战斗过的叛军可以轻而易举地精准击毙马里政府军。他们引发了西方世界的许多想象。法国历史学家皮埃尔·布瓦莱这样描述了"永恒的撒哈拉的神秘"："一位蒙面的游牧民，骑着骆驼，挥舞着AK-47……。这些人不再像他们的父辈那样提着刀剑上战场，而是挥舞着Kalach③。那是抵抗运动、持不同政见者和反抗者的武器。"④

---

① 作者对安萨尔的采访，2014年2月6日，马里，塞古。
② 作者对前图阿雷格叛军指挥官 El Haj El Gamou 将军的采访，2014年1月25日，巴马科。
③ 即 AK-47。——编者
④ Pierre Boilley, *Les Touaregs Kel Adagh: Dépendances et révoltes: du Soudan français au Mali contemporain* (Paris: éditions Karthala, 1999), p. 9.

每当夜幕降临，叛军就聚在篝火旁，听音乐家士兵弹吉他，唱加利和其他指挥官写的战斗歌曲。现场录下的这些音乐家的作品的磁带在北方各地传播，以颂扬他们的战斗，吸引更多的年轻人加入他们的叛乱。

1991年1月左右，叛乱以临时和平协议的签署结束，加利抵达巴马科时受到了英雄般的欢迎。马里政府应允了加利及其叛军的大部分要求——数百万美元的发展资金，将战斗人员纳入军队和公务员队伍。来自廷巴克图北部沙丘地带的一名图阿雷格人、法学院毕业生穆罕默德·"曼尼"·安萨尔（该姓氏意为"捍卫者"）说："加利这人是克林特·伊斯特伍德、约翰·韦恩和切·格瓦拉三合一。"[1]安萨尔第一次见到加利是在巴马科的签字仪式上，他还为其组织了一次与图阿雷格的商界和学生领袖的晚宴。鉴于加利说服了很多图阿雷格族人放弃了暴力，马里政府任命他为总统安全顾问，将巴马科的一栋别墅给了他，并许以高薪让其维持和平局面。但加利从来没有放弃图阿雷格族独立的目标，他始终与反叛分子保持着密切的联系，并随时准备做出自己的抉择。

此时，巴马科正在以"世界音乐之都"的面貌崛起，加利的音乐鉴赏能力不断发展。每个星期天，他和曼尼·安萨尔——后者时任挪威一家慈善机构的项目官员，同时也是一位才华横溢的音乐制作人——都会组织户外音乐会，地点就在巴马科郊外、尼日尔河边的芒果树树荫下的野餐地点。音乐会上会有一小群图阿雷格族音乐家，加利曾与他们在长相酷似卡洛斯·桑塔纳的易卜拉欣·哈比卜的率领下在北方战场上作战。哈比卜和他的前叛军伙伴用歌曲感染了越来越多的观众，这些歌讲述了对沙漠据点的英勇袭击、撒哈拉沙漠中友谊的力量以及他们对故乡的渴望。

哈比卜借鉴了从埃及流行音乐到"猫王"埃尔维斯·普莱斯利

---

[1] 作者对安萨尔的采访，2014年2月6日。

以及吉米·亨德里克斯的影响，为自己的乐队取名为 Kel Tinariwen（"沙漠之人"），很快就简称为 Tinariwen。2000 年 1 月，加利邀请哈比卜和其他图阿雷格族音乐家在基达尔以北的沙漠的图阿雷格族民间节日上表演。2000 名游牧民聚集在山脉与沙丘之间的一个红沙山谷里，开始了为期 3 天的赛骆驼和本地音乐节活动，其中大部分都拍成影片提供给了国家电视台。没有外国游客参加这次游牧民狂欢，但安萨尔后来说，这次盛会成了他为期 3 天的系列音乐会的灵感来源，他称之为"沙漠节"。2001 年，安萨尔和另外几位图阿雷格族策划人在基达尔以北的沙丘地带以音乐表演和赛骆驼活动为沙漠节揭幕。加利则为活动提供安全保障。2 年之后，安萨尔全面接管了该音乐节，并将其搬到了埃萨卡纳，那里靠近廷巴克图，是安萨尔的家族成员举行传统聚会的场所，由于他精明的营销策略和著名西方音乐家的到来，沙漠节开始吸引来自世界各地的大批游客。

但是，即便加利爱上了马里音乐，去推动它的传播，他还是被伊斯兰原教旨主义所吸引。2002 年冬天，来自巴基斯坦的达瓦宣教团（Tablighi Jama'at）运动的 4 名宣教人士抵达基达尔，开始向图阿雷格族人宣教。20 世纪初，伊斯兰宣教团在印度北部的北方邦成立，表面上看是一个和平的教派，其信徒效仿先知穆罕默德的苦行生活方式——睡在铺在地上的粗糙垫子上，用树枝刷牙——并每年在海外进行长达 40 天、挨家挨户的宣教活动。一位住在马里东北部的朋友告诉安萨尔："巴基斯坦人正在那里劝说所有曾经是图阿雷格族反叛分子的人改变宗教信仰，他们都变得虔诚了。"[1]安萨尔惊讶地发现，甚至连加利也开始很规律地去清真寺，并对那些恪守教义的穆斯林所说的话表现出了浓厚的兴趣。

2002 年，加利在位于巴黎外围的圣丹尼斯郊区的一座清真寺学

---

[1] 作者对安萨尔的电话采访，2015 年 4 月 9 日。

习,那是达瓦宣教团很重要的一座清真寺。(正是在这个郊区,法国警方追捕并击毙了 2015 年 11 月 13 日袭击事件的策划者、伊斯兰国恐怖分子阿卜杜勒哈米德·阿巴乌德。)这年晚些时候,加利参观了该组织在巴基斯坦东部拉合尔附近的清真寺、经学院以及住宅区。每年 11 月,400 万人——仅次于麦加朝觐的穆斯林信众人数——来到这里进行为期 3 天的集会,他们睡在大清真寺的垫子上,聆听马拉松般的宣教,在街上祈祷。回来后,加利告诉安萨尔,生活"就像你旅途中在机场候机室",是"真正旅程"开始前的一段小插曲。"你最好做好准备。"加利这样告诫安萨尔,说这话时加利躺在枕头上翻阅着一本《圣训》。①

到 2003 年时,加利已经开始频繁出入巴马科的一座萨拉菲清真寺,这座清真寺与达瓦宣教团有关。一天下午,曼尼·安萨尔来到该清真寺,发现加利坐在一间小祈祷室的垫子上,面颊上留着浓密的胡子。安萨尔环顾了一下这狭窄的隔间、肮脏的垫子、同样留着胡子的追随者们,礼貌地拒绝了加利的邀请,他实在无法周末在这里待上 4 天。此时,加利已经放弃了他丰盛的牛羊肉和古斯米餐食,他的定制西装和有着精美刺绣的长袍。他每天似乎只靠牛奶和椰枣过活,穿着白色的中东长袍(djellaba),裤腿刚好到他脚踝的上面,这身打扮是伊斯兰原教旨主义者最喜欢的。他将家里所有的照片和绘画都摘下来,让他的妻子裹上了希贾布,并不准她外出。而且,他开始捐出自己的贵重财物,将一块昂贵的劳力士手表送给了一名前图阿雷格族反叛分子。加利对安萨尔吐露说,他现在祷告的次数是伊斯兰教所要求的"两倍",因为"我为我做过的所有事情感到后悔"。②

安萨尔对加利的虔诚很是困惑,但还是尽量去理解。

"你不能完全沉浸在宗教中,"安萨尔对加利说,"你是造成了这

---

① 作者对安萨尔的电话采访,2015 年 4 月 9 日。
② 同上。

个国家和社会现在这些问题的人之一,所以你必须继续做你的工作,维护和平。"

加利挥手示意他离开。

"加利开始远离朋友、熟人,变得独来独往。他进入了一个不同的世界。"多年以后,图阿雷格族前叛乱分子、塔里温乐队的歌手兼吉他手阿卜杜拉·侯赛尼这样跟我说。①

"你知道的,沙漠节并不是什么有建设性的活动。你死以后,这件事不会让你在上帝面前多有面子。"加利劝告安萨尔道,"你必须把它抛开,并将自己奉献给上帝。"加利将一本萨拉菲学者写的关于正确祷告方式的书塞到他手里。他说:"曼尼,你必须读读这个,尊重它,并将你的发现付诸行动。你必须将自己交给真主,因为你是个穆斯林。"②

"再给我5年时间吧,"安萨尔说,"到那时,我就放弃一切,听从你的建议。"

"不,不,那太晚了,"加利警告道,"你不知道自己能否活过今天。"

正是在加利的宗教观转变的这段时间,埃尔·帕拉带着人质撤退到了马里北部低洼的伊福加斯山脉地区。而这些山地,正是加利孩童时期牧牛放羊的地方,也是1990年他作为图阿雷格族叛军安营扎寨的地方,2000年他举办的图阿雷格音乐节也是在这附近,那次音乐节就是沙漠节的前身。加利的一位前战友回忆说:"加利走近德国大使,跟他说,我能联系上圣战组织。"③加利的一位亲戚是马里东北部的伊斯兰学者和伊玛目,并且已是首批加入"萨拉菲宣教与战斗组织"的图阿雷格族人之一。他很可能帮加利牵线搭桥,使其联系上

---

① 作者对侯赛尼的采访,2014年5月6日,英国,利兹。
② 作者对安萨尔的采访,2014年2月6日。
③ 作者对El Haj El Gamou将军的采访,2014年1月25日,巴马科。

了激进分子,包括其头目埃尔·帕拉、患佝偻病的阿布·扎伊德以及独眼的贝尔摩塔尔,最后这位并没有参与绑架,但他是个地道的商人,参与了赎金的谈判。

马里总统阿马杜·图马尼·杜尔任命加利为政府与圣战分子的中间人,据加利的那位前战友回忆道:"德国人给了加利执行任务所需的车辆。他在山上发现了这些绑架者,他们进行了漫长的谈判。"①在那次会晤后不久,德国外交官携带3个装满500万欧元现金的手提箱,乘坐军用飞机前往巴马科交给绑架者。加利将手提箱装入一辆陆地巡洋舰,然后驱车返回绑架者在撒哈拉沙漠的藏身之处。在那里,埃尔·帕拉及其手下在铺在沙地的毯子上数钱。因着促成了这笔交易,加利获得了一辆新的陆地巡洋舰,同时也得到了该地区最狂热的3名圣战分子的信任。人质最终于2003年8月17日获释。

美国官员对德国政府答应了埃尔·帕拉的赎金要求感到震惊和愤怒。他们认为德国开了一个不好的头。2002年至2005年担任美国驻马里大使的薇姬·哈德尔斯顿说,德国人试图悄悄把赎金付了,"但事情一出,大家就都知道了"。②有报道称,"萨拉菲宣教与战斗组织"利用这笔赎金在毛里塔尼亚的枪支市场购买了武器,并招募了更多的圣战分子。

---

① 作者对 El Haj El Gamou 将军的采访。
② 作者对美国前驻马里大使薇姬·哈德尔斯顿的采访,2014年2月27日,北卡罗来纳州,罗利。

第七章
战争还是和平？

在马里，没有人能打包票说知道如何应对圣战分子的威胁。马里总统阿马杜·图马尼·杜尔更挂心的是图阿雷格族反叛分子，对于马里沙漠中日益扩张的伊斯兰极端分子并不在意。杜尔总统曾是一名空降兵，1991年推翻了军事独裁政权后，迅速监督马里的民主过渡，并将权力移交给了文官总统，这些举动为他赢得了全世界的钦佩。作为一位老政治家，他在非洲各地为消灭几内亚蠕虫病而奔走，这种蠕虫是寄生虫，会导致人全身起水疱。自从2002年重返政坛，并当选为该国总统以来，他已经成为西方的亲密盟友，但同时又似乎相信在9·11事件后，马里可以在这样的现实里独善其身。

法国军事情报部门对穆赫塔尔·贝尔摩塔尔跟得很紧，他们很清楚他的号召力和进行暴力活动的能力。据《世界报》报道，2002年，法国领土监护局局长指出，基地组织与贝尔摩塔尔有直接联系。法国情报部门担心贝尔摩塔尔在帮助这一恐怖组织招募生活在法国的北非裔人士充当圣战分子。但是，法国正在缩减其在萨赫勒地区的军事活动。除了在布列塔尼的圣西尔军事学校为马里军官开展一个小型培训项目外，他们只在实地布置了少数法国军官和马里士兵，并在萨赫勒的大本营保留了少量士兵，包括法国外籍军团（Foreign Legionnaires）。据薇姬·哈德尔斯顿说，法国驻马里大使并不相信"萨拉菲宣教与战斗组织"会构成多大威胁。她说，他似乎更担心美国政府越来越咄咄逼人地试图在该地区投射其军事影响力。

负责美军这方面努力的,正是查尔斯·瓦尔德将军这位强硬的美国欧洲司令部副司令。2003年初,在欧洲司令部总部召开的一系列会议上,瓦尔德将军和其高级助手绘制出了在阿尔及利亚-马里边境活跃的疑似圣战分子的一份"家谱图"。10年后,瓦尔德将军回忆道:"我们把他们串到了一起,我们掌握了他们的姓名、关系以及他们彼此之间是如何联络的。"①而在这个名单上,贝尔摩塔尔被认为是最危险的人物。

瓦尔德和他的副手们相信,他们有机会在萨赫勒地区的圣战分子扩散成更大的危害之前将其一网打尽。美国方面,包括国家安全局、缉毒署、中央情报局、国防情报局、联邦调查局的官员在内,考虑从有人驾驶的飞机上进行24小时的空中监视,派特种部队突袭他们的训练营,甚至派出B-52轰炸该组织。瓦尔德喜欢大飞机的破坏力,大飞机能携带多达7万吨的炸弹。在阿富汗,10架B-52在战争的前3个月就将塔利班阵地的80%夷为平地。但瓦尔德将军清楚这样的轰炸很可能会被认为杀戮过重。最终,他决定用战斧巡航导弹进行打击,这种导弹可以精确命中600英里外的目标。

然而,首先,他们必须征得新上任的驻马里大使薇姬·哈德尔斯顿的同意。瓦尔德通过加密电话线打给了哈德尔斯顿,向她表示他"很担心"在马里北部活动的伊斯兰激进分子,并说他将派两名副手到巴马科向她通报情况。②几天后,这两名高阶军官被带进了美国大使馆的一个安全房间。哈德尔斯顿和她的国家工作队——大使馆武官、美国国际发展署主任、首席政治官员、特派团副团长——围坐在一张铺满卫星照片的桌子旁。哈德尔斯顿仔细查看着这些照片——大约10排男人,总共百来名战士,有步枪、马、几辆SUV,周围是沙漠。

---

① 作者对瓦尔德的采访。
② 作者对哈德尔斯顿的采访。

"他们在做什么?"哈德尔斯顿问道。①

"训练。"一位副手答道。

"训练的目的为何?"

"我们不知道。"

"嗯,那我们的计划是什么?"哈德尔斯顿问道。

"我们希望剿灭他们。"

哈德尔斯顿还记得这次谈话,瓦尔德的副手们特别提到,他们计划向这些士兵发射导弹,他们称这些人是"彻头彻尾的坏蛋";瓦尔德坚称,发射导弹是呈给大使的几个选择之一。哈德尔斯顿声称,这两位副手还表示,瓦尔德不愿意提前向马里政府发出袭击警告。瓦尔德怀疑同情伊斯兰激进分子的人已经渗透到杜尔总统的圈子里,他们会泄露即将展开的空袭计划信息。

哈德尔斯顿考虑了欧洲司令部的请求。出生于科罗拉多的哈德尔斯顿,曾是美国和平队的志愿者,是一名经验丰富的外交官,在2002年11月抵达巴马科之前,她曾掌管美国在古巴的利益部门,并担任美国驻马达加斯加大使。1994年,海地军方发动政变,推翻该国民选总统让-贝特朗·阿里斯蒂德时,哈德尔斯顿在太子湾,担任美国驻海地大使馆的副馆长。当美军集结于关塔那摩湾,准备以武力清除军人集团时,哈德尔斯顿参加了海地政变领导人和美国代表团之间的谈判,后者之中包括美国前总统吉米·卡特和前参谋长联席会议主席科林·鲍威尔,谈判的结果是阿里斯蒂德恢复总统职位,避免了美军的介入。哈德尔斯顿一向主张克制、对话、包容和透明,因此,她对瓦尔德主张在马里境内悄悄进行导弹打击感到不安。她还担心造成平民伤亡。鉴于最近的发射场和训练营之间的距离,她测算出导弹需要30到60分钟才能到达目标,这段时间很可能会有无辜者进入死亡区。此外,她仍然没有看到任何证据表明该组织正准备进行恐怖袭

---

① 作者对哈德尔斯顿的采访。

Bad-ass Librarians 085

击。哈德尔斯顿不确定瓦尔德的副手们是否确认了贝尔摩塔尔就在那里。哈德尔斯顿告诉我,即使副手们已经确认那名独眼圣战分子就在这群武装分子之中,她也不会批准炸死他。10年之后,她回忆道:"当时他和'萨拉菲宣教与战斗组织'并没有关联,我们只知道他是个走私香烟的坏蛋。"

哈德尔斯顿要求瓦尔德的副手们提供具体细节。"告诉我到底谁在那里。"她严厉地问道。

副手们承认他们也并不清楚。"但是如果您批准,我们就会去查个究竟。"①

她让他们回瓦辛根,并带话给瓦尔德:"我不想你轰炸他们。"

瓦尔德大怒。他认为,哈德尔斯顿错失了一个利用空中打击清除伊斯兰激进分子的威胁的大好机会。她的反对,印证了他的印象:美国驻非洲的大使过分注重"软性"问题,如营养、教育、健康,在一个恐怖活动全球化的世界里步调不一。"人们很反感我们(军人)在非洲出没,"瓦尔德说,"他们想的是:'你们在我们的地盘干什么?你们只会把这里弄得一团糟。'"②他还深信,美国的外交使团妒忌他们军方人员:四星上将就能轻松结交到很多非洲领导人——他说:"他们喜欢美国军人。"——而外交官员,有时连大门都进不了。尽管如此,对哈德尔斯顿驳回他的决定他还是服从了。"我们尽力了,但是当国务院说'你们就是一群混蛋'时,你又能怎么办?"

在哈德尔斯顿这里,她认为瓦尔德有点像个牛仔,愿意采取行动而对该地区的复杂性或得到有违初衷的结果的可能性视而不见。即使10年后回忆起来,她还是说:"瓦尔德这个人不用脑子。只会不管不顾地往前冲。"几周后,当美国情报部门确认那次军事演习与圣战无关时,她觉得自己的考虑得到了证实。贝尔摩塔尔当时正在训练他的

---

① 作者对哈德尔斯顿的采访。
② 作者对瓦尔德的采访。

阿拉伯同胞与敌对的阿拉伯部族作战,这是哈特菲尔德-麦考伊夙怨①最直接的体现,两方在水权、村委会代表权及其他议题上长期争执不下,积怨已久。部落首领们因而雇用贝尔摩塔尔来训练族人,准备战斗。

就在那份情报澄清贝尔摩塔尔进行沙漠训练的性质后不久,瓦尔德离开德国,前往巴马科进行安排好的访问。他坐军用飞机从斯图加特出发,先礼节性地拜访了在马里颇受爱戴的阿马杜·图马尼·杜尔总统。晚上,瓦尔德的车停在了哈德尔斯顿位于尼日尔河附近的一座有围墙的宅子外,那是一座现代化的别墅,只有一层,周围是长满棕榈树的花园。瓦尔德认为哈德尔斯顿对他抱有"错误的印象",想缓和一下这种紧张关系。他说:"当时她对我们并不十分了解。"②在哈德尔斯顿的花园里,果蝠挂在棕榈树的枝叶上,在黄昏中打着转,时不时在游泳池上方低低掠过。阳台后方,一丛丛竹子兀自生长。家庭员工正在后院的小火上烹制晚餐。哈德尔斯顿在通风的房间里摆满了班巴拉鳄鱼面具,马里信奉泛灵论的多贡部落雕刻的精致木门,以及她在驻海地时收藏的五颜六色的民俗艺术品。

"你是来感谢我的吧!"哈德尔斯顿对瓦尔德将军说。③在她看来,她对导弹打击计划的否决或许保住了他的工作。瓦尔德笑了笑,对于这个话题没再说些什么。

第二天早上,哈德尔斯顿和瓦尔德一起乘后者的飞机北上去廷巴克图,他们在私人客舱舒适的皮椅上面对面坐着。瓦尔德迫不及待想看到撒哈拉沙漠,并评估那里的安全局势。大使身材修长、一头棕发从肩上披下,瓦尔德则留着平头,体格壮如橄榄球运动员,这两人放

---

① Hatfield-McCoy,指的是1863—1891年,居住在美国西弗吉尼亚州和肯塔基州边界的两个家族之间的恩怨冲突,这一夙怨已经成为美国的民俗学术语,指代党派群体之间的长期积怨。——编者
② 作者对瓦尔德的采访。
③ 作者对哈德尔斯顿的采访。

在一起看起来怪怪的,他们对在世界上展示美国的实力也有着截然不同的看法,但是他们都同意需要仔细监控马里北部的情况,而且发现他们喜欢彼此的陪伴。

飞机沿着尼日尔河前进,犹如一条银丝带掠过一片平坦荒凉的景致。瓦尔德想着,这里藏身的地方还真不少。2小时后,他们离廷巴克图越来越近,飞机开始下降。军方飞行员在河的南边几英里处的暗褐色平顶建筑上空低低盘旋了两圈。随后,他们踏上了廷巴克图的柏油跑道,穿着飘逸的马里传统长袍、包着头巾的市长和许多公务员等在那里,向他们表达了官方的问候。

在廷巴克图,旅游业已经开始欣欣向荣,不过,瓦尔德还是不禁注意到了这里的落后:没有铺设的街道,破败不堪的泥砖房,还有许多看似无业的年轻人。他参观了艾哈迈德·巴巴研究所——一个由联合国教科文组织资助的政府图书馆,多亏了阿卜杜勒·卡德尔·海达拉,这个图书馆如今收藏的中世纪手稿是世界上规模最大的之一。随后,瓦尔德参观了廷巴克图的津加里贝尔清真寺——泥墙筑成的不规则四边形建筑,有两座石灰石宣礼塔,是中世纪最伟大建筑师之一的阿布·埃斯·哈克·扎赫里1327年奉马里国王穆萨一世(即曼萨·穆萨)的命令设计建造的。该清真寺显然深受埃及大金字塔的建筑风格影响,在这座城堡似的建筑的三个内院之一,伊玛目递给了瓦尔德一张用优质纸张、凹凸工艺印制的名片,在他的电子邮箱地址旁边,是他的网站地址。

瓦尔德吃惊地问道:"伊玛目,你有自己的网站?"[1]后来,他发现了一间网吧,而最近他与阿尔及利亚情报部门官员的一次对话突然闪现在他的脑海。他们告诉他,阿尔及利亚极端分子就是在这样的网吧里通过互联网来招募圣战分子的。瓦尔德被这个发现吓了一跳,现代科技已经到达了世界上最偏远的角落之一。瓦尔德在心里琢磨,也

---

[1] 作者对瓦尔德的采访。

许我们对这个地区并不如我们想象的那般了解。

尽管在贝尔摩塔尔那件事上,哈德尔斯顿和瓦尔德存在分歧,但两人还是在一个项目上成功合作,在萨赫勒地区的几个国家训练士兵,以追捕埃尔·帕拉——从阿尔及利亚空降兵到圣战分子,再到绑匪,他已在撒哈拉沙漠绑架了 32 名西方人质。2002 年,美国国务院反恐办公室发起了泛萨赫勒倡议,作为内容之一,美国团队向部队提供越野车,并教他们用卫星电话拦截和地面情报等手段来追踪绑匪。在 2003 年 8 月拿到赎金后,埃尔·帕拉逃离了他在马里东北部的藏身之所。在美国地面情报和空中侦察力量的支持下,来自马里、尼日尔和乍得的部队,来来回回在撒哈拉沙漠追捕这名圣战分子首领达数月之久。2004 年,在乍得北部偏远的提贝斯提山地区,乍得叛军抓获了埃尔·帕拉,并将他交给了阿尔及利亚,后者判定他犯有恐怖主义罪,并以"创建武装恐怖组织、在民众中散布恐怖"[1]之罪,判处他终身监禁。

但他的两名副手,跟他一起在阿尔及利亚和马里的撒哈拉地区参与绑票勒索行动的他的圣战组织同伙——贝尔摩塔尔和阿布·扎伊德,仍然逍遥法外。美国情报部门已将伊亚德·阿格·加利视为双重威胁——这名前图阿雷格叛乱分子,有能力在马里北部再次发动叛乱,是世俗的图阿雷格叛乱分子与伊斯兰激进分子之间的潜在桥梁,这两拨人都盘踞在沙漠地区,有时还一起走私毒品和其他违禁品。虽然在表面上,加利仍旧是马里政府的安全顾问,也与马里总统走得很近,但是,哈德尔斯顿说:"我们知道他与萨拉菲那帮人往来密切,我们很担心。"[2]

2003 年末,哈德尔斯顿由陆路走访了一遍马里北部,试图评估图阿雷格族人和阿拉伯部族对激进分子的支持程度。所见所闻让她大

---

[1] Jeremy Keenan, "The Collapse of the Second Front," *Algeria-Watch*, September 26, 2006.
[2] 作者对哈德尔斯顿的采访。

为震惊。大使馆一直花钱——自从她上任以后已经花了大约 50 万美元——资助沙漠中的一些小型项目，比如打井或其他小型基础设施建设，希望以此赢得当地民众的支持。她和她的安全团队坐车穿过位于廷巴克图以北的贝尔摩塔尔的地盘，在开车从干旱的灌木丛里穿行了一天之后，到达一个阿拉伯村庄，正是在这个村里，贝尔摩塔尔娶了个年仅 12 岁的女孩做新娘。镇长和其他有头有脸的人士为哈德尔斯顿举行了招待会。"也许贝尔摩塔尔就在人群中看着我。"哈德尔斯顿心想。①她觉得这地方"充满紧张感，就像个火药桶"。后来，哈德尔斯顿一行又驱车 300 英里，穿越撒拉哈，来到了基达尔，那是图阿雷格族在该国东北角一个偏远的前哨站，就在伊福加斯山脉的背阴处，在那里她拜访了伊亚德·阿格·加利。她见到这位图阿雷格族首领，是在基达尔市中心的一座政府大楼里，基达尔是一个暗褐色的河流回水区，人口约 2 万，牧民赶着成群的骆驼穿过宽敞的布满沙尘的街道，一面马里国旗飘扬在一座石质的法国殖民时代的塔楼上。加利在担任总统的安全顾问，此外，还是他所在的图阿雷格族的非官方领导人。哈德尔斯顿还记得，加利是个"长得很好看的人，戴着头巾，蓄着帅气的胡子，锐利的眼睛，看起来就像一位沙漠战士"②。在半个小时的时间里，他们谈了美国在基达尔地区的援助项目，也谈到了安抚桀骜不驯的图阿雷格族人的重要性。

她对加利说："我们不想见到叛乱卷土重来。"

他表示同意："当然不会。"

然而，加利对伊斯兰信仰的日益加深也让哈德尔斯顿感到担忧。虽然达瓦宣教团表现得像个平和的团体，却充当过几次通往圣战之路的垫脚石。唯一被美国指控为 9·11 恐怖袭击元凶的萨卡里亚斯·穆萨维，在法国时就是达瓦宣教团的追随者；埃尔维·杰梅尔·卢瓦佐

---

① 作者对哈德尔斯顿的采访。
② 同上。

也跟穆萨维一样,他在 2001 年美国轰炸阿富汗的托拉波拉时身亡。在马扎里沙里夫附近的恰拉疆（Qala-i-Jangi,当地语言意为"战争之堡"）之战后被美军抓获的"美国塔利班分子"——约翰·沃克·林德,在与达瓦宣教团勾勾搭搭之后,进入了阿富汗激进组织。而就在哈德尔斯顿与加利会面的那一刻,来自英国的两名达瓦宣教团的年轻信徒正走向极端暴力之路。这两人很快就要前往巴基斯坦的一个恐怖分子营地,然后返回英国,策划并实施 2005 年 7 月 7 日对伦敦地铁和一辆双层巴士的自杀式袭击,此次恐怖行动造成了 52 人死亡,700 多人受伤,很多人成了终生残废。

哈德尔斯顿警告加利："你最好不要卷入恐怖主义。"①

"不会的,夫人。"加利答道。

---

① 作者对哈德尔斯顿的采访。

第八章
通往暴力之路

到了2007年,"萨拉菲宣教与战斗组织"这个由一些阿尔及利亚叛乱组织的残余势力在10年前成立,并且2003年自称在撒哈拉地区绑架了数十名欧洲游客的伊斯兰极端组织,正在演变成世界上资金最雄厚、危害最大的恐怖组织之一。2004年底,"萨拉菲宣教与战斗组织"迎来了一位雄心勃勃的新埃米尔——阿卜德尔马莱克·德罗克戴尔,这位34岁的阿尔及利亚人来自阿尔及尔以南15英里的农业小镇穆夫塔(Meftah),他在阿富汗为自己树立了圣战士的形象,并一直寻求与国际圣战分子网络中最狠的人结盟。他联系的对象之一,就是美索不达米亚的基地组织指挥官、约旦人阿布·穆萨布·扎卡维,当时此人正在与驻伊拉克的美军进行游击战,还炸死了几位伊拉克什叶派穆斯林,以期引发内战。德罗克戴尔试图招揽杀人如麻的扎卡维参与一项阴谋,即绑架法国平民,并用他们换回埃尔·帕拉,但这个计划并没有付诸实施。当美国一架无人机炸死扎卡维后,德罗克戴尔在圣战网站上发誓要为他报仇:"异教徒和叛教者,你们快活不了多久了,有你们哭的日子……我们人人都是扎卡维。"[1]

9·11袭击5周年,也就是2006年时,本·拉登的副手艾曼·扎瓦赫里宣布基地组织与"萨拉菲宣教与战斗组织"正式合并。3个月后,"萨拉菲宣教与战斗组织"在阿尔及尔附近袭击了一支载有Brown & Root-Condor公司员工的车队,该公司是美国哈利伯顿集团和阿尔及利亚国家石油公司（Sonatrach）的合资企业，当时正在阿尔及利亚南部扩建军事基地。袭击导致一名阿尔及利亚籍司机身亡，包括1名美国人和4名英国人在内的9名工人受伤。

2007年1月，"萨拉菲宣教与战斗组织"正式改名为伊斯兰马格里布基地组织（AQIM）。它宣称其首要目标是推翻阿尔及利亚政权，代之以一个伊斯兰国家，扎瓦赫里也宣布，该组织将成为"美国和法国十字军的喉之鲠骨"[2]。伊斯兰马格里布基地组织几乎立即在萨赫勒地区发动了一系列破坏性极大的袭击。恐怖分子炸毁了阿尔及利亚总理府的正面和阿尔及尔的一个警察总部，造成23人死亡，160多人受伤，还以汽车炸弹袭击了位于阿尔及尔的联合国办公楼，造成60人死亡，其中包括来自丹麦、塞内加尔和菲律宾的联合国工作人员。伊斯兰马格里布基地组织的头目在隐于阿尔及尔以东100英里的卡比利亚山脉深处的村庄活动，那里基本上不在阿尔及利亚安全部队的控制范围。在德罗克戴尔的指挥下，该组织建立了一个严密的等级结构：两个居于领导地位的委员会，一个是以德罗克戴尔为首的由15人组成的知名人士委员会，一个是由阿富汗圣战老兵阿卜杜·奥贝达·阿尔·阿纳比领导的14人委员会，称为舒拉理事会（Shura Council）。它们会来确定目标和优先事项，与世界各地的其他恐怖组织建立联系，并通过演讲的音频、视频以及网站公报等保持在公众中的活跃度。这些人中的绝大多数是圣战分子，阿尔及利亚内战期间他们在阿尔及利亚伊斯兰军事组织中扬名立万，21世纪初他们在伊斯兰马格里布基地组织的前身——"萨拉菲宣教与战斗组织"中声名鹊起。他们中的有些人曾在巴基斯坦或阿富汗接受过基地组织的训练；几乎所有人都是绑匪、毒品走私贩和杀人犯。这两大领导机构主

---

[1] Habib Trabelsi, "Zarqawi death 'relief' for rival rebels: experts," *Lebanonwire*, June 9, 2006.

[2] Hall Gardner, *Averting Global War: Regional Challenges, Overextension, and Options for American Strategy* (New York: Palgrave Macmillan, 2007), p. 133.

持了6个分管委员会，分别涉及政治、司法、医疗、军事、财政和外交关系；并将其行动区域划为两大区："中央区"，包括阿尔及利亚和突尼斯；"萨赫勒区"包括马里北部、阿尔及利亚南部、尼日尔及利比亚。

德罗克戴尔和他手下那些在卡比利亚山区的指挥官们认为马里北部因安全部队过不来、沙漠广阔，再加上西方游客和从事开发的人越来越多，是贩毒和绑架的好地方，是重要的收入来源，也能为圣战人员提供庇护。该圣战组织将马里北部一分为二，由两个敌对的埃米尔管理。阿卜杜勒哈米德·阿布·扎伊德控制着基达尔附近的区域。廷巴克图以北则归穆赫塔尔·贝尔摩塔尔。他们两人各领导一个由150—200名圣战分子组成的旅。阿布·扎伊德给他的部队取名为"塔里克·伊本·齐亚德旅"，以纪念这位8世纪时征服西班牙的摩尔将军。贝尔摩塔尔则给他的旅取名为"蒙面人"（Al Moulathamine）。

伊斯兰马格里布基地组织基本上是自成一体的，他们期望为组织弄到大量资金，于是，民兵们开着越野车穿过沙漠，用GPS系统进行定位，从埋在沙漠中的地窖里取得食物、弹药、燃料、电池，甚至备用的车辆。与阿尔及利亚安全部队交火后，塔里克·伊本·齐亚德旅的一名战士于2010年被捕，据他拍摄的一份家庭录影带显示，这些人睡在洞穴里，用手动缝衣机自己做衣服，自己修车，饮水靠该地区仅有的几条小溪，不变的食物是树根和蜥蜴。

阿布·扎伊德为人严肃，是个杀人不眨眼的刽子手，全心全意地奉行伊斯兰教义。"扎伊德的所作所为有商业上的考量，但主要还是关于圣战的。"巴马科的一位西方恐怖主义研究专家这样告诉《简氏恐怖主义与安全监控》刊物。[1]贝尔摩塔尔则是"一个有激进倾向的商人"，行事有自己的一套准则：他认为士兵、海关人员以及其他政

---

[1] "Desert Storm Brewing," *Jane's Terrorism and Security Monitor*, November 2, 2010.

府官员在他的圣战中都是一般无二的,但他通常会尽量避免造成平民死亡。这两人之间的竞争非常激烈,都想获得藏匿在阿尔及利亚山区中的大头目的青睐,但他们的这种较量有利于基地组织的财务状况。这引发了一波绑架西方人勒索赎金的浪潮,在接下来的4年里,这将为伊斯兰马格里布基地组织贡献多达1.16亿美元。

  2008年4月,伊斯兰马格里布基地组织的枪手在突尼斯东南部的撒哈拉沙漠抓住了两名奥地利游客,这是自2003年以来西方人首次在沙漠中被圣战分子绑架。基地组织在囚禁两名人质252天后将他们释放,奥地利方面据称支付了640万美金的赎金。绑架事件自此一波接一波地发生。2008年12月,穆赫塔尔·贝尔摩塔尔的部队在尼日尔的尼亚美市郊外一条路上拦截了一辆载有2名加拿大外交官的车,将他们推上了一辆皮卡,载着他们在撒哈拉沙漠中穿行数百英里,最后辗转关在了多个荒凉的圣战营地里。此次绑架事件发生一个月后,阿布·扎伊德的突击队伏击了3辆将参加完尼日尔的图阿雷格族音乐与文化节的游客送到马里的车。枪手抓了4名中老年欧洲游客作为人质,将他们带到了沙漠中的另一个营地。那年6月,这些人改变了策略,两名基地组织的枪手在毛里塔尼亚的首都努瓦克肖特枪杀了39岁的美国籍英语教师克里斯托弗·莱格特。半岛电视台播放了伊斯兰马格里布基地组织发言人的一段声明,称莱格特是"因为他的基督徒行为"而被处死的。①

  没过多久,绑架事件也回潮了。2009年11月,基地组织的突击队袭击了穿越毛里塔尼亚的主要公路的一支车队,并扣押了3名西班牙援助人员。2周后,在阿布·扎伊德的指挥下,绑架者又从位于马里东部的梅纳卡小镇的酒店房间里掳走了一名法国救援人员。数天之后,伊斯兰主义者以大家耳熟能详的作案手法,在毛里塔尼亚另一条

---

① Ahmed Mohamed, "Christopher Leggett Death: al Qaida Says It Killed American In Mauritania For Prosletyzing," *The World Post*, July 26, 2009.

偏僻的公路上把一对正在度假的意大利夫妇从其车上抓走了。伊斯兰马格里布基地组织的一位发言人称，此次绑架是为了报复"［意大利的西尔维奥·］贝卢斯科尼政府在阿富汗和伊拉克侵犯伊斯兰教和穆斯林的权利的罪行"。2010年春天，阿布·扎伊德再度出击，这次从尼日尔北部的一家铀厂绑走了阿海珐公司①的4名法国工人，78岁的法国退休工程师米歇尔·热尔曼诺也在尼日尔北部被掳，当时他正在那里为一家慈善机构工作。

那两名被绑架的加拿大人中有一位是罗伯特·弗勒，当时他正担任联合国驻尼日尔特使，他也是少数能持续观察穆赫塔尔·贝尔摩塔尔的西方人之一。这位伊斯兰马格里布基地组织的埃米尔定期出现在他和他的同事被关押的沙漠营地。"他的身材相对纤瘦，脸上饱经风霜，皱纹很深，留着一头黑色的鬈发。"弗勒这样写道。②遭绑架后，弗勒被迫在沙漠里跋涉了好几天，导致脊椎压缩性骨折。弗勒将贝尔摩塔尔描绘成一个浑身散发出邪恶魅力的"受人尊敬的领导者"。"他的嘴唇薄薄的，抿在一起就成了一条直线，嘴巴不时地弯出一个鬼魅般冰冷的几乎是讥讽的笑容。他最明显的特征是一道很深的几乎垂直的伤疤，从右边眉毛中间开始，划过右眼睑，穿过整个右脸颊，没入他的小胡髭里。"让弗勒印象深刻的是，贝尔摩塔尔的手下被一种狂热支撑着。"他们会坐在撒哈拉沙漠的大太阳底下一小时一小时地唱圣歌，"他说，"他们似乎在招募新人方面没有遇到任何困难。他们中最小的一个只有7岁……另有3人都还没变声。他们很自豪地告诉我们，父母是将他们作为'献给真主的礼物'送到这里来的。"③

弗勒还描述了一桩事，让人对贝尔摩塔尔和他在马里北部的竞争对手阿布·扎伊德的不同性格一目了然。2009年4月21日，加拿大政府仅支付了70万欧元，当时约合100万美元，弗勒和他的加拿大

---

① 法国一家核工业公司，为全球500强企业。——编者
② Robert Fowler, *A Season in Hell* (New York: HarperCollins, 2011).
③ 同上。

外交官同伴就获释了——这是贝尔摩塔尔亲自协商的结果,令他的上级们惊愕不已。当弗勒被车送到沙漠中的一个会合地时,阿布·扎伊德的手下带着两名西方女性人质也到了。这两名女子都是在参加完尼日尔的音乐节后被掳走的。在历经 5 个月的恐惧、饥饿、烤箱般的炎热、无尽的无聊以及阿布·扎伊德及其手下的残酷虐待后,两人均身患痢疾,其中一人的手臂还被毒蝎子咬伤,脓肿坏死。她们的政府在谈判过程中给她们送了药,但被阿布·扎伊德截下了,没给她们。"一看到她们那因痛苦而扭曲的苍白的小脸,我就吓得往后退。"弗勒后来回忆道。①但当贝尔摩塔尔查看了这两名女子后,"面色阴沉,怒容满面",从医药箱里去取了治疗痢疾的药给她们。7 个月后,阿布·扎伊德冷酷无情的名声更甚了。英国政府坚持一贯的政策,拒绝满足其手下为释放 62 岁的管道承包商艾德温·戴尔所开的条件,即支付几百万美元的赎金,外加释放囚禁在英国监狱的阿布·卡塔尔——一名激进的约旦神职人员,贝尔摩塔尔 1980 年代在阿富汗圣战期间认识了他。2009 年 6 月,阿布·扎伊德将这名英国人斩首。时任英国首相戈登·布朗谴责了对戴尔的"野蛮"杀害,并宣称"这坚定了我们的决心,绝不向恐怖分子的要求让步,绝不支付赎金"。②

其他欧洲国家的政府没有表现出一样的决心。这可以理解,因为他们不愿看到自己的国民受到残酷虐待并可能被处死,这些国家不顾美国和英国政府的警告,即支付赎金只会让伊斯兰马格里布基地组织有更多的钱招募人员、购买武器,给绑匪送上了几千万美元的赎金,并向马里政府施压,要求其做出痛苦的让步。2010 年 3 月,圣战分子释放了一名西班牙籍援助人员,5 个月后又释放了她的两名男性同胞,由此获得了西班牙政府支付的预计总额高达 1270 万美元的赎

---

① Robert Fowler, *A Season in Hell*(New York: HarperCollins, 2011).
② Alan Cowell and Souad Mekhennet, "Al Qaeda Says It Has Killed Briton," *The New York Times*, June 3, 2009.

金；4个月后，他们在加奥北部释放了那对意大利夫妇，作为交换，关在马里监狱的4名伊斯兰激进分子获释。

从欧洲国家的政府那里获取的赎金充实了贝尔摩塔尔和阿布·扎伊德的腰包，此外他们还从国际贩毒中获得了越来越多的利润。他们早在21世纪初就开始从事这行当，雇用图阿雷格族人和阿拉伯人从赤道几内亚通过马里的陆路运送可卡因，赤道几内亚是大西洋沿岸一个被哥伦比亚毒贩控制的国家。21世纪头十年的后半部分，贩毒集团与伊斯兰马格里布基地组织这个中间人一起通过马里的撒哈拉沙漠空运了大量可卡因。2009年，牧民在基达尔以北的撒哈拉沙漠发现了一架波音727-200飞机烧焦的残骸。据联合国的一份情报报告，这架飞机在卸下多达10吨的可卡因后正要起飞时，陷进了沙里。机组人员弃机而去，临走前点燃了飞机，以掩盖他们的行踪。恢复后的飞行日记显示，该飞机已经多次往返于哥伦比亚和马里，这表明两国之间有个庞大的、极其有利可图的贩毒网。美国官员认为，随着这些人的金库里装满现金，队伍不断扩大，后勤能力不断提高，这个恐怖组织很快就会有能力袭击该地区的西方国家大使馆，并将恐怖威胁输出至海外。

2005年，美国五角大楼启动了一个跨撒哈拉的反恐行动，为期6年，投资5亿美元，旨在加强马里、毛里塔尼亚、尼日尔、乍得以及其他十几个北非国家的军事力量。特种部队突击队和海豹突击队轮流向数百名马里士兵和军官传授基本的军事战术，从组装武器到急救，再到徒步或驾车在沙漠中巡逻。美军为受训者开了为期6周的课程，每年在莫普提、巴马科、加奥和廷巴克图的基地附近办三四次。训练者立刻发现这支军队的状况处于令人绝望的境地。士兵的步枪大多是产自前东方集团和中国的AK-47，枪托、弹夹和背带都坏了。弹药也都是几十年前产的，存放在潮湿或酷热的环境之中。部队进行武器训练时，弹夹里没有一颗子弹。2009年，当美国国防部官员马歇尔·曼提普利乘直升机来到马里最北的军事基地视察训练情况时，他注意到士兵们穿着不成套的制服,靴子也裂了,头上戴的从头巾到棒球帽,什么都有。他心想道,这些人看起来可真不像军人。数年后,一位马里总统的顾问向我坦陈,招募普通士兵"引来的却是社会渣滓——问题少年、学校不收的、少年犯甚至罪犯"①。这些马里新兵大多在极端贫困中长大,就连在战场上发挥作用的最基本技能都缺乏。曼提普利视察了其中一场战区模拟演习,演习要求士兵去换下一名遭遇伏击"中枪身亡"的军用卡车司机。士兵们拒绝参加演习,后来才知道,他们之中没有一个会开车。

这不是马里军队第一次暴露出自己在战场上是个不值得信任的伙伴了。2004年,在毛里塔尼亚附近的沙漠中追捕阿尔及利亚恐怖分子头目埃尔·帕拉时,美军训练的马里一个旅的士兵已经在逼近其藏身之处,埃尔·帕拉和他的手下却突然冲出营地,越境逃入了尼日尔。美军后来才知晓,原来这个旅里面有人给埃尔·帕拉通风报信,告诉他士兵正在靠近。当时,欧洲司令部副司令查尔斯·瓦尔德将军非常愤怒,发誓以后"再也不会"跟马里武装部队合作了。迪迪尔·达科上校也承认:"团队精神在这里是不存在的。"②这位受过美军训练的旅长后来成了马里军队的总司令。

更让人沮丧的是,美国政府陷入了一场关于如何最好地训练马里军队的激烈辩论。薇姬·哈德尔斯顿当时在五角大楼工作,担任负责非洲事务的副助理国防部长,监督针对撒哈拉地区圣战分子的反恐行动。在担任马里大使时,她最初是反对瓦尔德的,但随着恐怖主义在该地区肆虐,她完全转变了立场。现在她认为,美国训练任务的目标不是别的,而是"彻底消灭伊斯兰马格里布基地组织"③。她敦促于2008年秋天走马上任的美国驻马里大使吉莉安·米洛瓦诺维奇组建一支由马里精锐部队组成的快速反应部队,捣毁基地组织武装分子的

---

① 作者对马里前外交部长蒂耶纳·库利巴利的采访,巴马科,2014年2月15日。
② 作者对迪迪尔·达科上校的采访,巴马科,2014年2月18日。
③ 对哈德尔斯顿的采访。

巢穴。这位新大使在训练项目如何开设上有重要的发言权。

米洛瓦诺维奇认为哈德尔斯顿的目标"荒唐可笑",她的回答是5年后再说。在五角大楼的会上,她对哈德尔斯顿辩称,从零开始组建马里特警队需要好几年时间。就连被称为 ETIA 的军中最精锐部队,情况也很糟糕。米洛瓦诺维奇在一份密电中指出,一位美国陆军上尉向她引见了"一名很不起眼的士兵。此人有点年纪、身材瘦削、胡子拉碴、眼里布满血丝,穿着脏兮兮的 T 恤靠在仓库里的一辆摩托车上。[上尉]解释说,别看他其貌不扬,却是 ETIA 里一等一的好手,还提到他是7月4日遭遇伊斯兰马格里布基地组织伏击的马里陆军巡逻队的幸存者之一"①。

米洛瓦诺维奇认为,军队只需出现在沙漠中交通繁忙的路段,并将其职责限制在追查基地组织的武器和燃料藏匿点上。她说:"我们不会训练这些人开着丰田小卡去搜寻基地组织,然后被人伏击。"②哈德尔斯顿则认为这样的做法不温不火,注定会失败。

但在米洛瓦诺维奇看来,五角大楼的高层不过是不想说到做到。在到巴马科上任6个月后,米洛瓦诺维奇飞到华盛顿,参加她在五角大楼的第一次会议,据她回忆,她被国防部声称花在马里的金额与她在实地看到的情况之间的不符"惊呆了"。"这简直是个弥天大谎。"她说。③数千万美元花在了美军训练人员的交通和住宿费上,但在资产负债表上被误作对马里军方的直接援助。设备一直承诺要交付,却很少兑现。

米洛瓦诺维奇和她的武官提议向装备落后的马里空军提供两架塞斯纳"大篷车",这种涡轮螺旋桨飞机很耐用,可以用来运送军队、轰炸敌人堡垒、进行空中侦察,但被哈德尔斯顿否决了。哈德尔斯顿

---

① Craig Whitlock, "U.S. counterterrorism effort in North Africa is defined by decade of missteps," *The Washington Post*, February 4, 2013.
② 对美国前驻马里大使吉莉安·米洛瓦诺维奇的电话采访,2014年3月6日。
③ 对吉莉安·米洛瓦诺维奇的采访。

认为，马里空军会让这些飞机散架，或者用它们来攻击图阿雷格族叛军——"他们的内忧"①——而不是军方的预定目标，圣战分子。这使得马里空军只有几架多年没离过地的苏联时代的米格-21战斗机；2架1960年代的海军塞斯纳，靠拆用其他飞机的零件而成，几乎没在天上待过；还有4架8座的米格-24武装直升机，被称为"雌鹿"，自从一名乌克兰飞行员在与图阿雷格族叛军的交战中中枪身亡后，它一直停在那里。

2008年到2010年间，伊斯兰马格里布基地组织以惊人的速度扩张，马里武装部队也只收到过一批来自美国的军事装备：30辆装甲卡车。但这些装甲卡车缺通信设备，几个月过去之后，五角大楼才慢悠悠地派技术人员来安装那些设备。无线电迅速耗尽了车里的电池，因而无法对这些车进行沙漠中的远程部署。到最后，训练人员在仪表板上贴上了用马里南部主要语言班巴拉语和法语写成的标签。

上面写着："别打开无线电。"②

相比之下，之前对圣战分子在萨赫勒地区不断壮大的势力不屑一顾的法国政府在2009年底改变了态度，在打击这些人的事情上变得大为积极。2007年12月，伊斯兰马格里布基地组织伏击并杀死了在毛里塔尼亚的路边野餐的4名法国游客，其中3人是一家人，这导致一年一度的巴黎-达喀尔汽车拉力赛的次年赛事被取消。2008年2月，该组织枪击以色列驻努瓦克肖特大使馆，打伤了1名法国妇女，又在同年6月阿尔及利亚的拉赫代里耶引爆了两辆放置炸弹的汽车，造成1名法国工程师和11名阿尔及利亚平民死亡。2009年8月，该组织在阿尔及利亚的头目德罗克戴尔谴责法国为"万恶之母"；几天后，一名该组织的恐怖分子在法国驻努瓦克肖特大使馆前引爆自杀式炸弹，除其本人死亡外，还造成3名路人受伤，其中包括2名大使馆

---

① 对哈德尔斯顿的采访。
② 作者对美国驻马里大使馆前武官威廉·W. 马歇尔·曼提普利的采访，2014年4月16日。

工作人员。"法国人意识到伊斯兰马格里布基地组织是个越来越大的威胁，"薇姬·哈德尔斯顿对我说，"他们认为这是法国面临的最大的外国恐怖主义威胁。"①

在对马里军队能力的信心消失殆尽后，法国将重点转移到了与训练有素的毛里塔尼亚军队开展联合反恐行动上。2010年7月22日，法国和毛里塔尼亚的特种部队从努瓦克肖特起飞，穿越1100英里的沙漠，袭击了伊斯兰马格里布基地组织在泰赫尔（Tigharghar）的一个营地，泰赫尔位于基达尔以北、马里的伊福加斯山地块。据法方的情报显示，那位年逾古稀的援助人员米歇尔·热尔曼诺就被关在那里。突击队击毙了6名基地组织武装分子，但没能救出热尔曼诺，他很可能在突袭前几小时被转移去了别的营地。为了报复，阿布·扎伊德下令将热尔曼诺斩首——而且有可能是他亲自动的手。"作为对法国卑鄙行为的快速回应，我们确认已经处决了人质热尔曼诺，以此为在这场背信弃义的行动中丧生的6位兄弟报仇。"②该组织在阿尔及利亚的这位领导人在半岛电视台播放的新闻里这样说道。"萨科齐［不仅］没能在此次行动中救出他的同胞，而且为他自己以及整个国家打开了地狱之门。"奥巴马政府对两年前推翻毛里塔尼亚民选政府的军事政变感到不满，对两国的联合行动也没什么热情。"因此，到了2010年，美国和法国的角色已经对调了，"薇姬·哈德尔斯顿回忆道，"在打击基地组织这件事上法国人更加积极主动。"

美国官员认为，马里总统阿马杜·图马尼·杜尔仍对圣战分子势力的壮大以及本国军队的每况愈下熟视无睹。2002年，马里人选他重新担任马里总统后，军队的腐败更严重了。高级官员的晋升靠的是关系而非功绩。北部的军事指挥官被怀疑与基地组织勾结贩毒。而人称ATT③的马里总统似乎经常假装伊斯兰激进分子并不存在。圣战分

---

① 对哈德尔斯顿的采访。
② "Al-Qaeda in North Africa 'kills French hostage,'" BBC News, July 26, 2010.
③ 总统名字的首字母缩写。——编者

子并不追着马里军队打——只要能让他们无拘无束地走私可卡因、时不时地绑架西方人就行。"[政府]的态度是'最好别去捅这个马蜂窝',"美国国防部官员马歇尔·曼提普利告诉我,"为什么要派军队去以卵击石呢?"①

2009年6月,吉莉安·米洛瓦诺维奇大使在总统府与杜尔两次会面,总统府是一座建在死火山顶上、刷成白色的大别墅。米洛瓦诺维奇的怒火越来越大,她警告杜尔,伊斯兰马格里布基地组织正将马里北部作为避风港,英国人质艾德温·戴尔被杀一事正在"迅速玷污"马里的形象。"该做点什么了。"她催促他。杜尔对着米洛瓦诺维奇信誓旦旦道,只要美国送来更多的军事装备和后勤支持,他就会追击基地组织。会晤结束后,米洛瓦诺维奇觉得杜尔似乎终于明白了他的国家所面临的危险,她给华盛顿发了电报,然而其他人却表示怀疑。一位马里高官对美国大使馆表示:"总统在任期内不作为,就类似于消防员在消防队火警铃声响起后决定睡觉。"②

随着伊斯兰马格里布基地组织在马里北部继续壮大,正如美国情报官员和外交官担心的那样,伊亚德·阿格·加利正在转变为圣战分子。在担任过人质谈判代表、没有职务的外交人员以及总统的安全顾问后,加利在2006年回到了从事暴力活动的老路上。那一年,他在基达尔与一名长期作乱的图阿雷格族人临时联手了,后者是因在军队始终未能升迁而怀恨在心。两人组建了一支反叛军,赶走了政府军,占领了基达尔。不久之后,加利又倒向了政府,帮助总统让数十名被叛军俘虏的马里士兵获释。

之后,2008年底,加利突然宣布他要离开马里。他告诉他的朋友、对手以及西方外交官,他受够了政治和图阿雷格族叛乱,决定接受马里驻吉达领事馆的一个低阶外交官职位。吉达是红海最大的港

---

① 对曼提普利的采访。
② Political Officer Aaron Sampson, "As Northern Crisis Deepens, Mali Drifts," U. S. Embassy, Bamako, April 14, 2008, confidential diplomatic file released by Wikileaks.

口，也是沙特阿拉伯仅次于首都利雅得的第二大城市。"我想待在麦加大清真寺附近，这样我就可以每天祷告五次。"①加利对音乐制作人曼尼·安萨尔解释道，但安萨尔担心沙特阿拉伯的职务可能会把加利推向绝境。

吉达的阿卜杜勒阿齐兹国王大学是原教旨主义者的指挥中心，同时也是伊斯兰瓦哈比主义的温床。奥萨马·本·拉登曾在该校学习工商管理，并接受了穆罕默德·夸图布的宗教指导，后者是为针对西方的暴力圣战奠定了意识形态基础的伊斯兰复兴主义者萨亚德·夸图布的兄弟。巴勒斯坦逊尼派神学家阿卜杜拉·优素福·阿扎姆曾是这所学校的讲师，他讲道的录音带曾让充满激情的年轻圣战分子穆赫塔尔·贝尔摩塔尔听得如痴如醉。后来，他在1980年代招募忠诚的年轻伊斯兰主义者在阿富汗打响对抗苏联的圣战，并与本·拉登一起创立了基地组织。

加利在吉达的办公室位于一条小街的后面，非常闷热，最终他还是逃离了这份苦差，去寻找瓦哈比激进分子，这些人可能就在大学里和城里的1300座清真寺当中。沙特阿拉伯的情报部门密切监视着他。2009年8月，在沙特王子穆罕默德·本·纳伊夫在其位于吉达的家中举办的一次聚会上，一名与基地组织有来往的沙特激进分子引爆了身上的炸弹。纳伊夫既是沙特的内政部副部长，同时也是反恐事务的领军人物。这次未遂刺杀之后，反恐部队加大了对疑似与基地组织有关之人的打击。大约在这个时候，沙特政府宣布加利为不受欢迎的人，并将其驱逐出境。"我不认为他是在那里性情大变的，"一位与之较亲近的同僚在4年后对《大西洋月刊》说，"我认为他早已变了。但他被驱逐这件事……表明他的个人信仰已经开始以一种非常明显的方式符合了极端主义意识形态和行为。"②

---

① 对安萨尔的采访。
② Yochi Dreazan, "The New Terrorist Training Ground," *The Atlantic*, October 2013.

2009年底，当加利从沙特阿拉伯返回巴马科时，他开始频繁造访巴马科的绿色清真寺，在这个萨拉菲教徒的集会场所，他向大批热情的追随者宣讲伊斯兰教法的优点。2009年的一个星期五上午，他邀请他的朋友安萨尔在下午的祈祷后与他见面。在清真寺前，当留着长胡子、穿着长袍的瓦哈比教徒经过时，加利再次劝说他加入原教旨主义者阵营。

安萨尔问他："你确定自己走上的不是一条暴力之路吗？"①

"我们是和平主义者。"加利用力地摇摇头，很果断地回答道。

安萨尔最后一次见到加利是在2010年2月。当时，他从巴马科以北驱车去尼日尔参加一年一度的为期4天的音乐节，它创办于2005年，是为了与马里南部的沙漠音乐节遥相呼应，地点在首都以北140英里的塞古河岸边停泊的一艘驳船上。加利驾驶的一辆与众不同的亮橙色汽车，在一段两车道的公路上超过了安萨尔的车，然后在弯道附近失去了踪迹。几分钟后，安萨尔在一个加油站旁看到了那辆车，并将自己的车停在了它旁边。尽管近年来他与加利渐行渐远，但他还是非常希望能与这位老朋友再见面。安萨尔对音乐节的兴致很高，他深情地回忆起了1990年代中期，他与加利和几个朋友在他家屋顶和尼日尔河畔参加的温馨即兴演奏会，那时塔里温乐队还没蜚声国际，加利还没沉迷于萨拉菲教派。

安萨尔清晰地记得，那时候的加利会一根接一根地抽烟，酷爱音乐，是俱乐部常客，喜欢锦衣玉食；那时的他是诗人也是作词家，曾为他的朋友、歌手兼吉他手易卜拉欣·阿格·哈比卜写过浪漫的民谣和军歌；他爱享乐，从不祷告，不睡到中午不起床。停好车之后，安萨尔走进了加油站旁边的餐厅。加利和他的太太坐在角落的一张桌子旁。安萨尔之前同她也关系不错。她戴着头巾，眼睛盯着桌子，连看

---

① 对安萨尔的采访。

Bad-ass Librarians　　105

都不看安萨尔一眼。加利则戴着白色的犹太无檐小圆帽,黑色的长裤外罩着白色的长袍。他看起来非常严肃,但很有气场,整个餐厅都能感觉到他的存在。他跟安萨尔简单地打了个招呼。

他问:"你要去哪里?"①

安萨尔回答:"我去参加塞古的音乐节。"加利拉下了脸。他盯着安萨尔,眼神中似有怜悯和鄙夷。安萨尔回忆道:"在他心里,我是他曾经喜爱的老友,是他没能从撒旦的手中救出来的人。"很显然,那一刻,他俩之间共有的所有东西都消失了。那段折磨人的沉默似乎持续了几分钟,安萨尔咕哝着道了别,随即走出了餐厅。

---

① 对安萨尔的采访。

第九章
邪恶同盟崛起

2011 年，廷巴克图的满玛·海达拉纪念图书馆迅速成为世界上最具创新性的手稿保护中心之一，同时也是廷巴克图文化复兴的象征。阿卜杜勒·卡德尔·海达拉雇了 12 个员工。2007 年，迪拜的朱马·马吉德文化与遗产中心的一笔捐款使得海达拉有钱建一座对手稿进行修复和数字化的实验室，并建一座副楼，带有 4 间明亮的展览室和 1 个会议中心。海达拉向来访的欧洲记者展示了他的新实验室和最先进的摄影设备；他解释说，他用的是数码照相机而不是扫描仪，因为紫外线扫描技术可能会点燃亚麻纸和含铁的墨水，损坏手稿。

在海达拉的工作室里，他已经开始制造无酸纸，以此将手稿修复到完好无损的状态——在这之前用的无酸纸都是以高昂的成本引进的，他还和记者聊到创办一种副业，将这种纸卖给游客或者出口。在图书馆顶楼的一间会议室里，一场有关数字化的研讨会正在举行，与会者五花八门，这名记者称："有留着短须的阿拉伯人，有穿着长袍、戴着眼镜的图阿雷格族人，还有一些非洲面孔。"[1]这种多样性反映了廷巴克图作为民族大熔炉的历史性角色。海达拉正计划发行一张CD，其中包含一个有关解决冲突的阿拉伯文本的多个译本。"西方人来到这里，试图告诉我们这一切是他们发明的。"他这样告诉他的访客。[2]与此同时，他在等着南非开普敦大学的一群人来这里召开手稿保护研讨会。

海达拉正日益成为一名蜚声国际的文化人。2003 年，他首次去美国，参加在美国国会图书馆举行的首届美国非洲手稿展的开幕式，此行非常成功，自那之后，他便受到了世界各地的图书馆和博物馆的追捧。他经常飞往纽约、华盛顿、亚特兰大、芝加哥、柏林、巴黎、布鲁塞尔、阿姆斯特丹、日内瓦以及其他首都城市，或去接受荣誉，或去参加学术会议，或是为满玛·海达拉纪念图书馆手稿的巡展担任司仪。他在海外有了朋友和同行，建立了人脉，充满信心地在欧美的城市之间穿梭——虽然他不懂英语——并发现世界以他 10 年前做梦也想不到的方式向他敞开了大门。他渐渐熟悉了西方的习俗，尽管在西方旅行时他总是像在祖国一样穿着传统的马里长袍；他用心学习欧美的宗教、文学、音乐和饮食，但更为实际的是，他跟西方同行交流了关于手稿估价和保护技术的知识。与此同时，正如他多年以后回忆时所说："我尽力保持谦虚，就跟我在廷巴克图一样。"③他还一如既往地与他在廷巴克图的朋友们来往，无论是他孩童时的玩伴、手稿界的同行，还是廷巴克图的学者和伊玛目。

　　随着海达拉在国内外的知名度上升，他的朋友和长辈都劝他在廷巴克图的社会中发挥更积极的作用，比如竞选当地的公职、成为政府官员，甚至加入伊斯兰高级理事会，这个伊斯兰民间社会组织涵盖了苏菲派和瓦哈比派的意识形态，在全国各地提供社会服务并进行慈善工作。但海达拉总是拒绝。他认为参与公共事务只会招来麻烦，会让他无法全心全意地服务于本市的图书馆。

　　跟廷巴克图的大多数人一样，海达拉偶尔会参观该市苏菲派圣人的圣祠，每年 1 月时，他都会兴致勃勃地参加圣纪节，这个为期一周的活动是为了庆祝先知的诞生，主要的活动是让人们聚在一起阅读廷巴克图最珍贵的手稿，包括《古兰经》和其他世俗书籍。当他在婚

---

① Charlotte Wiedemann, "From Holes in the Sand to a Digital Library," trans. Katy Derbyshire, Qantara. de, April 21, 2010.
② Wiedemann, "From Holes in the Sand."
③ 作者对海达拉的采访，布鲁塞尔，2014 年 12 月 16 日。

姻或工作上遇到棘手的问题时,他会不时地查阅自己收藏的有关伊斯兰教法的典籍。但宗教在他的生活中并不是主角。真正鞭策他的是对文字力量的信念,是书页之间蕴藏的丰富多样的人类经验和思想。

海达拉并不富裕,但 15 年来,艾哈迈德·巴巴研究所给了他丰厚的薪水,他在一次次穿越马里丛林期间获得了可观的奖金,因此存下了足够的钱,可以尽情地去马里之外的地方收集。某次去纽约,他在曼哈顿的一家古董书店偶然发现了一卷 18 世纪的有关奥斯曼帝国的历史书,它以镀金的阿拉伯文写成,书中到处可见设计和地图。书店老板要价 1500 美元,但海达拉是个砍价高手,他杀到 800 美元,最后以 1000 美元的价格带走了它。这卷奥斯曼帝国历史手稿成了他最珍贵的收藏之一。

海达拉的生活在其他方面有了变化。他新得了个儿子,因为早产又有残障,这个小孩不能走路、不能坐,也不能说话,这给海达拉的生活带来了沉重的负担。像许多功成名就的桑海男人一样,海达拉此时娶了第二位太太,一位马里高级外交官。但据一位密友透露,海达拉的第二次婚姻让他的第一位妻子非常痛苦,她痛斥他竟然如此对她。几年后,这位朋友说:"我唯一一次看到他疲惫不堪是在他娶了第二位太太后。那次他来找我,哭了,他说'我没有想到事情会到这种地步'。"[①]他的第一位太太最后勉强接受了这种情况,可以容忍他去巴马科与第二位太太住些时日。

尽管海达拉的私人生活起了波折,但他已然成为国际媒体上引人注目的人物。"海达拉是个痴迷于文字的人,"彼得·格温在 2011 年初发表于《国家地理》杂志上的长文《廷巴克图的传奇抄写员》中这样写道,"他说,书籍已经深入了他的灵魂,他也相信这些书会拯救廷巴克图。文字构成了让社会立起来的筋骨和肌肉……成千上万饱

[①] 作者对海达拉的这位不肯具名的朋友的采访,巴马科,2014 年 1 月 20 日。

含情感的文字灌注在人类生活的各个角落。"[1]格温拜访了海达拉位于桑科雷清真寺附近的家,发现他正在看一封19世纪廷巴克图的长者写给马西纳苏丹的信,此信据猜测给出了廷巴克图民主意识觉醒的证据。格温写道:"他可以在书堆里一坐就是好几个小时,翻看一卷又一卷的皇皇之作,每一卷都如一架小型望远镜,让他能够适时看到过往岁月发生的事。"作者指出,手稿在廷巴克图的复兴产生了溢出效应,促使阿迦汗去修复城里一座中世纪的清真寺。阿迦汗是1500万什叶派伊斯玛仪派穆斯林的精神领袖,也是一位有千万身家(主要来自宗教捐款,据估计高达30亿美元)的慈善家。穆阿迈尔·卡扎菲则买下了原为政府所有的索菲特度假村,以期未来在此举办学术会议。

在《国家地理》杂志的那篇文章里,海达拉淡化了圣战分子和图阿雷格叛军在廷巴克图周围的沙漠中进行的绑架人质、贩毒和其他犯罪活动。"罪犯,或者其他什么人,我都不担心。白蚁才是我最大的敌人,"他告诉格温,"我最大的噩梦,就是看到一份稀有的、我还没来得及读的书稿慢慢被白蚁蚕食了。"

2011年1月,也就是《国家地理》杂志发表海达拉那篇专题报道的当月,接二连三地有事发生,这将打破海达拉的自满心态。在突尼斯,一场民众起义推翻了突尼斯独裁者扎因·阿比丁·本·阿里,一个月之后,埃及总统胡斯尼·穆巴拉克也倒台了。在利比亚东部的班加西爆发了反抗卡扎菲的抗议活动,安全部队杀死了100多名示威者。叛乱蔓延至全国。到了月末,卡扎菲政府已经失去了对利比亚大部分地区的控制。卡扎菲宣称是本·拉登在利比亚的雀巢咖啡里下了"迷幻药",将民众变成了叛军,并发誓在挨家挨户地清除掉"老鼠"和"蟑螂"前绝不会下台。在其他场合,他又发誓要死得像个"烈士"。北约部队根据联合国安理会的决议,在利比亚领空设立了禁飞

---

[1] Peter Gwin, "The Telltale Scribes of Timbuktu," *National Geographic*, January 2011.

区,并袭击了卡扎菲的军队。北约的炸弹摧毁了军营、电视台、通讯塔以及卡扎菲位于的黎波里的住宅。

卡扎菲的命运大逆转让海达拉惊讶不已。5 年前,这位利比亚总统还对廷巴克图进行了国事访问,此行为期 3 天,正值卡扎菲的区域影响力达到顶峰时,淋漓尽致地展示了他极为乖张、自大的性情。为纪念先知穆罕默德的诞辰,自诩为"非洲国王之王"的卡扎菲从巴马科驱车 606 英里前往廷巴克图,中途甩掉了陪同的马里总统杜尔,住进了他在廷巴克图城外建造的一座摩尔风格的别墅——卡扎菲之家。廷巴克图四处悬挂着利比亚的国旗、欢迎的横幅以及利比亚领导人真人大小的海报。到访的第二天晚上,卡扎菲在廷巴克图的足球场主持了一个奇怪的仪式,现场犹如灯海,以致电网不堪重负,整个城市一片漆黑。卡扎菲号召所有国家都信奉伊斯兰教,谴责诺贝尔和平奖获得者——法国援助组织"无国界医生"是西方的间谍,称乔治·W. 布什和法国总统雅克·希拉克"像汗珠一样不洁"[1],并倡导建立一个"帝国主义必将在其中灭亡的"统一的撒哈拉。然后,他没有跟马里总统告别就乘坐总统专机回了的黎波里,据阿尔及利亚驻马里大使称,杜尔总统坐在机场的航站楼里"双手抱头",感到不解和羞辱。现在,卡扎菲政权即将瓦解,情势发展之快让海达拉难以置信。那时的他还想不到利比亚的暴力会越过撒哈拉到达廷巴克图。

那年春天,马里的几百名图阿雷格族人响应卡扎菲绝望中的援助请求。他们组成小型的 SUV 车队前往利比亚,在夜间驾车穿越沙漠以躲避侦察,集结于雇佣兵营地,与图阿雷格族老兵会合,后者几年前离开马里去利比亚加入了卡扎菲的雇佣军。队年轻的图阿雷格族士兵往北穿越撒哈拉沙漠,来到沿海城市米苏拉塔,卡扎菲的军队包围了那里的叛乱分子,让他们饿到不得不投降。但当他们接近该城,

---

[1] Ambassador Terence P. McCulley, "The 'Frere Guide' Qadhafi Causes a Stir in Mali," U.S. Embassy, Bamako, April 17, 2006, confidential diplomatic file released by Wikileaks.

在撒哈拉沙漠边缘的一个椰枣种植园过夜时，北约的飞机轰炸了政府的驻地，打破了围困。"我们知道我们没有什么胜算。"①一位来自廷巴克图的年轻雇佣兵回忆道，他是来救卡扎菲的，以感念其对图阿雷格族人的同情和友好。"卡扎菲命不久矣，"他还记得当时他的图阿雷格指挥官说，"是时候回马里了。"

那年8月下旬，利比亚首都的黎波里失守。几天后，趁火打劫者来到城郊一个标有"教科书印刷和储存仓库"的大院外，撬开了无人看守的两重大门。这座由3栋楼组成的建筑物，其实是一个伪装得很不成功的军火库，他们从里面拖走了防空导弹和数以千计的其他弹药。这一幕不断在利比亚各地重演。四散逃去的图阿雷格族士兵在他们的皮卡车厢里放了高射炮，12.7毫米机枪、火箭炮、迫击炮、炮弹、BM-21和BTR-60地对地、地对空导弹发射器以及大量弹药。然后，他们回家去了。

"这是个对打仗有利的年代，"特拉卡夫特乐队（与塔里温乐队同时代的一个沙漠蓝调乐队）唱道，"未来的岁月必将充满怒火。"②

满载图阿雷格族士兵和重型武器的车队经尼日尔返回马里。最终，他们来到了一个名叫扎卡克的古老的白沙河床，它位于马里东北角，靠近阿尔及利亚边境。到秋天时，数百名战士集结在这里，他们全副武装，准备发动叛乱。他们自称为"阿扎瓦德民族解放运动"（MNLA），是50多年来为推进图阿雷格族的独立而成立的十几个团体和运动组织的最新迭代。另有400人也同样全副武装，在100英里外的沙漠中扎营。

2011年11月，贝尔摩塔尔告诉毛里塔尼亚的一家报纸，伊斯兰马格里布基地组织也在掠夺卡扎菲遗弃的军火。卡扎菲一倒台，圣战组织派出的卡车车队隆隆地驶过利比亚沙漠，满载着肩扛式地对空导

---

① 作者对前图阿雷格叛军"优素福"的采访，廷巴克图，2014年2月15日。
② Jonathan Curiel, "'Desert Blues' Never Sounded So Good as it Does with Terakaft," KQED Arts, October 8, 2012.

弹（MANPADS）、反坦克火箭筒、卡拉什尼科夫冲锋枪、重机枪、炸药和弹药。据一份联合国报告称，那年秋天，在尼日尔沙漠拦截的一个车队携带了"645公斤塞姆汀塑胶炸药和445个雷管，这些是给马里北部的伊斯兰马格里布基地组织的"①。

10月下旬，为了阻止又一场图阿雷格族人起义，杜尔总统派加利去马里北部，后者不仅带了现金、粮食，还带了将世俗的图阿雷格族叛军并入马里军队的提议。因为与圣战分子有瓜葛而被沙特阿拉伯驱逐出境后，加利颜面扫地地回到了马里，杜尔总统打发他去了一个没什么事可干的小部门。但杜尔认为，马里政府中没有其他人能说服叛军放下武器。身材魁梧，留着黑胡子，55岁的加利仍然很有气势，他望着外面那一片人海——头上整齐地包着头巾、穿着不成套的迷彩服的士兵，反而要求他们选他为指挥官。他再次跳到了对面那边，也许是考虑到他已经不再受杜尔政府的欢迎，并盘算着通过加入叛军的事业获得更多的好处。

而叛军以侮辱作为回应。加利对伊斯兰教的狂热让他们感到不安，他们也怀疑他跟马里政府仍有来往，因此众口一词地拒绝了他。一位年轻的叛军后来解释说："他是杜尔的好朋友，这让我们如何信任他？"②

但此时的加利已经选择了叛乱事业，从此再也没有回头路了。这位图阿雷格首领觉得受到了羞辱，爬回了自己的车里，在一片沙尘飞扬中，穿过沙漠撤回了他的据点基达尔。他有钱，阿布·扎伊德的塔里克·伊本·齐亚德旅给了他至少40万欧元，他还有影响力，1990年时是图阿雷格族叛乱分子的领导者，而且他对伊斯兰教的热忱也引起了数百名族人的响应。在接下来几个星期里，加利组建了一个新的民兵组织，其中包括身在马里军队但心怀不满的图阿雷格族

---

① "Nigeria Militants a growing threat across Africa: UN," Reuters, January 26, 2012.
② 对"优素福"的采访。

人，不习惯和平、内心躁动不安的前自由战士，以及基达尔的无业游民。这支部队打着"圣战"的黑色旗帜前进，加利将它命名为"伊斯兰捍卫者"（Ansar Dine），并呼吁在其控制的地盘上施行伊斯兰教法。

2011年11月，加利与马里伊斯兰马格里布基地组织的两名指挥官穆赫塔尔·贝尔摩塔尔和阿布·扎伊德在扎卡克河床边坐下谈判。他们对这里再熟悉不过了：不远处的伊福加斯山，是加利几年前在释放欧洲人质的谈判中第一次与他们会面的地点。在那里，这个马里的图阿雷格族人与两个阿尔及利亚阿拉伯人正式建立了圣战联盟。

2年后的一天晚上9点，我在一片漆黑中走出我住的廷巴克图酒店，偷偷与一名世俗的图阿雷格族叛乱分子会面，据我所知，此人目睹了那几位圣战分子在沙漠中那次至关重要的会面。我坐在图阿雷格族导游的摩托车后座，在黑暗中颠簸着穿过沙质小巷。一轮明月在波纹状的沙地上投下了摩托车细长的奇怪身影，到处都被杂货店、咖啡厅、美发店和其他深夜仍在营业的店铺照得亮堂堂。我们经过了西迪叶海亚清真寺的泥砖墙，城里主要集市边缘腐烂发臭的垃圾堆，然后，小巷变宽了，成了沙质小路，标志着阿巴拉由（Abaradjou）的开始，那是一个由别墅和尚未建成的房屋组成的新社区，藏在高墙后，该市的许多图阿雷格族人就住在这里。

我们找到了优素福，一个26岁的高个子，长着鹰钩鼻，头上包着淡蓝色头巾，坐在他母亲家里一个朴素的房间的床上。他之前一直住在毛里塔尼亚的一个难民营里，这次是偷偷溜回廷巴克图几天，探望亲人。那次起义已经过去2年了，但廷巴克图还是对图阿雷格叛乱分子很有敌意，他害怕自己这次回来会被邻居发现。因此，他坚持在深夜会面，此时街上空无一人，人们都回了家。他说话很轻，显然很紧张，他告诉我加利和基地组织圣战分子在铺在沙地上的地毯上

"谈了好几个小时"①，离他和他的世俗图阿雷格族人的营地不远。优素福回忆道："那是一个晚上，在月光下。"②

在与圣战分子结盟后，加利向基地组织的指挥官提议让伊斯兰教徒与世俗的图阿雷格族叛军联合起来。这两伙人几乎没有共同点：图阿雷格族人想建立一个叫阿扎瓦德的世俗独立国家，他们已经为此奋斗了半个世纪。圣战分子想在马里北部建立一个哈里发国，在那里推行什叶派教法，训练恐怖分子，然后将他们的伊斯兰国家在北非稳步地扩张。这群人已经跟盘踞于尼日利亚北部的"博科圣地"结盟。"博科圣地"是一个残忍无比的伊斯兰恐怖组织，自2002年在北部城镇迈杜古里成立以来，已杀害了上万名尼日利亚人。图阿雷格族叛乱分子与基地组织之间的交易是基于双方的利害关系，这样他们就能集合双方的兵力以及他们从卡扎菲的军火库偷来的重型武器，打败羸弱的马里军队，并在一个面积相当于法国领土的地区建立一个独立的国家。正如美国情报官员和外交官所担心的，伊亚德·阿格·加利如今游走于马里的图阿雷格族独立战士和阿尔及利亚阿拉伯的伊斯兰主义者之间，为马里撒哈拉沙漠中两股破坏势力搭桥牵线。

就这样，世俗的图阿雷格族叛军一分为二。许多人认为"留着胡子的家伙"是个危险人物，害怕与他们扯上任何关系。

"我了解基地组织，对该组织的名声和罪行也很清楚。"优素福边说边给我泡了杯茶。他说，他一直认为自己"不太在乎"宗教问题。"这些人正被国际社会追捕，我们怎么能和他们合伙呢?"③

然而，大部分人认为他们别无选择。他们说，要独立，就必须做出很多不甘的妥协。图阿雷格族士兵如果孤军奋战，则必败无疑。与伊斯兰马格里布基地组织结盟能保证他们取得胜利。

---

① 对"优素福"的采访。
② 同上。
③ 同上。

第十章
最后的音乐狂欢

2011年11月25日,星期五,下午1点,一辆米色皮卡载着4名武装人员驶近了廷巴克图北面边缘的一家背包客旅馆的围墙大院。因为是周五下午,大部分人都在清真寺祷告,街道上几乎空无一人。"这辆车绕着街道转了一圈,看看街上是否有人。"①事发一年后,一名年轻的目击者这样告诉我,当时是黄昏时分,我正和他坐在那家旅馆小巷对面他的汽车修理摊喝着加了奶的红茶。"他们都包着头巾,穿着长袍,在街上左顾右盼,上下打量。最后在旅馆门前停了下来。"

在石墙大院里面,3名游客——1名荷兰人、1名瑞典人和1名英国人——正在万里无云的蓝天下的户外露台上吃着午餐,而荷兰人的妻子则在他们的陆地巡洋舰车顶上搭的帐篷里打瞌睡。"听到狗叫,我走了出去。院子里有人,端着AK-47,他说:'回屋里去吧。'"旅馆的接待员说道,回忆这场景时,我跟他正站在旅馆的屋顶上微弱的淡粉色灯光下,一轮满月低低地垂在泥墙小屋和远处撒哈拉沙漠的沙丘上。"那个人朝游客大喊'走,走,走',我只听到这些。"②枪手们将那3个欧洲人捅到了街上,并且把他们推进了车里,却没有注意到那个躺在车顶帐篷里、吓得僵住了的荷兰女子。

正在这时,一个倒霉的德国游客刚巧从外面办事回来,碰上了绑架事件。他拒绝上车,头上近距离地挨了一枪,当即死亡。一位年轻的目击者说,2名枪手带着人质爬进了汽车的后座,并朝天开了3

枪,然后"悠闲地"③开走了,开过了摇摇欲坠、无人在意的和平纪念碑,路经几顶图阿雷格族人的帐篷,然后驶进了沙漠。

那个被枪杀的德国人的尸体就这样躺在那里,脸朝下,头上伤口的血小股小股地流入了沙地中。这是伊斯兰马格里布基地组织第一次成功地在廷巴克图市里发动袭击。而就在劫持发生的 36 小时前,在廷巴克图以南 100 英里的洪博里镇,7 名伊斯兰马格里布基地组织的枪手闯进了山顶一家小旅馆,叫起了正在睡觉的 2 位法国地质学家,将受到惊吓、茫然不知所措的他们拖上车,随后一起消失在了沙漠里。

那位被枪杀并暴尸于大街上的德国人是前一天由莫普提乘船顺流而下来到廷巴克图的旅行团的一员,此行是巴马科的"睡觉的骆驼"旅行社组织的。该旅行社年轻的澳大利亚老板认为廷巴克图有马里军队的保护,毫不犹豫地将他的客户送到了这里。其他 3 位被绑架的欧洲人则是自己来的,他们骑摩托、开汽车独自穿越西非,对廷巴克图周边局势不稳定的报道不以为然。那天下午,马里军队将 80 名吓坏了的西方游客转移到了布克图酒店,安排了严密的警卫,第二天一早用总统专机将他们撤离了。

在巴马科,图阿雷格族音乐制作人曼尼·安萨尔正在组织第 13 届沙漠音乐节,这个活动为期 3 天,会有本土和外地的乐队来参加。安萨尔从他与伊亚德·加利合作组织的音乐会中获得灵感,将音乐会安排在了埃萨卡纳,时间是 2003 年 1 月。埃萨卡纳位于廷巴克图以西 40 英里处,白色的沙丘延绵起伏,是图阿雷格族人传统的集会之地。该音乐节已经驰名国际,而且在 段时间里还是非洲希望的象征。齐柏林飞艇乐队的创始人之一罗伯特·普兰特曾于 2003 年与塔里温乐队一起登台演出,又与阿里·法尔卡·杜尔一起参加了"即

---

① 作者对一位(不肯具名的)年轻目击者的采访,廷巴克图,2014 年 2 月 14 日。
② 作者对(不肯具名的)旅馆接待员的采访,廷巴克图,2014 年 2 月 14 日。
③ 对年轻目击者的采访,2014 年 2 月 14 日。

兴篝火演唱会",引发了西方媒体的广泛关注。普兰特后来告诉《滚石》杂志:"这是一段启迪之旅,是我人生中最具启示性、最令我谦卑的经历之一。"①

在接下来的几年里,法国巴斯克吉他手兼歌手曼吕·乔和英国流行乐队 Blur 的主唱达蒙·奥尔本都曾在那里演出,著名的嘉宾包括:埃塞俄比亚名模莉雅·琦比德,她来此为 *Vogue* 杂志拍摄大片;摩洛哥的卡洛琳公主,她来这里为 2006 年的骆驼比赛颁奖。"刀剑变吉他,民主如鲜花绽放,音乐带来了民族凝聚感。"MTV 创办人汤姆·弗雷斯顿在《名利场》上谈及 2007 年他和吉米·巴菲特以及小岛唱片公司创始人克里斯·布莱克威尔一起前往埃萨卡纳的事时这样写道。②詹姆斯·杜鲁门在 2008 年《康德纳斯旅行家》上发表的一篇关于马里音乐节的长文中指出:"这个音乐节对吸引外国人(到马里北部)起了很重要的作用。为期 3 天的撒哈拉魔术、世界音乐和跨文化社群令人无法抗拒,这是世界上唯一一处罗伯特·普兰特能与西非部族史说唱艺人(吟游诗人、歌手和说故事的人)以及图阿雷格族蓝调歌手 AA 制的地方。"③

然而,《康德纳斯旅行家》上的这两位作者似乎都太沉浸于"非洲的伍德斯托克音乐节"的浪漫想象之中,没觉察到那里与日俱增的危险征兆。图阿雷格部族的调解人曾警告过安萨尔,伊斯兰马格里布基地组织对这个音乐节深恶痛绝,将其视为"所多玛及蛾摩拉",必须除之后快。"你邀请非伊斯兰教信徒来参加你的音乐节,他们在我们的沙丘上喝酒犯罪。"④这些调解人通过部族长老转告安萨尔,迫使安萨尔加强了活动的安保,并时刻注意自己的安全。弗雷斯顿在《名利场》上的那篇文章里只有一句警告,当时几乎没人注意到。

---

① John Gentile, "Robert Plant Documents His Time in Mali," *Rolling Stone*, November 11, 2013.
② Tom Freston, "Showtime in the Sahara," *Vanity Fair*, July 2007.
③ James Truman, "Mali: Where the Music Lives," *Condé Nast Traveler*, October 12, 2008.
④ Andy Morgan, *Music, Culture & Conflict in Mali* (Copenhagen: Freemuse, 2013), p. 44.

"曼尼［·安萨尔］称赞我们很有勇气，敢无视美国国务院最近发布的警告美国国民离这个音乐节远点儿的旅行建议。"他写道，"不消说，我们对此一无所知。"①弗雷斯顿对这个"无法无天的地区"发生的"匪患、派系对抗以及劫车事件"的报道显得云淡风轻。他还开玩笑地说，这些听起来像是在洛杉矶。

　　2010年，伊斯兰马格里布基地组织在撒哈拉沙漠搞出的绑架浪潮迫使安萨尔将沙漠音乐节搬到了廷巴克图，他认为，在那里，会得到马里安全军队更好的保护。然而，4名西方人在廷巴克图遭绑架和伤害的事件，暴露出马里军队的安保措施完全不足。尽管如此，音乐巨星们再次蜂拥而来。塔里温乐队10年来第6次成为音乐节的特别嘉宾，他们是图阿雷格族的沙漠蓝调音乐人，在世界各地都有热情的粉丝，并获得了西方一些极具影响力的乐评人的认可。其他来过的明星包括31岁的威克斯·法尔卡·杜尔，他的父亲是阿里·法尔卡·杜尔，2006年因癌症过世；还有乌穆·桑伽雷，汤姆·弗雷斯顿在《名利场》杂志上称其为"马里最受欢迎的女歌手和最伟大的女权倡导者——一位真正的天后"②。安萨尔还在跟另一位世界最知名的音乐人与名人——波诺洽谈。这位U2乐队主唱也是一位四处奔走的人权活动家，正考虑在和哥伦比亚大学教授杰弗瑞·萨克斯一起视察完塞古镇附近的千禧村反贫困项目后，去廷巴克图参加音乐节，并停留24小时。跟众多西方摇滚巨星一样，波诺也开始迷上了马里的音乐，特别是塔里温乐队的沙漠蓝调。

　　杜尔总统对于扭转马里作为旅游目的地的颓势还抱着希望，他向安萨尔承诺会派坦克和数百名士兵，包括他的总统卫队，来确保音乐节的安全。他向这位音乐节发起人保证："届时，马里军队的整个参谋部都会在廷巴克图，包括国防部长和所有高级军事将领。"他恳求

---

① Freston, "Showtime in the Sahara."
② 同上。

安萨尔不要取消音乐节:"廷巴克图的防卫会比巴马科好得多。"①

2012年1月12日,星期四,伊斯兰马格里布基地组织在网上放言要杀了他们上一年11月在洪博里镇抓的2位法国地质学家,隔天将处死在廷巴克图绑架的3名欧洲游客。该组织宣称正在准备对马里采取"军事行动",并警告人质的祖国——法国、英国、荷兰和瑞典——不得干预,否则这些人质将会被立即处死。周五晚上8点,波诺的私人飞机降落在廷巴克图机场。对波诺的到访既兴奋又害怕的安萨尔发现这位音乐家与妻子和朋友在机上休息室的沙发上放松,其中包括Diesel品牌的创始人兼所有人伦佐·罗索。休息室里正在播放音乐影像带,气氛很轻松愉快。波诺一身黑衣,戴着镜片偏蓝的眼镜,他问安萨尔是否觉得廷巴克图是安全的。安萨尔想到了廷巴克图的尘土飞扬、贫困和暴力,再看看眼前这个充斥着特权、财富和名气的空间,两相对比让他感到不安,于是结结巴巴地对波诺说他相信是安全的。

杜尔总统在音乐会周边部署了装甲车和军队。裹着夹克和马甲的3000名观众,在50华氏度的温度下聚集在一起,其中包括200名外国人,以及来自马里各地的男女老少,有穿着传统服饰的图阿雷格族人,有来自巴马科和莫普提的穿着西式服装的专业人员。波诺被护送到一个贵宾包厢去参加当晚的音乐会。这位巨星和他的随行人员在十几名士兵的护卫下,住在廷巴克图桑科雷区一座名叫Hôtel La Maison的法国人开的别墅宾馆。第二天,波诺独自徒步穿越了军事边界,进入沙丘之中,而他此次24小时之行的护卫安萨尔则在焦急地等待着。

1月14日周六,也就是音乐节的最后一个晚上,波诺登台与塔里温乐队一起表演。"音乐会已经进行了一小时,这时探照灯打向了观众,人群沸腾起来。U2乐队的主唱、明星嘉宾波诺,到达了现

---

① 对安萨尔的采访。

场。"《青年非洲》(Jeune Afrique)的一篇报道这样写道,"这位爱尔兰巨星穿着一身黑,他先转向左边的观众,随后又转向右边的观众,随即举起手喊道:'在这里,我们都是兄弟!'年轻女孩们立即歇斯底里起来,她们试图爬上舞台,但没有成功。波诺的4名保镖目不转睛地盯着他,就像军事安保人员那样。"①波诺与图阿雷格乐队做了即兴表演,唱了几句法语短句,又与塔里温乐队的歌手和吉他手一起跳起舞来。"音乐比战争强大。"波诺在登上他的飞机回巴马科之前说。②

4天后,伊亚德·阿格·加利率领一支全副武装的联军,在北方展开了血腥的行动。1月18日破晓时分,他们袭击了阿盖洛克的一个偏远的军营,并围攻了军队,直至政府军弹药耗尽。加利和他的手下占领了军营,俘获了90名士兵,给他们戴上镣铐,让他们站成两排,以割喉或近距离爆头的方式处决了他们。"不是我们死,就是他们亡。"加利在沙漠中一处隐蔽之地通过卫星电话对一位巴马科记者说。③法国人指责加利及其手下犯下了"基地组织式的"暴行。几天后,他们包围了往南几十英里的一个叫泰萨利特(Tessalit)的美国修建的军事基地,并不让送补给的车队靠近。食物和水都耗尽了。在马里政府的要求下,美国飞机向被围困的马里军队及其家属空投了紧急口粮。但在3月中旬,即被围困6周后,该基地还是陷落了。目击者描述了众人仓皇逃窜的场景,士兵们为了保命,放弃了迫击炮、火箭筒和坦克。

士兵们对阿盖洛克的大屠杀怒不可遏,对泰萨利特基地的撤退感到耻辱,2012年3月21日,他们在巴马科郊外的一个旧军事大院发动了暴乱。他们从军火库偷走武器,朝着山顶的总统府进军,当时总

---

① "Mali: à Tombouctou, un festival avec la star Bono fait oublier Al-Qaïda," *Jeune Afrique*, January 15, 2012.
② 同上。
③ 作者对马里记者亚当·提亚姆的采访,巴马科,2014年1月19日。

统府的防卫不足，因为总统卫队的大部分精英都被调去北方与叛军作战了。阿马杜·图马尼·杜尔和他的妻子在黑暗中溜出了大理石墙的别墅，沿着一条陡峭的小径穿过灌木丛，上了一辆等在那里的车子，然后消失在了夜色中。暴乱的士兵们在府邸里横冲直撞，偷走电视机、床单、壁毯以及电力装置，接着洗劫了巴马科的商店。新的执政军事委员会由受过美军训练的阿马杜·萨纳古上尉领导，美国国防部前官员马歇尔·曼提普利还记得他是个其貌不扬的人，周末时常和其他军官一起在曼提普利位于巴马科的家中观看电视上的足球比赛。该军事机构解散了马里的宪法和民主机构，实行戒严，关闭了边境。军队正在"结束阿马杜·图马尼·杜尔的无能统治"，一位发言人这样宣布。[1]杜尔先是托庇于塞内加尔大使馆，然后飞去了达喀尔寻求政治避难。

在某种程度上，局势的崩溃已经超出了杜尔的控制范围：他无法预见到"阿拉伯之春"和北约的轰炸会导致卡扎菲垮台，也没预料到利比亚的军火库会被洗劫，这会使图雷格族叛军及其激进的伊斯兰盟友有财力物力去击败马里军队。而且他还无视西方大使和他自己的将军的恳求，不愿充实军队的装备、增强军队的战力、果断地打击圣战分子，他就像被猎杀的动物般，仓皇地逃进了夜色里。

而此时的圣战分子似乎势不可当。8个月前，阿拉伯半岛的基地组织跟马格里布基地组织一样，为呼应奥萨马·本·拉登以及艾曼·扎瓦希里而攻占了也门阿比扬省的首府津吉巴尔，并宣称这是他们在21世纪建立的第一个哈里发国。这是基地组织扫除穆斯林和阿拉伯世俗政权，代之以泛伊斯兰原教旨主义政权的目标的第一步。马里的胜利让激进分子更加大胆，他们将越来越积极地去实现这一目标。他们在马里的胜利，将至少在一定程度上激励伊斯兰国（IS）在2013

---

[1] Afua Hirsch, "Mali rebels claim to have ousted regime in coup," *The Guardian*, March 22, 2012.

年到 2015 年间夺取叙利亚和伊拉克的大部分地区。

马里的叛乱已开始进入了尾声。士气低落的军队放弃了他们的基地。伊亚德·阿格·加利和他的圣战分子于 3 月 26 日攻占了基达尔。3 月 30 日，他们又拿下了离廷巴克图 200 英里的加奥，那是北方第一大城市、中世纪桑海帝国的首都。就在圣战分子向加奥进军的同时，世俗的图阿雷格族战士穿过沙漠，在廷巴克图以北 42 英里处扎营。廷巴克图最受欢迎的广播电台布克图社区电台（Radio Communal Bouctou）的台长是位 67 岁的老人，也是廷巴克图占多数的桑海部族里受人尊敬的一员，他主动成立了一个由该市主要民族的发言人组成的委员会。他们提出由他们与这些图阿雷格族叛军进行面对面的谈判，恳请他们不要武力夺取这座城市。

这位桑海族的老者，在一位贝拉人代表和一位颇耳人代表的陪同下，于 3 月 30 日周五的日落时分从廷巴克图出发，贝拉人是塔玛舍克的下等黑人，在前殖民时代曾是图阿雷格族上等人的奴隶，颇耳人则是尼日尔河沿岸的传统牧民。夜幕飞快地降临，这行人很快便被黑暗的沙漠夜晚所笼罩，只有他们的车前灯发出的磷光偶尔在黑暗中划出一线光亮。他们开了一小时的车，紧张地交谈着。在距离叛军的据点 3 英里的地方，他们用卫星电话打给了联系人。"关掉车灯。"对方命令道。[①]代表团只得借着一点星光摸黑前行，最终发现了一群叛军和 4 辆停在沙地上的 SUV 车，在车的中间，有张羊毛毯铺在沙地上。

3 位代表与叛军一一握手，并在指挥官的闷哼声中应邀在那块破旧的毯子上坐下。据那位电台台长回忆说，那晚太黑了，廷巴克图的代表们根本看不到聚会现场 "5 英尺"以外的任何东西；也许有一整支叛军部队潜藏在对方的身后。叛军们吸着烟，烟头发出的点点橘色

---

① 作者对电台台长阿卜杜勒·卡德尔·阿斯克佛的采访，廷巴克图，2014 年 2 月 16 日。

光芒照亮了他们的面容——在沙漠中宿营数月后,他们都很憔悴。他们默默地注视着彼此。台长请求指挥官放过廷巴克图。

"不行,"指挥官回答,"我们准备今晚就拿下廷巴克图。"[1]

"给我们一点时间吧,让民众为你们的到来做好准备。"

"你们要多长时间?"指挥官问。

"2周。"

"我们只能等到星期四。"

委员会的代表和指挥官及其手下一一握手后,爬上车子,连夜开了回去。第二天早上,广播员在广播中告诉廷巴克图的居民,他们还有6天时间做准备。然而,另一边,叛军们已经开始行动了。

---

[1] 对阿斯克佛的采访。

第十一章
占领廷巴克图

阿卜杜勒·卡德尔·海达拉相对平静地看着图阿雷格族世俗叛军和他们的圣战分子伙伴的推进。他认为最近的一波叛乱将会集中在距离廷巴克图数百英里的马里东北部，就像他在过去 20 年里所经历的其他大范围或小规模的暴乱活动一样。他并不是特别担心，也几乎没有和朋友或同事讨论发生在沙漠偏远角落的对政府军基地的袭击；叛乱似乎还很遥远。2012 年 3 月，他与一小群图书管理员和手稿保护专家前往邻国布基纳法索的一个小镇，协助一家政府图书馆进行手稿数字化项目。在开车回家的路上，他们得知马里军方宣布发动政变，并封锁了该国边境。海达拉和他的团队在布基纳法索又多待了一周。最后，在 3 月的最后一个星期，边界开放了，他们驱车前往巴马科。

到达首都以后，海达拉才第一次意识到事态的严重性——政府军溃不成军，叛军迅速攻城略地。他在巴马科熬过了一个晚上，然后决定他必须赶紧回家。"阿卜杜勒·卡德尔，你现在不能走。这很危险。"朋友和同事都劝他。[①]但海达拉耸耸肩，对这些警告没有理会。他拉上司机，开着 SUV 往北走，他与朋友们一起在尼日尔河上位于巴马科和廷巴克图之间的塞瓦雷镇度过了离开巴马科的第一个夜晚，这个小镇有着该地区唯一的机场。

"不要去廷巴克图。"当地的东道主恳求他。

海达拉说："我必须回去，我在那里有事要处理。如果我不在，我不会心安。就算正在打仗,我也要跟我的家人待在一起。"

海达拉与司机在黎明时分出发,开了4个小时后,遇到了从北方来的汹涌人潮。大家都在逃难。长长的一队面包车、卡车、小型汽车、越野车、小型巴士、长途汽车、摩托车和吉普车,在坑坑洼洼的公路上蜿蜒前行,还有许多人步行,被刺耳的喇叭声、引擎声和急刹车声所包围。士兵、教师、职员、图书管理员、商人、家庭主妇、摊贩、儿童,似乎大部分廷巴克图人都逃出来了,有的挂在拥挤而闷热的轿车和公共汽车窗户上,有的在摩托车后座上人贴人,有的在公共汽车顶上,小心地在成捆的衣服、鼓鼓囊囊的手提箱、床垫、行李袋、储物柜、纸箱之间保持平衡。这似乎是一场一眼望不到头的大逃亡,所有人都被飞扬的尘土、弥漫的柴油尾气、无尽的绝望包裹着,都焦急地想在叛军占领廷巴克图之前逃离。

有史以来第一次海达拉对在自己家乡发生的事感到恐惧。然而,他已经走了这么远,回头也来不及了。当他继续北上时,惊慌失措的人群仍在继续往南。路边的难民纷纷劝他掉头。铺好的路很快就变成了一条红土轨道,它蜿蜒着绕过奇怪的地质现象——锯齿状的台地,在陡峭的山丘之间急剧上升的手指状红色砂岩。紧接着,红土轨道在沙地上分成了两条浅浅的槽。海达拉开了100英里,穿过了荆棘树海、浅洼地和干涸的河床,直到越过一个宽阔而贫瘠的斜坡,最后到达尼日尔河。

图阿雷格族的世俗叛乱分子已在当天早晨占领了廷巴克图,他们开着80辆汽车进城,车上挂着分离主义分子的一面带有黄色三角形的绿红黑三色旗,渡轮已经停运了。海达拉在贫瘠的河岸搜寻着,最后找到了一条用来穿过宽阔水道的独木舟,于是他和司机告了别。他们在尼日尔河一条宽阔的对角线航线上以稳定的速度行驶了大约20分钟。布满黄沙的北岸,岸边连绵的沙丘和低矮的灌木丛越来越近,

---

① 对海达拉的采访。

然后出现了一簇簇泥屋和棕榈树,他们把船停在了廷巴克图西南11英里的小港口科里欧梅(Korioumé)。一个朋友开着一辆破旧的奔驰车来接他。在通往廷巴克图的公路上,他们经过尼日尔河水灌溉的稻田,似乎每棵树后边都埋伏着穿着迷彩服、手持卡拉什尼科夫冲锋枪的图阿雷格族士兵。叛军搜了车,撕开了行李,并盘问了他们十几次。

"你从哪里来?"①

"巴马科。"

"你自己的车在哪里?"

"我把它留在河对岸了。"

当海达拉和他的友人穿过廷巴克图的南大门——由小块石灰石砌成的两个8英尺高的方柱时,一股热风扬起沙子吹过了沥青路面。枪声响了起来,有几声近得让人不安。他们小心翼翼地进了城,阿扎瓦德的旗帜——图阿雷格族人梦想的独立家园的象征,现在悬挂在市政厅、州长总部和地方法院。在警察和军队仓皇逃离留下的真空中,包括一些图阿雷格族叛乱分子在内的抢劫者在城内各处横冲直撞,他们闯入房屋、商店和政府办公室,抢走能抢的一切。海达拉被拦下并被搜身,那辆车在更多的图阿雷格族叛军检查站被搜查。海达拉的朋友把他送到他位于廷巴克图东部边缘、靠近沙漠的贝拉法伦加社区的家中。之后,他们祝福彼此好运。

在他家12英尺高的围墙后面的石头院子里,他和妻子、他们的5个孩子团聚了。几个侄子、侄女和3名家庭雇员也都借住在海达拉的家里。枪声持续了一整夜,直到第二天清晨,所有的人几乎都无法安睡。最后,枪声停止了,海达拉冒险进入了主要的市场和廷巴克图的政府办公区。一路上,只见商店被洗劫一空,市政厅被损毁,行政大楼也一片狼藉——大门被拆除了,文件散落一地,窗户被砸得

---

① 对海达拉的采访。

粉碎。

有个念头闪过了海达拉的脑海。

"他们会不会闯入我们的图书馆,将图书馆洗劫一空并毁掉手稿?我们该怎么拯救这些手稿呢?"①

就在海达拉第一次回到城里的那个混乱的午后,当他躲在家里时,"大胡子们"也到了城里。激进分子三巨头,一名马里图阿雷格族人和两名阿尔及利亚阿拉伯人——伊亚德·阿格·加利、穆赫塔尔·贝尔摩塔尔和阿卜杜勒·阿布·扎伊德并排坐在一辆丰田陆地巡洋舰上,率领着一支由100辆挂着圣战组织黑色旗帜的车组成的车队。他们占领了廷巴克图各处的哨站,制止了打劫,取下代表图阿雷格族的三色旗,代之以黑旗,并要求他们的图阿雷格族世俗军盟友撤到廷巴克图的市外。图阿雷格族世俗叛军在他们所谓的盟友面前寡不敌众,生出了怯意,心不甘情不愿地撤出了廷巴克图,在廷巴克图以南5英里的卡巴拉港口以及3英里外的机场建立了基地。圣战分子一下子就占了上风,向廷巴克图城里惶恐不安的平民宣布了他们的到来。

圣战分子大批进入廷巴克图的第二天早上,布克图酒店的一名店员匆忙将他的老板布巴卡尔·图尔从家里叫了出来。布克图酒店是一座两层楼高的石灰石建筑,有一个止对着撒哈拉沙漠的宽阔的后露台,这里一度是廷巴克图最受欢迎的饮酒场所,吸引着众多西方游客、当地导游和美国特种部队的训练员。1995年我作为《新闻周刊》的记者在廷巴克图停留了2个小时,正是在这里,我第一次遇到了布巴卡尔·图尔,11年后,我在这里听着阿里·法尔卡·杜尔的音乐录音带,同时注意到有4名美国特种部队训练员一脸谨慎地在露台上喝着啤酒。然而,到了2012年春天,这家酒店和廷巴克图其他所有

---

① 对海达拉的采访。

128　盗书者

与旅游业有关的企业一样陷入了困境。

布巴卡尔·图尔是个交游甚广的50多岁男子，他急忙赶到离家5分钟车程的酒店，看到门口停着3辆丰田陆地巡洋舰，它们的天线上飘扬着黑旗。"来自世界各地——巴基斯坦、索马里、沙特阿拉伯——的12名留着胡子的恐怖分子站在车旁。"一年以后，当图尔和我坐在酒店前一个沙地广场的塑料椅子上，旁边是一片茂密的金合欢树，还有他的工作人员和朋友们时，他对我回忆道。① 在酒店的后方，沙土吹过一片荒凉的土地，土地上是沙丘、干瘦的金合欢树、步履蹒跚的骆驼以及用硬纸板和塑料搭起来的圆顶帐篷，帐篷里住着重新安置的图阿雷格族牧民，他们太穷了，没钱在镇上租房住。

这是廷巴克图被占领的第一天。当布巴卡尔·图尔走下车时，他注意到一个弓腰驼背的身影，手拿一把黑灰色的卡拉什尼科夫冲锋枪，被一群保镖护着。这名圣战分子身高不到5英尺，长着一张鹰一样的脸，裹着黑色头巾，头巾松散着垂到蓬松的灰白胡子旁。他手中的那件武器，对于他这样身材的人来说有点大得滑稽。他用比耳语大不了多少的声音介绍了自己，自称为廷巴克图的埃米尔阿卜杜勒哈米德·阿布·扎伊德。他说，他正在为他和他的手下寻找住处。

"你的顾客都是些什么人？"阿布·扎伊德以一种奇怪的方式昂着头问。②

"有游客、商人、政府官员，谁付钱谁就是我们的客人。"图尔回答。

"你是说你也接待白人？"阿布·扎伊德问道，"你也接待那些异教徒？"

图尔竭力克制心中的怨恨。近几年来，由于伊斯兰马格里布基地组织的贩毒和绑架活动，图尔的生意一直濒临崩溃。自从2011年11

---

① 作者为《纽约书评》对酒店老板布巴卡尔·图尔的采访，2013年8月5日。
② 对布巴卡尔·图尔的采访。

月基地组织武装分子枪杀了那名德国游客,并绑架了另外 3 名欧洲人后,酒店里再没来过一位客人。"阿布·扎伊德先生,旅游业已经完了,"他说,"我的员工和他们的家人深受其害。你们绑架游客,杀害他们。你究竟要怎样?"①

"等着看吧。"阿布·扎伊德喃喃道。

布巴卡尔·图尔知道他应该更谨慎点,毕竟阿布·扎伊德杀人不眨眼,他不仅处决了 2 名西方人质,可能还杀害了他的祖国阿尔及利亚的许多穆斯林平民。但图尔不让自己被恐怖分子头目及其暴徒保镖吓倒。他一直是个直言不讳的人,而且据他估计,基地组织的埃米尔无意以谋杀来疏远他的新臣民。他还将这次与扎伊德面对面视为他从多年的艰辛中获得自己应得回报的唯一机会。

"不,不,这是不行的。"他告诉阿布·扎伊德,并为自己向恐怖分子头目施压的鲁莽之举吓了一跳。②他感觉自己是在路上超速行驶,无法下车,速度越来越快,人也异常兴奋,不计后果。"要么你给我钱帮助在这里工作的人和他们的家庭,"他抬高了声音说道,"要么你另想一个解决方案。"

图尔回忆说,阿布·扎伊德"瞪大了眼睛"。然后,他突然转过身去,登上了陆地巡洋舰,和他的手下扬长而去。

这位自封的廷巴克图埃米尔翌日返回了酒店。这一次,他带上了他的伙伴伊业德·阿格·加利。他们两人真是奇怪的一对,图尔心想——驼背、跛脚的阿拉伯人和身强体健、高出他同伴很多的图阿雷格族人。两位新统治者勘察了场地,漫步走廊,又来到餐厅,盯着酒吧后方架子上显眼的金酒、伏特加和威士忌。他们宣布,他们已决定把布克图酒店作为总部。但是,先得做出一些改变。

"你先收掉你这两层楼里的所有啤酒和其他酒,撤掉所有的照

---

① 对布巴卡尔·图尔的采访。
② 同上。

片，我们再来看看能不能在这里办公。"加利对图尔说。①图尔不禁苦笑。他明白，他已经有了伊斯兰马格里布基地组织这桩生意，但这最终会让他付出高昂的代价。于是，他召集了他的工作人员。

他说："撤走所有的东西，每瓶酒每张照片都别留下。"

布克图酒店的工作人员尽职尽责地从大厅和公共区域撤下了象征廷巴克图传统生活的照片：骆驼牧民、尼日尔河渔民、织工及音乐家，并将客房里的照片也一并撤下。然后，他们在酒店后面挖了一条沟，将数百瓶啤酒、葡萄酒和烈酒倒入其中。又用锤子砸碎了酒瓶。巨大的水坑里，啤酒泡沫混着琥珀色的苏格兰威士忌、波本威士忌、血红色的勃艮第和清澈的伏特加，最后在爆炸声中和玻璃破碎的声音中一起渗入了沙土。图尔伤心地看着价值几千美元的酒慢慢消失，加利和阿布·扎伊德则一脸赞许。

第二天下午，阿布·扎伊德和加利在布克图酒店的餐厅与廷巴克图的长者们举行了第一次会议。阿卜杜勒·卡德尔·海达拉待在家中，刻意避免引起人们的注意。包括廷巴克图市长在内的50人坐在白色硬背椅上，围在两张白色的长方形桌旁，在一个满目破败的空间里，空荡荡的蓝色酒吧非常显眼。阳光穿过覆盖着粉色百叶窗的窗户照了进来。几十名全副武装的伊斯兰激进分子和三四名图阿雷格族的世俗指挥官坐在房间四周的长椅上。伊亚德·加利用法语开始讲话。

"廷巴克图的市民们，我们是你们的新主人，"他说，"从现在起，我们计划在廷巴克图市发展伊斯兰教。"②

这时，廷巴克图最古老、最受尊敬的西迪叶海亚清真寺的伊玛目打断了他。"我们不想听这些，"他朝加利喊道，"滚出我们的城市，还我们太平。我们不想要你们的那种伊斯兰教。"西迪叶海亚清真寺1440年竣工，共修建了40年，以一对摩洛哥风格的木门闻名。据当

---

① 对布巴卡尔·图尔的采访。
② 对布巴卡尔·图尔的采访，廷巴克图，2014年2月14日。

地传说，这对门到"世界末日"时才会开启。

廷巴克图的长者们听到后惊恐不已。其中一位小声低语道："别这样说话。这些人都是野蛮人，他们会杀了你的。"①

这位伊玛目不以为然。"你怎么敢说你要'教我们认识伊斯兰教'？我们天生就是伊斯兰教徒，伊斯兰在这个城市已经一千多年了。"

加利转向阿布·扎伊德。

他说："我们将不得不换掉这个城市里的伊玛目了。"②会议在针锋相对中结束了。

一周后，伊亚德·阿格·加利和他的手下接管了布克图社区电台，这是该市 7 家广播电台中唯一一家沦陷后仍在广播的电台。该电台不拘一格的节目设计反映了这座城市里种族与文化的融合：阿拉伯语、桑海语、塔玛舍克语及豪萨语播报的新闻；这座有 5.4 万人口的城市的居民在谈话节目中讨论他们的婚姻问题或政治问题；法国国际广播电台的新闻节目也能收到；还会播放各种类型的音乐。圣战分子交给节目主任一个 U 盘，里面是 MP3 格式的《古兰经》，并命令他日日夜夜按顺序播放里面的经文。

跟播放经文唯一不同的一档节目，是加利激情四射的现场讲道，动不动就威胁要抽人和砍人。"我们过去常常走访尼日尔河沿岸的 47 个村庄，录制他们的传统音乐。"几个月后，当我们坐在市政厅外的门廊上时，头发花白、脸颊凹陷的 67 岁电台台长告诉我，"但是自圣战分子接管后，除了《古兰经》之外，什么都没有了。"③奉命接管该站的伊斯兰激进分子强行拿走了 20 年来收藏的卡带——里面有民俗音乐、采访、祝祷词等，没收来的磁带被塞进了 4 个米袋子，然后运走烧掉了。

---

① 对布巴卡尔·图尔的采访。
② 同上。
③ 对阿斯克佛的采访。

当加利通过广播大肆宣扬伊斯兰教法时,圣战分子头目也为讨好廷巴克图的民众做了一些微不足道的尝试。他们协助红新月会运送援助的粮食,把四处作乱的图阿雷格族叛乱分子抢来的救护车送回了该市的医院,并同意每周与该市的一个由宗教人士、医生、教师和社区代表组成的委员会开两次会。尽管被要求参加该委员会,阿卜杜勒·卡德尔·海达拉还是选择与之保持距离。他还有其他工作要做。

4月末,阿布·扎伊德、加利和图阿雷格族世俗指挥官甚至邀请这个由廷巴克图各界名人组成的"危机委员会",一起庆祝他们的阿扎瓦德宣布独立。67岁的易卜拉欣·哈利勒·图尔是一位图书收藏家、私人博物馆老板,同时也是津加里贝尔区的领导人。他很不情愿地接受了圣战分子的邀请,并说服了委员会中的许多同事与他同行。"我去参加了这个庆祝活动,他们告诉我'我们已经占领了阿扎瓦德,我们有义务找到一种与大家共存的生活方式'。"图尔说。①他有着壮硕的体魄、古铜色的皮肤,这与他的米白色头巾、翠绿色长袍形成了鲜明的对比。当时,我们坐在图尔家二楼接待室的地毯上,他家在津加里贝尔区一条小巷里,这个建于中世纪的社区与那个建于14世纪的清真寺同名。客厅里装饰着图阿雷格族的剑和布满灰尘的家庭照片,一台燃气式"冷气机"搅动着沉闷的空气,在我们说话时咯咯作响。

阿布·扎伊德和加利以及现在是加奥总司令的穆赫塔尔·贝尔摩塔尔是庆祝活动的主办方,图尔说,他们把长者们迎到了港口附近的一栋别墅里,并带他们来到一张摆满了芬达、雪碧和可乐的宴会桌前。圣战队伍里的屠夫为他们宰了一只羊,并叉起来烤了。圣战指挥官的语气也比较平和。"伊斯兰教法会一点一点地推行起来,如果你们想快点,我们可以加快速度。"阿布·扎伊德向委员会成员保证,

---

① 作者为《纽约书评》对易卜拉欣·哈利勒·图尔进行的采访,2013年8月5日。

而加利哼了一声，什么也没说。①

"阿布·扎伊德有种异乎寻常的镇定，"数月后，图尔回忆道，"也许他的心就像石头一样硬，但是他面带微笑，看起来很平静，好像一切尽在掌握。他从不大喊大叫，从不提高嗓音。当你听到他舒缓的语调时，你会不由得冷静下来。"②整整5个小时，圣战分子和代表们一起祷告、享用盛宴、聊天。他们交换了手机号码，然后握手道别。圣战分子的头目们向代表们保证："我们会一起努力，不会有什么问题的。"

良好的感觉并未持续下去。黑旗很快挂满了廷巴克图的每一栋市政大楼。Orange手机、马里航空、可口可乐和其他商品的广告牌都被拆除，伊斯兰马格里布基地组织的武装分子和他们的"伊斯兰捍卫者"同伙在街上招摇过市，恐吓路过的行人。关于圣战分子的人数，人们说法不一，但是大多数市民估计廷巴克图的武装分子在500到1000人之间，这使得市民无论走到哪里，都可能碰到他们。就在4月下旬宣布阿扎瓦德独立后不久，圣战组织的指挥官就部署了执法队伍，他们留着胡子，裹着黑色头巾，穿着用法文和阿拉伯文印着"伊斯兰警察"字样的蓝色马甲——其中还有一小撮因为太小还没长胡子的青少年——开着悬挂圣战组织黑旗的皮卡，在廷巴克图四处游荡。"一切都是一点一点发生的，"易卜拉欣·哈利勒·图尔回忆说，"他们摧毁了饮料仓库和酒吧。他们任命了一位监督道德的法官。这位法官非常喜欢自己的工作，以至于开始亲手逮捕并恐吓女性，因为她们穿得不得体——女性必须用面纱覆盖整张脸，长袍要遮住除手以外的所有部位。"③

到处都能听见"伊斯兰警察"在呵斥人，在漫天尘土中突袭毫

---

① 对易卜拉欣·哈利勒·图尔的采访。
② 同上。
③ 同上。

无防备的人,夺走人们嘴里的香烟,逮捕那些没有遮住脸或者喷了香水、戴了手链或戒指的女性。他们用枪口抵着其中许多女子,将她们带到马里商业银行,那是一栋三层楼的沙色建筑,在被占领之后立即被洗劫一空。银行的办公室已被改造成了牢房和审讯中心,前面的ATM 机亭———一个被铁门封住的闷热隔间———变成了惩罚室,有违教法的女子在那里被罚站好几个小时,不给食物和水。裹着黑头巾、手持 AK-47 的执法人员冲进廷巴克图的市场,鞭打那些没有遮住身体和脸的女性。一名商贩向"人权观察"回忆说:"我看到 3 名'伊斯兰警察'殴打一名鱼贩,因为她没有将自己该遮的地方遮起来。他们要一个卖芒果的中年妇女遮好自己的身体,但她拒绝了。他们便开始打她;她试图护住自己的脸,并语带挑衅地说:'不,算了吧。你们占了村子,赶走了我们所有的生意,你们才要服从伊斯兰教法。'他们打了她 5 下、10 下、20 下,但她还是拒绝服从。"①

伊斯兰当局禁止手机使用音乐铃声,坚称只有《古兰经》的经文是可以接受的。据一名目击者回忆说,当一个年轻小伙走过"伊斯兰警察"总部时,他的手机铃声响了,"他慌忙地试图按掉口袋里的应答键"②。"警察叫他过去,但他跟他们顶嘴;2 名伊斯兰极端分子开始用棍子打他,打得他流血不止,还说:'如果我们是马里军队,你就不会那样对我们说话了!'"圣战分子禁止了所有的洗礼、婚礼和割礼,这些是廷巴克图生活中欢天喜地的仪式。婚礼游行、喧闹的妇女节日、锣鼓喧天的快乐都消失了。商店提前打烊,人们远离街道,害怕碰上巡逻的"伊斯兰警察"。一位之前经营旅游社的人与朋友一起坐在路边的咖啡馆里边喝茶,边听随身携带的音响里播放的科特迪瓦音乐。这时,一辆载满警察的皮卡在他们面前停了下来,圣战分子告诉他们,这音乐"受到真主的谴责",并用手枪威胁

---

① Human Rights Watch, "Collapse, Conflict, and Atrocity in Mali: Human Rights Watch Reportingon the 2012 – 13 Armed Conflict and Its Aftermath," p. 88.
② 同上。

他们。"他们从音箱里取走了存储卡，3天之后还给了我们，"那位旅游社经营者说，"他们删除了里面的音乐，换上了《古兰经》的经文。"①

这伙警察还驱散了一群聚在电视前观看欧洲足球联赛的男人和男孩，并告诉他们在公共场所看电视是非法的。一位咖啡馆老板被要求把摆在外面的两副桌上足球搬进室内，因为"它们会对孩子产生不良影响。男孩们应该祈祷，而不是在街上玩耍"②。4名伊斯兰枪手在街上随机拦住了一名29岁的女子，并对她搜身，发现她手机里有包括席琳·迪翁在内的西方流行明星的照片。他们当场用骆驼皮鞭抽了她。"我没有数他们打了我多少下。"她说。"伊斯兰警察"还打了一群在河里一起游泳的男孩和女孩。

一名逃离北方的女裁缝告诉"人权观察"："北方一片死气沉沉，作为女性，我们不能打扮、不能喷香水、不能和朋友一起散步……他们甚至禁止大伙儿聚在一起聊天。他们说，与其聊天，不如回家读《古兰经》。"③到了5月，廷巴克图的5.4万人口中有大约三分之一逃去了巴马科或毛里塔尼亚和布基纳法索的难民营，整个城市陷入了一片死寂与停滞。廷巴克图的一位居民叹道："他们夺走了我们生活中所有的乐趣。"④

基地组织的伊玛目通过他们的广播电台宣布了"伊斯兰教令"，声称要对未婚同居者、饮酒者、偷听音乐者、吸烟者、不蓄胡子或者裤子过脚踝的男子判处监禁或者公开施以鞭刑，那些行为，根据极端分子引用的某些圣训，都是应被禁止的。

一项圣训宣称："先知（愿安拉赐他平安）说：长到脚踝以下的可以是下衣、衬衫、头巾。无论谁出于傲慢而让衣服的任何部分在地

---

① Human Rights Watch, "Collapse, Conflict, and Atrocity in Mali: Human Rights Watch Reportingon the 2012 - 13 Armed Conflict and Its Aftermath，", p. 89.
② 同上，第90页。
③ 同上，第89页。
④ 同上，第72页。

上留下痕迹,安拉在审判日时不会看他一眼。"

"我们被要求像先知一样留起胡子,"易卜拉欣·哈利勒·图尔回忆道,"他们会在大街上把你拦下,捧着你的脸来细细检查。你可以理发、可以剃掉上唇的胡子,但是不能动下巴的胡子。"①

5月,拉梅森别墅酒店被宣布为该市的伊斯兰法庭,这座有着百年历史的石灰石别墅,围绕一个铺着瓷砖的庭院而建。2012年1月,波诺及他的随行人员曾在此过了一晚。一夜之间,它就成了廷巴克图最令人害怕的所在。一年后,圣战分子的统治瓦解,我参观了这家酒店,管理人是位图阿雷格族人,他带我上了楼,来到一个拱形阳台,从那里可以俯瞰院子中间的马赛克喷水池。(该酒店的法国业主2012年3月,也就是叛乱分子占领这座城市前几天逃到了欧洲。)客房有原木横梁的天花板和厚厚的石墙,伊斯兰法官在曾是客房的两个相邻的房间里主持听证会并宣布判决。"他们在这里判处人们鞭刑。"管理人告诉我。②市场旁边有个广场,因为成了圣战分子统治下动荡和暴力的中心而被戏称为"解放广场",在这里或是在曾拥有廷巴克图最好的大学的清真寺前的桑科雷广场上,那些被定罪者会被扒光衣服,用骆驼毛做成的鞭子、树枝或者电线鞭打。这样的鞭笞往往会留下难以痊愈的溃疡和伤痕。

在下游200英里处,该地区最大的城市也遭遇了圣战分子的严酷统治。加奥是一座由泥砖小屋和阿拉伯毒贩的豪宅组成的城市,沿着尼日尔河南岸伸展,伊斯兰主义者在进镇的第一晚就横冲直撞。他们用机枪扫射了城里的十几家酒吧和夜总会,它们是城里仅有的娱乐场所。"墙来斯""英雄""班戈营地""小多贡""奥贝格阿斯基亚"及其他受欢迎的场所被数百发子弹打成了马蜂窝,变成了阴燃的废墟。基地组织派来统治这座城市的分支,其中多半是毛里塔尼亚的黑

---

① 对易卜拉欣·哈利勒·图尔的采访,廷巴克图,2014年2月15日。
② 作者对酒店管理人的采访,2013年8月5日。

人和马里的伊斯兰极端分子,他们听从穆赫塔尔·贝尔摩塔尔的指挥,将市政厅改成了司法厅,并依据伊斯兰教法施行惩罚。"被捕者会被带到伊斯兰警察局接受审问[并被关押至庭审]。"一位目击者说。①一次会有多达10名嫌犯被关在一个肮脏不堪的长8英尺、宽8英尺的水泥房里,有时会被关上2个星期,里面拥挤不堪,光秃秃的墙上满是涂鸦。"审判每周一和周四举行,被拘留者会被带到司法厅受审。"目击者继续说道,"有5位法官,有些是外国人,但全程没有律师,辩护权是不被尊重的。审判在大房间里进行的话,市民也可去旁听。"

跟在廷巴克图一样,那里的"伊斯兰警察"也当场处罚、殴打、鞭打了数十名喝酒抽烟的市民,其中包括老人。一位被控饮酒的泥瓦匠被戴上了手铐在警察局关了一夜,之后被骆驼皮和骆驼毛做的鞭子抽了40下。"他打了我40下,边打边用阿拉伯语数着,先打我的腿,然后打到我身上,"这位受害者回忆道,"我伤痕累累,非常痛苦。"②一名60多岁的男子在"伊斯兰警察"要求他熄掉香烟时公然反抗,告诉他们:"我就喜欢抽烟,我今天要抽,明天还要抽……实话跟你们说,我要一直抽,抽到死。吸烟就要挨打,这难道是真主的旨意吗?"③他们狠狠地揍了他,然后把他在监狱里关了一夜。另一位目击者说,一位身患重病的70多岁老者被发现吸烟后,遭到一名十几岁的"伊斯兰警察"的殴打,"抽烟的惩罚是鞭刑10下,但他挨了5下就失禁了,他受不住"。④

一些小男孩和青少年成了圣战分子在北方的眼线,被雇来在小巷里监视邻居。武装分子也招募男孩做"伊斯兰警察",把他们带到廷巴克图一个原属于宪兵队的大军营,在后面的临时靶场里让他们练习

---

① Human Rights Watch, "Collapse, Conflict, and Atrocity in Mali,"p. 86.
② 同上,第88页。
③ 同上,第87页。
④ 同上。

射击。"我看到他们出操,有时拿枪,有时不拿,有时会向天空开火……有 25 到 30 人,都是混血儿,其中大约 12 人是儿童。训练官是个塞内加尔人,是一名'伊斯兰警察'。"一位观摩过训练课的人回忆道。[1]一位廷巴克图市民告诉"人权观察",他看到过不止一个 11 岁左右的小男孩坐在"伊斯兰捍卫者"武装分子驾驶的车上兜风,并且跟着"伊斯兰警察"一起步行巡逻。

每个星期四和星期天,易卜拉欣·哈利勒·图尔和危机委员会的同事们都会在廷巴克图的小巷中穿行。图尔轻蔑地盯着那些裹着头巾、开着吉普车在城里转悠的"伊斯兰警察"。印有《古兰经》语录的广告牌取代了商品广告牌,每栋市政建筑都飘着黑旗。他们穿过廷巴克图市政厅的大门,市政厅的窗户都在抢劫中被打碎了,他们在一个没有灯光、不通风、电时有时无的房间里就座。会议桌对面坐着阿布·扎伊德和他的同伙。跟往常一样,阿布·扎伊德紧握着卡拉什尼科夫冲锋枪。笨重的半自动枪与身材矮小一瘸一拐的基地组织头目形成的鲜明对比,引得廷巴克图的居民尖刻地问上一句:"他哪里来的力气开枪?"[2]他们隔着桌子握了握手。阿布·扎伊德和他的圣战分子讲阿拉伯语,而危机委员会的成员则说法语,廷巴克图的一位伊玛目担任翻译。双方讨论了医疗、电力、食品分发和教育等问题。由于政府工程人员和其他专家纷纷离去,又无有能力者顶替,所有的社会服务此时都每况愈下。

讨论非常热情友好。"我们别无选择,只能继续和他们谈判,因为我们必须保障我们的生活。"易卜拉欣·哈利勒·图尔这样告诉我。[3]当圣战分子下令男生和女生必须分开教育时,委员们只好顺从地制订了分校计划。当南部的马里政府官员因害怕而拒绝到圣战分子

---

[1] Human Rights Watch, "Collapse, Conflict, and Atrocity in Mali," p. 92.
[2] Chris Simpson, "Time to Rekindle Timbuktu's Flame," IRIN, February 12, 2014.
[3] 对易卜拉欣·哈利勒·图尔的采访。

占领的地方举行全国性考试时,委员会安排了数百辆巴士将学生们送到莫普提,那是离政府控制的领土最近的城镇。然而,在相对克制的对话之下,危机委员会的成员们内心其实翻滚着怒火。"在我们这个城市,伊斯兰教已经存在了千余年,"易卜拉欣·哈利勒·图尔几个月后对我说,"我们有最优秀的老师和大学。现在,这些贝都因人、这些文盲、这些无知的人却来告诉我们如何穿裤子、如何祷告,我们的妻子该如何穿戴,就好像这一切都是他们发明的。"[1]

在沙漠营地和洞穴里过了好些年清苦的生活后,北方的新统治者过起了城里的舒适生活。每天祷告5次,时间一到,阿布·扎伊德和他的随从们就前往廷巴克图的三座瓦哈比清真寺之一,即耸立在撒哈拉沙漠边缘沙丘上的那座奶油色堡垒,那里距离海达拉的家只有一步之遥。"他们进清真寺祈祷时,不放下步枪,也不把鞋脱了放在祷告的地毯上。"[2]易卜拉欣·哈利勒·图尔轻蔑地回忆道,他说这是"野蛮人"的标志,这种人大半生都在沙漠中祈祷。日落时分,阿布·扎伊德会回到布克图酒店的露台上,与他的战友伊亚德·阿格·加利一起放松,那个露台也是美军特种部队训练员在训练马里士兵的间歇来喝啤酒的地方。晚上,这个阿尔及利亚人要么睡在酒店一楼的套房里,要么在沙丘上露营。

一个星期之后,阿布·扎伊德突然退房了。这位圣战指挥官用一张崭新的欧元百元纸币结了账,钱是他的一个手下从一辆陆地巡洋舰后座的几捆现金中抽出来的。酒店老板图尔心想,这是赎金和毒资吧。阿布·扎伊德带着几个人搬进了卡扎菲在2006年建造的那座摩尔风格别墅,别墅孤零零地立在沙丘之上,周围环绕着棕榈树和松树。根据图尔和其他目击者的说法,阿布·扎伊德常和一个10岁左

---

[1] 对易卜拉欣·哈利勒·图尔的采访。
[2] 同上。

右的男孩在一起，大家猜想那个男孩是他的儿子。没有人知道他的妻子们被安顿在何处。

廷巴克图的居民看到晚上有人秘密运送食物，并听说报告称在洪博里镇被绑架的 2 名法国地质学家和在廷巴克图被带走的 3 名欧洲旅客被关押在这栋别墅内。还有人看到人质出现在廷巴克图北部边缘地带的一名阿拉伯激进分子家中——一名清洁女工看到了一张白人男子受伤的脸惊慌地贴在铁窗后边。一名男子发誓他看到人质被蒙着眼睛带下车，领进了拉梅森别墅酒店。

加奥城里也一片沉寂，宽阔的红沙街道两旁是泥砖建筑，金属大门后面是坚固的混凝土别墅，穆赫塔尔·贝尔摩塔尔在富裕的城堡区（Château）的高墙后占了一座桃色灰泥建筑。他有个 10 岁的儿子，叫奥萨马，是为了表示对他的精神导师奥萨马·本·拉登的尊敬和纪念他的一位阿拉伯妻子，她经常从阿尔及利亚过来看他。沿着这条街道往下走，50 名来自尼日利亚东北部恐怖组织"博科圣地"、说豪萨语的圣战分子占了一家福利机构的总部，日常在城外的前政府军营中进行训练。这群人中包括人体炸弹、暗杀者，据信正是该恐怖组织头目的阿布巴卡·谢考 2 年后组织绑架了奇博克一所中学里的 276 名女生。贝尔摩塔尔带着 4 辆车组成的车队在加奥城里转悠，当他出现在公共场合时，会有一队武装人员护在他身边。他去他最喜欢的理发师那里剪了头发，在城里的市场买了羊肉，一次还去了市立医院的门诊治疗疟疾。"请照顾好王子。"他的随行人员告诉紧张兮兮的医生，而这些医生得在圣战指挥官面前尽最大努力保持镇静。[1]

像阿布·扎伊德一样，这位工匠也喜欢在夜晚出城。在 3 艘满载武装人员的船只的护卫下，贝尔摩塔尔经常带着与他在阿富汗并肩作战的一名基地组织中尉坐一艘带顶棚的小艇从加奥的港口出发，前往尼日尔河对岸一座建在 80 英尺高的沙山上的"粉色沙丘"。沙丘的

---

[1] 作者对加奥居民穆萨·伊苏夫·麦加的采访，加奥，2014 年 2 月 11 日。

表面因为长期的风蚀变成了不规则的扇形,站在巨大沙丘那刀刃般的尖顶下,贝尔摩塔尔可以眺望桑海帝国最伟大的统治者阿斯基亚·穆罕默德·杜尔站在同一地点看到的景观,5个世纪过去了,这里并没有太大变化。尼日尔河在流经几十个大小相同的小岛时蜿蜒着分成了多条河道。另一个方向是撒哈拉沙漠,平坦的赭色沙海上点缀着黄色的枯草。日落时分,保镖们宰了一只羊,在沙丘上烤了,光线渐渐暗了下来,沙丘慢慢从橙色变成了粉红色。贝尔摩塔尔在星空下扎起了营帐。

第十二章
夜色中的救书行动

在贝拉法伦加社区的家里，阿卜杜勒·卡德尔·海达拉在院子踱步良久，思考着该如何应对叛军占领廷巴克图一事。多亏了海达拉的努力，该市现在已经有了 45 家图书馆，从小型的私人档案馆到有万卷藏品、展示空间、保护措施与数字化设备、可与欧美图书馆媲美的大型图书馆。其中最知名的，还是要数位于桑科雷街区的满玛·海达拉纪念图书馆和艾哈迈德·巴巴研究所，后者自 2009 年以后一直位于南非政府出资 800 万美元建造的建筑群中。这 45 家图书馆一共收藏了 37.7 万份手稿，有 400 页的皮革封面本，也有单页的对开本，还有世界上一些最伟大的中世纪文学作品。

廷巴克图的劫掠事件对手稿的直接威胁已经消退，但海达拉却逐渐意识到他们即将面临的更大危险。他知道，许多作品是理性话语与知识探求的结晶，而这些正是对伊斯兰教有着刻板看法、毫无宽容之心、仇恨现代性和理性的极端分子想要摧毁的。因此，海达拉越来越相信，这些手稿迟早会成为圣战分子的目标。

诚然，在占领廷巴克图后，圣战组织发言人两次在电台和电视上向人们保证，"我们绝对不会毁坏那些手稿"。但是，海达拉和他的大部分朋友及同事认为这不过是一种公关策略。"他们上电视向我们保证：'我们知道这些手稿的价值，我们发誓会保护它们。'他们这么一说，人们反而害怕了。因为我们知道他们在说谎。"廷巴克图的旅游局局长、海达拉的好友萨恩·谢尔菲·阿尔法说。①

谢尔菲·阿尔法解释说,廷巴克图的市民们聪明得很,他们明白圣战分子既然提到手稿的存在,就意味着已经盯上了这些东西——只待时机成熟,就会来对付它们。"我们听得懂那些话里的意思,"谢尔菲·阿尔法接着说,"他们告诉我们,我们偏离了伊斯兰教,说我们信奉的伊斯兰教是后来创造出来的,不是基于原始的文本。"②荷兰的克劳斯亲王基金会是廷巴克图手稿保护的主要资助者,其负责人黛博拉·斯托克最初低估了这一危险,但后来她清楚地认识到这些文本已岌岌可危。她说:"这些手稿展示了一个科学与宗教共存并相互影响的社会。然而,这个社会显然不符合基地组织的设想。"③

从3月政变发生的那一刻起,艾米丽·布莱迪就预料到了廷巴克图会有麻烦。五十来岁的艾米丽·布莱迪是美国华盛顿州西雅图的一名律师、学者、插画家和翻译家(她翻译了一部出版于1839年的法国魔法书,叫《金字塔老人的宝藏》),同时她也是消除贫困问题专家(她要求本书中不能用她的真名)。布莱迪1990年代首次访问了马里,在那次访问期间,她见到了阿卜杜勒·卡德尔·海达拉,并立即被他收藏的手稿迷住了。

2013年,她对《新共和》说:"这些手稿给我留下了无与伦比的印象。"布莱迪锁上了她在西雅图南边海滨的房子,开始花更多时间待在马里:她在巴马科一位装订师那里做学徒,并学了在马里占主导地位的民族所说的班巴拉语;还嫁给了一位马里青年,并在巴马科的尼日尔河附近买了一栋房子,每年的大部分时间都在此度过。"我一边脑子里是个书籍艺术家、书籍和纸张保管员,另一边脑子里是律师和治理专家。"一次在 Reddit④ 上聊手稿时,她这样描述自己。

---

① 作者对萨恩·谢尔菲·阿尔法的采访,廷巴克图,2014年2月14日。
② 对谢尔菲的采访。
③ 对黛博拉·斯托克的手机采访,克劳斯亲王基金会,2013年8月30日。
④ 一个网络社交平台,外号"美国天涯"。——编者

1990年代，布莱迪在廷巴克图与海达拉初次见面时，被手稿所揭示的多方面、自由的社会所震撼，也惊叹于廷巴克图与虔诚的伊斯兰传统一起蓬勃发展的艺术和科学文化的证据。她喜欢音乐学的手稿，说到了"关于鲁特琴（lute）弹奏的精妙之作"[1]，还有那些经常通过巧妙地运用意象来传达强大而有违社会常理的情感的史诗。布莱迪说："诗人会借描述与茶的关系来谈论一个女人的性取向。"她知道，这两个主题都是基地组织的狂热分子极其厌恶的。2012年3月下旬，在与海达拉商议之后，她从位于马里首都的家里先行向她数据库里总共2000个个人和群体的邮箱逐一发出了邮件，提醒他们注意圣战分子带来的危险。但是，她没有收到任何回复。

2年后她回忆道，当叛乱分子占领廷巴克图的时候，"阿卜杜勒·卡德尔·海达拉打电话给我，他说：'如果我们不采取行动，手稿就会被波及。它们都被困在战区，可能会成为政治上对圣战分子有价值的东西。'我们于是向赞助者求助［想要点钱］，但仍然无人响应"[2]。

叛军占领廷巴克图的几天后，海达拉和他的同事们在SAVAMA-DCI的办公室开会，SAVAMA-DCI是他15年前成立的廷巴克图图书馆协会。

海达拉问他们："我们该怎么办？"[3]

"你认为我们该怎么办？"一位同事回答。

"我认为我们应该把手稿从大楼里搬走，藏到城里各家各户之中。我们希望它们不被找到、偷走或毁坏。"

"但我们没有钱了，也没有安全的办法来运送。"

"别担心，我会想到办法的。"海达拉说。

---

[1] 作者对艾米丽·布莱迪的采访，廷巴克图，2014年1月23日。
[2] 对布莱迪的采访。
[3] 对海达拉的采访。

数月前，福特基金会在尼日利亚拉各斯的办公室给了海达拉 1.2 万美元，让他在 2012 年到 2013 年秋冬去牛津大学学习英文。这笔钱已经汇到了他在巴马科的一个储蓄账户。他给基金会发了电子邮件，要求允许他将这笔资金挪作他用，以保护手稿不落入廷巴克图占领者手中。3 天之内，钱就下来了。

海达拉找来了他姐姐的儿子穆罕默德·图雷，后者 12 岁就开始在图书馆和海达拉一起工作。图雷非常崇拜他的舅舅，并憧憬着自己能一辈子从事手稿保护工作。阿卜杜勒·卡德尔已经答应将他作为家族中的下一个学者来培养，正如他自己的父亲满玛·海达拉在他十几岁时选中他一样。"我管理图书馆，迎接来这里参观的代表团、研究人员、记者以及任何路过的人。"几个月后，当我们坐在苏丹别墅宾馆的庭院里时，图雷对我说道。[①]这家宾馆位于尼日尔河东岸，是法国人经营的，就坐落在马里首都的大使馆和围墙后的别墅区。图雷才 25 岁，长得瘦而结实、嗓门洪亮，但常常坐立不安，显得心不在焉，他的两部手机每隔一段时间就会响起，一部处理公事，一部用于私事，张口就是流利的阿拉伯语、法语、塔玛舍克语、图阿雷格族语以及他的母语、尼日尔河北岸地区的主要民族语言桑海语。

图雷和他的舅舅联系了他们可以信任的人——档案保管人、秘书、廷巴克图导游以及海达拉的 6 个侄子和堂兄弟。协调之后，这些志愿者在廷巴克图的商业区的各个商店里尽可能谨慎地每天购买 50 到 80 个金属行李箱。他们推断，如果每个志愿者每天只买两三个箱子的话，就不会引起别人的怀疑。"这些箱子看起来像普通的行李箱。在圣战期间，商业活动是照常进行的。"图雷解释说。[②]当金属行李箱售罄后，他们买了质量差一点的木箱子。当他们买光了廷巴克图的每个木箱后，又去河滨小城莫普提的市场买，莫普提是位于南部

[①] 作者对穆罕默德·图雷的采访，巴马科，2014 年 2 月 17 日。
[②] 对穆罕默德·图雷的采访。

240英里外的一个尚未被叛军占领的的商业中心。当他们买光了莫普提的每一个箱子后,他们在廷巴克图买起了油桶,然后用船运到莫普提的工厂。在这个熙熙攘攘的河滨小城,工人把桶拆开,改制成箱子——廷巴克图没人能做这个活了——再送回廷巴克图。一个月内,他们集了2500个箱子,并把它们搬到了市内图书馆的储藏室里,为疏散做准备。

  海达拉四处寻找相对安全的房子来存放手稿。他对自己的举动会招致什么样的反应完全没有概念,便先找上了一个住在贝拉法伦加社区他家附近的表姐。"听着,"他对她说,"我想把一些装满手稿的箱子存放在你家里,我想让你把它们藏好。这可能很危险。你愿意吗?"①

  "当然。为什么不呢?我愿意倾尽一切帮你。"她说。她带他来到房子深处一个储藏室,里面装满了一袋袋谷物。"你随时可以拿来放在这里。"他又联系了另外几十位亲友。海达拉说,没有一个人拒绝他。

  4月下旬的一个晚上,海达拉、穆罕默德·图雷和另外几名志愿者7点钟在满玛·海达拉图书馆门口集合,开始了打包和搬运手稿的危险任务。他们在天黑后等了一个小时,这时在图书馆内工作才不会引起"伊斯兰警察"的注意,后者可是一直在密切留意可疑的行动。这样一来,在伊斯兰马格里布基地组织规定的晚上9点宵禁之前,他们就有两个小时的时间。所有人都知道,若是宵禁后在街上被"伊斯兰警察"逮住,就会被他们盘问、鞭打或囚禁。男人们提着两个大箱子,悄悄地穿过院了,进入土楼,然后锁上身后的门。叛军晚上会断廷巴克图的电,因此他们只能使用手电筒——只能用一两个,以免引起注意。他们在黑暗中压低声音说话,并在夜晚守卫的指引下打开了主展厅的展示柜,小心翼翼地取出里面陈列的手稿。手电筒的光

---

① 对海达拉的采访。

Bad-ass Librarians   147

束穿过黑暗,反射到展览柜的玻璃上,将这些人的脸和发黄的手稿都笼罩在一片诡异的光芒之中。他们既担心被发现,又对这项工作感到兴奋,在这复杂而矛盾的心情中,他们一个接着一个地传递手稿,轻轻地将它们放在储物箱里。

阿卜杜勒·卡德尔收藏的一些最有价值的手稿也放进了储物箱里。其中有一卷很小、形状很不规则的手稿,面上有明亮的蓝色阿拉伯字母和水滴状的金子闪闪发光,这是一本写在鱼皮之上的12世纪《古兰经》,数十年来,它都是满玛·海达拉最重要的藏品。还有一本关于外科手术和从鸟类、蜥蜴和植物中提取灵丹妙药的254页医学专著,名叫《影响身体的内外部疾病之疗法》,1684年写于廷巴克图,那时正是摩洛哥人结束对该市的占领,廷巴克图开始迎来第二次学术繁荣期后不久。还有一卷342页的18世纪手稿,用闪闪发亮的红墨水书写,上面有一个被白蚁啃出的拳头大小的洞,海达拉选中它作为展品,是提醒人们这些嘴巴锋利的微小生物的非凡破坏力。有一本《古兰经》是用马格里布语循环书写的,里面画着横横直直的线,它的旁边是一卷苏菲派哲学手稿,打开的那一页上有一张神秘的黑白图。它由8个同心圆组成,将最早的伊斯兰思想家的善良和才华与后代的伊斯兰思想家进行了对比。海达拉还有一个珍贵的藏品,反映了海达拉的信念,即真正的伊斯兰教是一种和平的宗教。这卷手稿记载的是在今属尼日利亚领土的博尔诺王国与索克托王国是如何解决冲突的,其作者是一位苏菲派圣武士和知识分子,他在19世纪中叶曾短暂地统治过廷巴克图。海达拉认为,这位作者曾是一个"圣战者",这个词最初和最好的意思是:一个对抗自己的邪恶想法、欲望和愤怒,用理性制伏它们并听从真主命令的人。

清空展柜后,他们担心手电筒的光会引起巡逻的"伊斯兰警察"的注意,便在黑暗中摸索着走下走廊,在存放大量手稿的保护实验室和图书室书架上有条不紊地忙活着。他们密切留意着时间,想尽量在两个小时内多打包点手稿,大家往往一言不发,竖起耳朵听着外面任何可疑的声音。这些手稿，从时下的平装大众读物大小的微型卷到百科全书大小的大部头，都需要在近乎漆黑的环境中巧妙地排列，最大限度地利用空间，就像玩拼图一样。由于志愿者不得不以最快的速度工作，再加上资金短缺，他们没有使用缓冲垫和纸板箱，也没有除湿装置来保护手稿免受挤压或碰撞造成的潜在损害。"手稿就这样被塞满了金属箱，这意味着它们很可能因为与箱体间没有填充物隔离或者手稿没有逐卷做好防护措施而受损。"一年之后，艾米丽·布莱迪在Reddit网站发布的募资信上这样写道，"铁箱一搬动，手稿之间就会相互摩擦造成损坏。"

打包完毕后，他们用挂锁锁上了箱子，又锁好了图书馆的门，然后沿着昏暗的小巷匆匆回家去了，一路上还要时刻注意不要碰上巡逻的"伊斯兰警察"。翌日傍晚，他们回到图书馆，搬起了铁箱——一个铁箱现在要两名男子才能抬得动——用毯子将箱子包起来，装上骡车。在接下来的几个星期里，每天晚上，廷巴克图的手稿包装和运输工作都在继续，总共有20名志愿者。除了跟图书馆管理员通气外，海达拉没有跟其他任何人说起他在做什么，甚至对他的直系亲属也没有透露半点消息。他的妻子和孩子们注意到他每天傍晚都会出门，回来也很晚，而且对他们的询问也避而不答。他不想给他们更多担心的理由。

手稿撤离一年后的一天傍晚，一名导游领我穿过廷巴克图露天市场旁堆满垃圾的小巷，去见当时参与了运送的一位骡车车夫。黄昏时分，这位瘦削的年轻人紧张地站在街上，他用蹩脚的法语口齿不清地讲述了他是如何从满玛·海达拉图书馆和其他图书馆里运走几十只箱子的。他告诉我："我们总是在晚上搬。"①但他拒绝透露更多的细节，甚至不愿给出他的名字；圣战分子当时已经结束了对廷巴克图的占领，但基地组织仍在城外的沙漠中虎视眈眈，还没有人放心大胆地承

---

① 作者对一位匿名的骡车车夫的采访，廷巴克图，2013年8月6日。

认自己参与了海达拉运送手稿的秘密行动。"我不能再说什么了。"他说,然后身影隐入了黑暗中。

宵禁之前的7点到9点是交通繁忙的时段,这个时候街上行人和车辆仍然川流不息,他们的运输工具能融入廷巴克图的日常生活场景而不引人注意,这个年轻人和其他许多赶着驴子的车夫穿行在沙地上,伴着车轮的吱吱作响,去敲已经商量好的、属于SAVAMA-DCI系统的几十户人家的门。一切都是事先安排好的:骡车车夫、运送人和屋主借着烛光或打着手电筒把箱子抬进走廊,放进储藏室。"他们要么是图书馆馆主,要么是馆主的家人——姐妹、堂兄弟、兄弟、侄子。有几十个人帮了我们。"穆罕默德·图雷说。①

2012年5月底,正当秘密救书行动日益壮大之时,海达拉前往巴马科参加与联合国教科文组织的紧急会议。联合国教科文组织的十几位官员、马里文化部长和二十几名记者聚集在文化部的一个会议室里。现场有摄像机和数码录制设备,海达拉被要求谈谈廷巴克图的手稿所面临的风险。

海达拉拒绝发言。海达拉告诉记者:"如果我在这里谈论所面临的情况,我可能会让问题变得更糟。"②他指出,如果引来人们对手稿的关注,就等于提醒圣战分子注意它们的价值。激进分子可能会把它们作为讨价还价的筹码,或者出于恶意毁掉它们。会议结束后,联合国教科文组织的代表问海达拉他们应该怎么做。

"保持沉默,"海达拉建议道,"什么都不要做,让我们来处理吧。"

经过几天的思考,海达拉决定留在巴马科。他坚称这个决定和他的人身安全无关:在叛军接管后的整整一个月里,他在该市没有与阿

---

① 对穆罕默德·图雷的采访。
② 对海达拉的采访。

布·扎伊德、伊亚德·阿格·加利或其他任何圣战分子有过任何接触。他刻意保持低调，没有人找得到他，似乎也没有人注意到他。但他发现，越来越难以与世界各地的捐助者保持联系，让他们随时了解廷巴克图的危险情况，并在情况需要时为他们准备捐款。海达拉在巴马科也有一个家，每次他来首都，就会与他身为马里外交官的第二位妻子住在这里，但在麻烦到来之前，她已经被调到了巴黎的大使馆。他决定不让她担心，因此对救书行动只字未提。

　　海达拉指定穆罕默德·图雷作为他在廷巴克图的代理人，他自己则住到了离尼日尔河几个街区的一个简陋的出租公寓内，这间公寓很快便成了逃离北方的亲戚们的避难所。（他觉得和第一位太太的家人一起搬到第二位太太的家里是不合适的。）海达拉把他的 3 个年长的孩子接了过来，以便他们能继续上学。廷巴克图周围也笼罩着不安和暴力，该市的许多老师也逃走了，学校被迫关闭。孩子们现在与他们的外祖母——海达拉第一位太太的母亲——以及许多阿姨、舅舅和表兄弟姐妹们住在一起。亲戚们不断地寻上门来。在接下来的 6 个月内，海达拉回了廷巴克图两次，时间很短，每次都是悄悄地与他的外甥穆罕默德·图雷和其他参与救书行动的人会面，为他们打气。海达拉将一直待在巴马科，直到圣战分子的占领结束。

第十三章
砍手脚、石刑和禁止音乐

夏天,在雨季的一个狂风大作的早晨,廷巴克图的旅游局局长、被占期间危机委员会的成员萨恩·谢尔菲·阿尔法带着我开着车,翻过绵延起伏的沙丘,来到城市边缘一个足球场大小的墓地,墓地周围是一堵低矮的橙色墙,墙上开着装饰性的摩尔风格的小孔。40多岁的谢尔菲戴着白色小帽,身穿白色长袍,神情哀伤,一言不发。我们下车后,他用一把铁钥匙打开了锁着的大门,带我徒步穿过一片斑驳的沙地,除了零星的荆棘树外,一片荒芜。我们经过东倒西歪的黏土水槽、陶器碎片、石头和混凝土块,混凝土块上刻有姓名及生卒日期以及其他属于死者的粗糙记号。

突然间,我们来到一个10英尺高,由砖头、石块和泥垒成的土堆旁。任谁也看不出,这里原是廷巴克图一位最受崇敬的圣人的坟墓,是被该市居民视为圣人的333名伊斯兰学者之一,这333人中包括廷巴克图抵抗组织的几名成员,他们1591年在津加里贝尔清真寺前被摩洛哥侵略者处决。

谢尔菲告诉我,2012年7月1日,星期五,在伊亚德·阿格·加利的指挥下,数十名"伊斯兰捍卫者"武装分子用他们的车封锁了这座墓地和廷巴克图另一座墓地的大门。加利的手下挥舞着斧头、锤子和凿子走近这些圣地,大喊着"安拉至大"将它们砸得粉碎。就在这次破坏的前一天,加利的手下闯进了津加里贝尔清真寺的院子,推倒了3座小墓地,伊玛目则在一边惊恐地看着。袭击墓地事件发生的第二天，圣战组织的伊玛目出现在电视上和廷巴克图的清真寺里，向震惊不已、情绪低落的民众解释他们的行动。"他们说，圣人在伊斯兰教中是不可接受的。"谢尔菲说，耳边大风在这片荒凉之地呼啸。①这些人还明确表示要继续下去，直到廷巴克图所有的圣地都被摧毁。

先知穆罕默德去世后，对圣人的崇拜和圣地的建造在伊斯兰世界的大部分地区流行开来，包括波斯、伊拉克、阿拉伯半岛的希贾兹地区和非洲的马格里布地区。但直到18世纪，当廷巴克图圣战分子的精神导师穆罕默德·阿卜杜勒·瓦哈比开始他的宗教净化运动时，这种崇拜仪式和做法才开始被视为异端。瓦哈比一心想让伊斯兰教回到其7世纪的源头，作为这种狂热追求的一部分，他强烈反对向死者祷告、在坟墓和圣地进行礼拜、崇拜圣人、竖立墓碑，甚至连庆祝先知的诞辰都不允许。瓦哈比在讲道时说，那些沉迷于这些做法的人犯了偶像崇拜、多神教和亵渎罪，他们本人应被处死，他们的妻女应被强奸，他们的所有财产都该被没收。

瓦哈比的讲道驱使他的追随者四处胡作非为，这也将激励几个世纪后盘踞在廷巴克图的圣战分子。1801年，阿卜杜勒·阿齐兹·伊本·穆罕默德·伊本·沙特的瓦哈比派武装夺取了什叶派伊斯兰教徒最神圣的两个城市纳杰夫和卡尔巴拉的控制权，并摧毁了穆罕默德的外孙侯赛因·伊本·阿里和他的父亲伊玛目阿里（即先知的女婿）的坟墓。2年后，当沙特人从阿拉伯的哈希姆部落手中夺走麦加时，他们摧毁了先知的女儿法蒂玛以及他的第一任妻子赫蒂彻的墓。瓦哈比派教徒引用圣训称："小心那些在你之前把先知和义人的坟墓作为礼拜场所的人，而且你不能把坟墓当作清真寺：我禁止你这样做。"②

---

① 对谢尔菲的采访。
② Mohamad Tajuddin Mohamad Rasdi, *Rethinking the Mosque in the Modern Muslim Society* (Kuala Lumpur: Institut Terjemahan & Buku Malaysia Berhad, 2014), p. 191.

几个世纪以来，廷巴克图的苏菲派教徒一直顺顺利利地举行他们的仪式。即使 19 世纪时在圣战分子的枷锁之下，他们也继续进入这些泥屋（zawiya）——简陋到也许除了一扇雕花木门和棺材上铺了白色亚麻布变成的一张床外，没有别的装饰——在一个名为迪克尔（dhikr）的神秘仪式中与当地的神灵交流，一遍遍地背诵着祈祷词。"我们向他们祈求生活中所需的一切，"2012 年袭击事件发生数月之后，一名女裁缝向"人权观察"的调查员解释道，"不育者祈求顺利生下孩子，母亲求子女健康、平安、嫁个好丈夫或娶个好妻子。如果你或你的家人要出门远行，我们就祈祷能平安归来。"①

在效法伊本·沙特的狂热军队捣毁了苏菲派圣人的墓地几周之后，圣战分子巩固了他们对马里北部的控制。伊斯兰激进分子已经以策略击败了他们的图阿雷格族世俗盟军——不顾后者的意愿实施伊斯兰教法，并将图阿雷格族人赶到了廷巴克图郊区。但是在加奥，图阿雷格族叛军仍然握有些许权力，占领了大多数主要的市政建筑，包括市政厅和市长可以俯瞰尼日尔河的宅邸。但到了 7 月末，这样的日子戛然而止了。

诱因出现在一个午后。某个图阿雷格族叛军想在加奥的一条街上偷走一位颇受欢迎的老师的摩托车，在遇到反抗后，开枪将他打死了。而图阿雷格族占领者在 3 月底、4 月初进行的大规模抢劫，已经激怒了加奥居民。"就在几天时间里，整个加奥城——政府办公楼、银行、学校、医院、礼拜堂、国际人道主义组织的仓库和办公室、政府官员的官邸——遭到了彻底、系统、全面地掠夺。"一位加奥市民告诉"人权观察"，"加奥市和市民为人们的福祉所做的一切努力，在短短几天内付诸东流。"②这下，怒不可遏的民众聚集在市长宅邸的

---

① Human Rights Watch, "Collapse, Conflict, and Atrocity in Mali," p. 94.
② 同上，p. 113。

门口,要求图阿雷格族叛军指挥官交出凶手。惊慌失措的图阿雷格族狙击手从别墅的窗户朝抗议民众射击,造成数人死亡。伊斯兰激进分子抓住民怨四起的机会,对图阿雷格族士兵发起攻击,经过一天激烈的巷战后,杀死了 28 人,并把其余人赶出了他们在加奥的据点。图阿雷格族叛军逃进了沙漠。

在廷巴克图机场和港口的基地里的图阿雷格族叛军惊恐地看着。"我们知道下次就轮到我们了。"和我在城外他母亲家见过面的优素福对我说。[1]优素福与他的几百名战友一起狼狈地逃离了这座城市,他们心情沉重地意识到自己被圣战盟友羞辱了,没有还手之力。

建立一个独立家园的愿景激励了三代图阿雷格族叛军,这些人 4 月时在马里北部曾短暂而愉快地实现过这一愿景,如今一切化为泡影。"我们的阿扎瓦德梦破碎了。"优素福说。[2]他骑着摩托车逃到了毛里塔尼亚的一个难民营,在那里加入了逃离优素福及其叛军战友造成的大规模破坏的数万北方平民的行列。在这之前,对萨拉菲派几乎是零容忍的图阿雷格族人一直在压制激进分子最极端的冲动。随着图阿雷格族人的离去,伊斯兰马格里布基地组织和"伊斯兰捍卫者"现在可以任意妄为,将时钟拨回到 1400 年前了。

加利则猛然间否定了自己过去的生活,对北方的音乐家宣战了。"我们不想要撒旦的音乐,""伊斯兰捍卫者"的发言人 2012 年 8 月宣布,"这里只能有《古兰经》的经文,伊斯兰教法是这样规定的。我们必须听从真主的指令。"[3]加利的圣战分子捣毁了乐器和音响设备,将那些本来就很简陋的录音室烧成了灰烬。尼日尔河上游距离廷巴克图 40 英里的小镇尼亚丰凯是已故的沙漠蓝调大师阿里·法尔卡·杜尔的家乡,圣战分子威胁说,如果发现杜尔的学生弹吉他,就剁掉他们的手指头。艾哈迈德·阿格·凯迪是图阿雷格族一个养骆驼

---

[1] 对"优素福"的采访。
[2] 同上。
[3] Morgan, *Music, Culture & Conflict in Mali*, p. 21.

的牧人，也是阿曼纳尔（Amanar）乐队的主音吉他手。这个乐队来自基达尔，受塔里温乐队的启发而成立。2012年8月，他照料完骆驼后回家，发现有人闯入了他的房子，毁了他的乐器。他回忆道："伊斯兰捍卫者"武装分子"看到了我的音响和乐器，倒上汽油将它们烧了"，"他们跟我姐姐说：'艾哈迈德回来后告诉他，如果他再在基达尔弹吉他，我们会回来砍掉他的手指头。'"①

圣战分子以伊斯兰教法的名义施行的惩罚变得愈加严厉。8月，廷巴克图的"伊斯兰警察"将23岁的穆哈曼·贝鲍传唤到位于拉梅森别墅酒店的法庭，身材清瘦、留着稀疏胡子的贝鲍被判入狱一个月、罚款750美元，因为他花22美元买了一张偷来的床垫。贝鲍承认是从一位朋友那里买的，但声称自己并不知道床垫是这位朋友4月时在廷巴克图的抢劫狂潮中从一家商店里拿走的。在贝鲍刑期即将服满、被释放的前一天，一项新的刑罚落到了他身上：他要被砍掉右手。"听到判决时，我腿都软了。"②贝鲍告诉我，说这话时我们正坐在巴马科一家机构的办公室里，那个机构为伊斯兰激进分子的受害者提供一些慈善服务。警察用自行车内胎将他绑在椅子上，派志愿者去市场买了一把菜刀。贝鲍被注射了麻醉剂，他只迷迷糊糊地记得他坐在椅子上被抬到了利比亚酒店后面的沙地——那是卡扎菲花费数百万美元从尼日尔河挖到他的度假别墅的一条5英里长的运河的遗迹，完全不记得他的手是怎么被锯掉的。当时现场的一位目击者回忆说："人们以为一刀就完了，实际上是用一把菜刀慢慢切开的，就好像你是一只动物。"③贝鲍痛醒后，发现自己在廷巴克图的一家诊所里，他一边跟我说，一边向我展示了他空荡荡的袖子。一名当地医生照顾他直到他恢复健康，然后，他逃离了廷巴克图。

---

① Lloyd Gedye, "Tuareg Blues: A Struggle for Life, Land and Freedom," *The Con*, September 4, 2013.
② 作者为《纽约书评》对穆哈曼·贝鲍的采访，2013年1月26日。
③ 作者为《纽约书评》对一位现场目击者的采访，巴马科，2013年1月26日。

7月下旬,"伊斯兰警察"在加奥郊外的一个村庄里逮捕了一个叫艾尔马哈茂德的男子,并指控他偷了牲畜,称他们从事发地点顺着摩托车的痕迹追踪到了他家。在监狱里待了两个星期之后,"下午3点左右,他们把我带到了挤满了人的大广场上,"他告诉"人权观察"的一名调查员,"他们把我的手、脚和胸部紧紧绑在椅子上;我的右手也被橡皮绳紧紧绑住。那个头目亲自砍掉了我的手,就像宰羊一样。他砍了大约2分钟,一边砍,一边大喊'安拉至大'……我在牢房里待了一个星期,没有看医生……后来[武装分子]给了我钱去修理摩托车、买茶和衣服,并把我送回了家。我是无辜的,我并没有偷这些牲口。"①

几周后,在廷巴克图附近的一个村庄,当地的一名图阿雷格族人与一名桑海渔民发生了口角,并开枪将其打死了。他很快被判处死刑。一个星期五早上,几辆装有扬声器的皮卡在廷巴克图的小巷里开来开去,命令人们在下午祈祷后前往卡扎菲挖的运河旁见证这次处决。圣战分子还命令已更名为阿扎瓦德电台的布克图社区电台负责人在广播中将此事广而告之。500名观众聚集在利比亚酒店后面、卡扎菲大运河的贫瘠洼地上,这里现在成了指定的砍手脚和处决场所。被判死刑的人坐在一辆皮卡的后座上到达此地,双脚踏上沙地就跪了下来,开始祈祷。阿布·扎伊德和基地组织成员站在受害者母亲的身侧,两名蒙面枪手组成的行刑队用卡拉什尼科夫斯冲锋枪瞄准了跪着的囚犯。阿布·扎伊德和他的手下喊道:"安拉至大。"然后,刽子手在15英尺外开枪了。

在基达尔附近的阿盖洛克,忠于伊业德·阿格·加利的"伊斯兰捍卫者"武装分子将一对年轻男女拖到了小镇的广场上,他们从附近农村来,未婚生下一子。早上5点,当着200名默默观看的人的面,伊斯兰极端分子挖了两个4英尺深的洞,把土埋到了这对男女的

---

① Human Rights Watch, "Collapse, Conflict, and Atrocity in Mali," p. 83.

脖子,用石头将他们活活砸死了。"这太恐怖了。"一位目击者回忆道,他看到那名女子呻吟着并大声呼喊,她的伴侣在死前喊了几句,但没人听清喊了什么。"这太不人道了。这些人把他们当动物一样杀死了。"① "伊斯兰捍卫者"的一名发言人则为这种惩罚进行了辩护。"他们两人立刻就死了,甚至还主动求死,"他说,"有关伊斯兰教法的适用问题,我们无需向任何人解释。"

大约在同一时间,一个由 5 名法官组成的小组在加奥的伊斯兰法庭上判定 4 名年轻男子持枪抢劫公共汽车的罪名成立,并决定依法砍掉他们的右手和左脚。几个小时后,行刑完毕。4 名年轻人在军营里被砍下了手脚,第五人则被一辆陆地巡洋舰带到了加奥市中心的独立广场。警察局长阿利乌的保镖用绳子将被定罪的抢劫犯绑在椅子上,并给他打了一针。"阿利乌拿了两把屠刀,把它们放在一块黑色橡胶上,嘴里喊着'安拉至大',其他伊斯兰极端分子也重复了一遍,"一名目击者回忆道,"然后,他放下一把刀,用另一把砍下了那个年轻人的手——只用 10 秒就砍了下来。他还举起来让所有的人看。另一个留着胡子的伊斯兰极端分子拿起了第二把刀,喊着'安拉至大',砍下了那名男子的脚。[圣战分子们]开始祈祷,说他们是奉真主之命。阿利乌命令给该男子松了绑,同时叫人从他的车里拿个袋子来。袋子里装的是从另外 4 名罪犯身上砍下的 4 只脚和 4 只手。他将新砍下的手和脚放在袋子里,这伙人又异口同声地喊了句'安拉至大'。"②

圣战分子的暴行,甚至引起了伊斯兰马格里布基地组织驻阿尔及利亚的埃米尔阿卜德尔马莱克·德罗克戴尔的不满。几个月来,德罗克戴尔一直看不惯其下属在马里的挑衅行为——宣布成立独立的国家,殴打、鞭笞廷巴克图和加奥的普通百姓。虽然他批准了炸毁政府

---

① NBC News Staff and Wire Reports, "Mali al-Qaidalinked group stones couple to death over alleged adultery," *NBC News*, July 31, 2012.
② Human Rights Watch, "Collapse, Conflict, and Atrocity in Mali," p. 84.

目标、对使馆进行恐怖袭击、绑架西方人勒索赎金，但德罗克戴尔逐渐认为加利、阿布·扎伊德和贝尔摩塔尔是冲动的狂妄之徒，他们很可能会让他们试图争取的人敬而远之。现在，砍人手脚、石刑和处决的消息不断如潮水般涌来，更证实了他的感觉——这些人做得过头了。

然而，这三位圣战组织指挥官已经习惯了以近乎完全自治的方式行事，他们对德罗克戴尔的警告置之不理，甚至还夸耀自己的野蛮行径。在这个新的圣战国度，伊斯兰极端分子创建了一个平行宇宙，将中世纪神学与21世纪的传播方式结合起来，在YouTube、Twitter和各大网站中炫耀他们的绝对权力和伊斯兰教法的刑罚。

一些人反抗了。在加奥，贝尔摩塔尔的党羽宣布某天早上8点将在独立广场公开执行砍断手脚的刑罚。数千市民走上街头，堵住了通往广场的道路。他们宣布："加奥决不允许这样的事发生。"[1]圣战分子取消了那天的行刑，一周之后的某个黎明前在广场上悄悄地动手了。

一个炎热的夏夜，海达拉的外甥兼首席助理穆罕默德·图雷带着一个装满手稿的金属箱子离开了SAVAMA-DCI的总部。那天晚上，他是独自一人工作，当他锁上身后的大门、走进小巷时，基地组织最狂热、最不按常理出牌的头目之一——绰号"红胡子"的五十来岁的奥马尔·乌尔德·哈马哈刚好与保镖一起走过大楼。"我甚至都不知道，他就住在SAVAMA-DCI总部旁边的房子里。"图雷说。[2]奥马尔·乌尔德·哈马哈是个清瘦的男人，长着肥大的嘴唇，留着独特的棕红色的山羊胡子，总是裹着黑色的头巾。他在基地组织中不断往上爬，已是贝尔摩塔尔的第一副手，最近，这两名圣战分子成了姻

---

[1] 对穆萨·伊苏夫·麦加的采访。
[2] 对穆罕默德·图雷的采访。

亲——贝尔摩塔尔又娶了"红胡子"十几岁的女儿为妻。"红胡子"在廷巴克图乃至世界上大部分地区都是恶名昭著的,因为他在电视上用流利的法语向西方国家发出威胁,这位来自基达尔的赶骆驼人的儿子,在廷巴克图的一所中学学过法语。他用手电筒照着图雷的脸。

"你在这做什么?"他质问道。

"抱歉,"图雷结结巴巴地说,手电筒的光亮得他睁不开眼,"我们很快要搬家了,我正把这些手稿转移到更安全的地方。"

"说谎,""红胡子"喝道,"你是在偷东西。"

"当然不是。"

"大半夜搬东西,谁让你这么干的?"

"我……我不知道搬自己的东西还要许可。"

"红胡子"招来了"伊斯兰警察"。三辆皮卡停在大楼前,车上满载着裹着黑头巾的"伊斯兰警察"。他们也要求看图雷的许可文书,但图雷拿不出来,于是他们逮捕了他。

"你是小偷。"他们对图雷说。

图雷知道这些伊斯兰极端分子在依教法宣判后会迫不及待地行刑。幸好他有伊斯兰研究的学术根基,便引用了《圣训》和《古兰经》中的内容,指出在行刑前必须有犯罪的证据。

"铁证如山,你抢劫了那个图书馆。""红胡子"说。

"这是我的图书馆,"图雷一口咬定,"我只是在把书搬到一个更安全的地方。"

"证明给我看。""红胡子"命令道。

"好吧,"图雷灵机一动,"我会去找伊玛目和本社区的居民,明天早上9点,他们会来证明这座图书馆是我的。"

图雷为自己争取到了一点时间,但命运仍然未卜。听到图雷被拘留的消息,身在巴马科的海达拉心急如焚,他到处打电话,联络伊玛目、社区领袖和当地图书馆员。这些人忙了个通宵,整理文件和书面证词,证明图雷和满玛·海达拉图书馆及图书馆协会的关系,以及他作为手稿保管人的身份。翌日上午9点，证人聚集到了市长办公室，到场的还有"伊斯兰警察"、法官、"红胡子"、阿布·扎伊德及其他圣战领导人。法官询问了证人。与在北方的伊斯兰教法法庭受过审的许多人不同，图雷有足够的优越条件来获得该市最有影响力的宗教、商业和文化人物的支持。在被捕24小时后，法官告诉图雷，证据对他有利，他可以走了。那天晚上，他又开始打包手稿。"在这件事上只有一个目标，那就是拯救马里的知识。相比之下，我的命不值一提。"图雷说。

刚开始，并非每个图书管理员都参与到了拯救手稿的行动中。廷巴克图的艾哈迈德·巴巴研究所是由科威特和沙特阿拉伯资助的政府图书馆，海达拉曾为之在非洲腹地收集手稿15年，院里的一些策展人就对这一行动犹豫不决。叛军占领廷巴克图后不久，20名基地组织的士兵就占领了该机构耗资800万美元修建的新总部，当时这里存放了大约1.4万份手稿，而这些人把这里变成了武器库和宿舍。他们就在这里，挨着廷巴克图黄金时代最伟大的宝藏祷告、研读《古兰经》、吃饭和睡觉，还在院子里用卡拉什尼科夫冲锋枪和其他武器操练。幸好，有2.4万份手稿还留在旧大楼那边——占领者并不知晓，而且一切还在艾哈迈德·巴巴研究所的员工掌控之中。海达拉在4月份与艾哈迈德·巴巴研究所的员工开会时说过："这些手稿有危险。它们是我们的遗产。这里已经没有政府了，所以只能靠我们把它们弄出去。"[1]

"我们也无能为力啊。"众人告诉海达拉。

"我有办法，"海达拉向策展人和员工保证，"你们就把一切交给我吧。这是我的责任。"

一些员工认为占领不会持续太长时间，还有人信了圣战分子不会碰手稿的承诺。其他人则不愿将控制权交给一个外人，即使这个人毕

---

[1] 对海达拉的采访。

Bad-ass Librarians

生都在致力于丰富藏品。一位策展人告诉海达拉:"等到危机结束,如果手稿全不见了。研究所主任会说是我们偷了手稿。"这样的消极应对让海达拉很是失望,他只得离开。但是,一想到他搜集了 15 年的手稿即将落入阿布·扎伊德及其手下的手里,海达拉就痛心不已,数周后,他恳求研究所主任采取行动——主任已在圣战分子到达廷巴克图几小时后逃到了巴马科。"你指定两名代表,让他们来找我的代理人。我们会把手稿纳入我们的保护行动。"事情安排好了,廷巴克图那边,穆罕默德·图雷给艾哈迈德·巴巴研究所的志愿者送去了箱子。在穆罕默德·图雷和海达拉团队其他成员的监督下,研究所的代表们连续两周彻夜工作,终于将 2.4 万份手稿转移到了事先找好的安全屋。按照海达拉的计划,这些是最后一批从廷巴克图图书馆转移到民宅存放的手稿之一。到当月底,图雷和他的团队已经将廷巴克图图书馆的 37.7 万份手稿中的 95% 运到了遍布城内各处的 30 多个安全屋。唯一还留在外面的重要藏品是位于桑科雷街区的艾哈迈德·巴巴研究所新总部的数千份手稿,因为那里已被圣战分子占领,并改成了军营。

在图雷逃脱伊斯兰教法惩罚后不久,廷巴克图危机委员会要求与阿布·扎伊德会面,讨论"伊斯兰警察"在该市领导的打压行动。在他征用的行政部门总部的办公室里,他用饮料招待他们,叫出他们每个人的名字并致以问候,还询问了他们和亲人是否安康。

"为何要鞭打妇女,把她们关进银行里的监狱?"易卜拉欣·哈利勒·图尔质问道,"她们是穆斯林,不是泛灵论者,不是不信教者。她们信奉真主。你怎么可以将这些妇女关进这样的牢房,不让她们出去祷告呢?"①

阿布·扎伊德一脸惊讶。"你所说的是真的吗?"他问,"我们得

---

① 对易卜拉欣·哈利勒·图尔的采访。

对此进行商讨。"委员会成员易卜拉欣·哈利勒·图尔后来表示,这次会面让阿布·扎伊德的个性一览无遗。这位基地组织指挥官不喜欢正面冲突,总是与在他令下所犯的罪行保持距离。图尔说,阿布·扎伊德表现得像个"绅士","他一向尊敬我们"。但是,他们永远不会忘记阿布·扎伊德在这座城市拥有最终决定权的事实,他们认为他和他的手下一样残忍。"阿布·扎伊德是个冷静的人,从容不迫,"图尔说,"他杀人时,脸上也挂着微笑。"

在廷巴克图,因为拒穿罩袍——一种将脸完全遮住的面纱——而遭到"伊斯兰警察"骚扰和殴打的女商贩举行了一场抗议活动。数十人在桑科雷街区游行,一边挥舞着令人生厌的面纱,一边高喊"打倒伊斯兰教法"。"伊斯兰警察"对着天空鸣枪,然后把她们抓去了拘留所。6名带头的被带到了行政部门总部,阿布·扎伊德正在那里等着她们。

这位基地组织领导人坐在沙发上,两旁是警察局长和道德执行部长。阿布·扎伊德摸着他那乱糟糟的胡子,故意不与这些妇女有眼神接触。

"你们女人去市场干活,男人们却待在家里无所事事,这是为什么呢?"他轻声问道。[1]

"男人们找不到工作,"一名带头的鱼贩回道,"要是他们为了生计而偷东西,你们会剁了他们的手。"

面对廷巴克图权势最大的圣战分子,一个对杀害了两名西方人质、残害和鞭打她的许多同胞负有责任的人,这位女士后来回想了一下,她并没有感到畏惧。她已经没有什么可以失去的了,她拒绝戴上面纱,眼睛直直地盯着阿布·扎伊德,好像说谅他也没胆看她。

阿布·扎伊德紧盯着地板。

她继续说道:"我们这些人的丈夫没有工作,你还想要我们花钱

---

[1] 作者对蒂纳·特拉奥雷的采访,廷巴克图,2014年2月15日。

买这些面纱？我们没钱买这种布料。即使我们买了，你们圣战分子也会说不够好，让我们再去买。"

阿布·扎伊德说话的声音很小，她不得不凑上去听。他说："我们的宗教不允许女人上街游行，女人不可以上街示威。"

他的表情强硬起来："我们才是这里的当权者，如果你们还想再游行或示威，万一发生什么，那可是你们自己的责任。"然后，这些妇女被送出了房间。从那以后，直到占领结束，女商贩们再也没到街上抗议过，但她们还是拒绝穿那令人生厌的罩袍。因为她们的消极反抗，她们也感受到了极端分子的怒火。"圣战分子的目标大多是在街上结伴而行的年轻男女，"这位女鱼贩回忆道，"但每周五，在清真寺祷告完之后，他们都会到市场来给我们一顿打。"

第十四章
一路向南

从圣战分子接管廷巴克图的头几天起,来自华盛顿州的手稿保护人艾米丽·布莱迪就一直催促海达拉将手稿撤到政府掌控的区域。但海达拉总是给她同样的答案:"时候还未到。"①他不能忍受再次将他聚拢到廷巴克图的宝藏撒到各地。他坚持认为,它们在这片沙漠里被创造、交易、保存了几个世纪,就应该待在这里。但是,海达拉也逐渐意识到他将不得不把它们挪走。

"你得把它们弄出去,"西方国家大使馆官员以及他在欧洲和中东的几位赞助者劝告他,"那些人穷凶极恶。他们会在离开之前毁掉一切的。"②

2012年夏天发生的一系列事件促使海达拉在拖延了好几个月之后做出了最终的决定。7月时,廷巴克图城里的圣战分子到处为非作歹,摧毁了十几座苏菲派圣地。8月,被称为纳吉迪(Najdis)的利比亚瓦哈比派把廷巴克图的圣战分子比了下去。他们亵渎了的黎波里老城一座苏菲派墓园的几十座坟墓,推倒了米苏拉塔(Misrata)的一座陵墓和的黎波里的三座陵墓,铲平了地中海沿岸城镇兹利坦(Zlitan)的一座15世纪苏菲派学者的圣地并炸成灰,他们还向该市的清真寺和阿斯玛里亚大学图书馆发射了迫击炮弹。炮弹落在图书馆,引起了大火,将馆内数千份手稿烧成了灰烬。"显而易见,这些人的所作所为——挖掘古墓、捣毁清真寺等——跟伊斯兰教的传统教规和学者的言论是背道而驰的。"利比亚大穆夫提、该国逊尼派穆斯林社区的精神领袖阿卜杜拉曼·加里亚尼表示。③他想遏制萨拉菲分子的暴行，但徒劳无功。这股毁天灭地的浪潮预示了廷巴克图将要面对的可怕命运。

海达拉回忆说："我知道留给我们的时间不多了。"④

马里北部的经济崩溃以及随之而来的廷巴克图法律和秩序的瓦解加剧了海达拉的压力。牲畜交易和屠宰是该地区经济的主要支撑，但图阿雷格族人和阿拉伯牧民害怕被控与占领者勾结，赶着他们所有的牲畜逃离了廷巴克图。（阿拉伯人与图阿雷格族人合起来占廷巴克图总人口的40%。）阿拉伯店主用木板将商店封了，许多商店在圣战分子早前洗劫廷巴克图时就已空空如也。旅游业早已凋敝、消亡，当地政府服务业陷入停顿。由于银行也被洗劫一空，人们已无法取到现金了。廷巴克图的许多居民只能依靠他们在巴马科、莫普提以及其他南方城市的亲戚定期的接济现金来勉强度日。失业率的上升、贫困的加剧引发了偷盗和抢劫的浪潮。不法团伙闯入私人住宅，抢走他们能找到的一切东西。"我们开始恐慌了，"艾米丽·布莱迪回忆道，"我们说：'这下好了，很快就只剩下手稿可以抢了。我们得把它们运走。'"⑤

布莱迪觅到了一个机会：7月底，图阿雷格族世俗叛军从廷巴克图逃干净时。在人手短缺的情况下，圣战分子不得不取消廷巴克图和政府领土之间的绝大部分检查站，只留两个。对通往南部的道路的控制几乎没了。

"是时候了。"布莱迪告诉海达拉。

"是时候了。"海达拉表示同意。

---

① 对布莱迪的采访。
② 对海达拉的采访。
③ Jemal Oumar and Essam Mohamed, "From Mashreq to Maghreb: al-Qaeda shifts focus," *Magharebia*, August 26, 2012.
④ 对海达拉的采访。
⑤ 对艾米丽·布莱迪的采访。

布莱迪每年仍有大部分时间待在她位于巴马科的房子里，此刻她和海达拉面对面坐在阳光明媚的餐厅里，讨论摆在他们面前的后勤难题。他们很清楚，在地形难料的606英里路上运送数十万件价值连城、脆弱无比的手稿将是非常危险的，而且成本高昂。他们需要雇用运送员和司机，还要租数百辆卡车、四轮驱动汽车和出租车。他们需要足够的现金用来贿赂相关人士、购买配件、维修车辆、买汽油。布莱迪估了一下，大约需要70万美元的预算，于是她和海达拉联络了散布在世界各地的人脉。在救书行动的最初阶段，捐助者都犹豫不决，但见识到了圣战分子的手段之后，人们争相捐款。其中最慷慨者——迪拜的朱马·马吉德文化与遗产中心向海达拉捐了10万美元。救援人员也向其他长期支持者，包括荷兰的克劳斯亲王基金会发出了呼吁。"我们走投无路了。"布莱迪说。① 一笔13.5万美元的拨款到了。众筹网站Kickstarter的一场活动又筹集到了6万美元。荷兰国家彩票公司——荷兰最富有的文化基金会之一，也向巴马科汇款25.5万美元。

布莱迪转而去找一家荷兰政府发展机构在巴马科的负责人。欧洲驻马里的使团的金库有大量未用资金，因为自军事政变之后，欧盟禁止向马里政府提供双边援助；荷兰人又拿出了10万美元。总部位于俄亥俄州克利夫兰的美国地方性机构Key Bank将这些美元捐款电汇到了马里的银行，接着钱又被分别存入了廷巴克图值得信任的几位商人在巴马科的账户。这些商人随后会根据需要将现金取出交给海达拉的团队。

在廷巴克图，穆罕默德·图雷四处寻找坚实耐用的四轮驱动汽车，这种车城里没几辆是好用的，又招募了驾驶员和运送员。艾米丽·布莱迪和海达拉不愿意反复使用同一批人，担心他们会被认出来并被逮捕，所以，他们建议穆罕默德·图雷尽可能多雇用运送员。最

---

① 对艾米丽·布莱迪的采访。

终，图雷雇了数百人。他们大多是青少年，是廷巴克图图书馆馆员的子侄——他们的忠诚是毋庸置疑的。

8月下旬的一个早晨，破晓时分，穆罕默德·图雷将一辆陆地巡洋舰停在廷巴克图的一个安全屋前，把5个箱子搬上了车，箱子里面装满了来自满玛·海达拉图书馆的1500份手稿。每个箱子长约4英尺、宽2英尺、高2英尺，最多可以放8层手稿——从单张或对开本到厚厚的皮革封面手稿都有。他在这些箱子上盖了一条毯子，然后爬上了陆地巡洋舰，坐在司机旁边。图雷此行是做个测试，其成败将决定救书行动的未来。

当他们驶离安全屋时，一股寒冷的沙漠风吹过，此时天已经大亮，他们一路往南行驶，陆续经过了马里商业银行改成的"伊斯兰警察"总部，矗立在从南门出城的主街两旁的几家宾馆，那里曾经生意红火现在已空无一人。在廷巴克图南郊的第一个检查站，几个裹着头巾的圣战分子朝图雷挥手，示意他通过。他们又通过了市政机场，到这里，柏油马路就到头了。他们把车开上渡轮，过了尼日尔河，然后在往南的一条沙路上畅通无阻地开了好几个小时，一路上，起起伏伏地穿过了干涸的河床、稀疏斑驳的草地、七零八落的金合欢树和灌木丛。在一个名为杜安扎（Douentza）的集镇上，他们遇到了圣战分子设置的第二个路障。图雷佯作无事地挥了挥手，直接开了过去。

他们来到了尼日尔河畔一座叫孔纳（Konna）的小镇，这里泥屋林立，小巷如迷宫般，还有一座仿杰内大清真寺而建的小型清真寺。孔纳标志着政府辖区的开始。图雷用手机给海达拉打了个电话，长舒一口气告诉他，他们已到了安全地带。然后，就在控制线以南，他对安全的幻想破灭了。在边境以南34英里的塞瓦雷，马里军队拦下了他们，这些军人非常急躁、士气低落，对从北部被占区来的人都持怀疑态度。

士兵们看了一眼车后，问道："你们运了什么？"①他们用枪指着图雷的胸膛，命令他下车。"把箱子拿下来。"图雷跟他的司机只好将箱子一个接一个地从后备厢里拉了出来。

"这里面藏着什么？你们是在走私军火吗？"

"没有，长官。"图雷结结巴巴地说，担心自己会被投入监狱，或者甚至被当场枪毙，现在可是战时。

"你是间谍？圣战分子？"

"不是的，长官。"

士兵们用枪托砸开了箱子上的锁，拿出手稿，粗暴地翻着书页。图雷就这样看着他们粗手笨脚地拉扯着珍贵的手稿，一声不吭。他们把图雷和他的司机关在路障旁的简陋营地里两天两夜，管饭，却拒绝解释为什么要关他俩。图雷非常沮丧、愤怒，但是他努力克制着自己的情绪。最后，他们告诉他，他可以离开了。在塞瓦雷，他给司机结了账，并雇了一辆新车；从廷巴克图一路开来，在沙道和土路上艰难跋涉损坏了汽车的悬架、转向箱和减震器。此外，他也担心扣留他的人将车牌号报给他们在南边的战友，这样的话，他很可能会被再次拦下。

这一次，他们避开了前往巴马科的主要道路，以免遇到更多的军事检查站。他们沿着红土小路往前开，穿过枯瘦的荆棘树林和露出地面的深色砂岩，偶尔会从赶着羊群的牧人身边经过，但是鲜有其他生命的迹象。因此，司机一再迷路。他被纵横交错的小径弄糊涂了，而这辆四轮驱动的汽车由于额外的重量使得车身太低，在荒凉、平淡无奇的灌木丛中坏了两次。巴马科以北140英里的河畔小镇塞古，虽然破败，但是让人愉悦，路上有摩托车、驴车的车辙，还有一些褪色的殖民时代的别墅。在这里，图雷又遇到了一个军事检查站，乍一看就是一些4英尺高的金属油桶横在路上弄出来的。"这是什么？你在做

---

① 对穆罕默德·图雷的采访。

什么？你在走私什么？"他们问道。图雷眼睁睁地看着士兵们再次用枪托砸开了锁，挨个胡乱地翻着手稿。他把它们重新包好，又雇了一辆车，然后重新上路。现在，他真的已经受够了。图雷决定，为了不再受到骚扰，他最好雇一名士兵护送他。

在塞古郊区，他找到一个军事哨所，自我介绍后，他说明了来意，并与当地指挥官聊了起来。他说："我需要两辆载有士兵的车陪同我通过检查站。我可以支付丰厚的酬金。"指挥官叫来了车辆和士兵。在军车的前后护卫下，图雷顺利地通过了最后140英里，到达了巴马科。凌晨1点，图雷付了钱，并与士兵们一一握手告别，这些人转身回塞古去了。然后，就在这条路尽头的城门口，一个有着泥褐色的双拱形大门、装饰着类似于杰内大清真寺那样的棕色尖顶的地方，军队在搜查每一辆想进城的车，图雷再次被拦了下来。筋疲力尽、饥肠辘辘的他被带到了一个营地，扔进了一间肮脏的牢房，不给吃也不给喝，还被盘问了。他们允许图雷给海达拉打个电话，海达拉在天亮时带着茶和面包赶来，和图雷在牢房里一起吃了饭，并将"礼物"送给了看管他的人，图雷才被释放。

这是一场可怕的磨难，持续了一个星期，但图雷刚将手稿交给海达拉就立即回到廷巴克图，准备下一次的行程。在救书行动期间，图雷将在廷巴克图和巴马科之间往返30多次，亲自把数万份手稿送到安全地带。每一趟都会变得容易些，因为士兵和警察会很快认出他，并欣然接受他的贿赂，让他安全通过。

海达拉每天都会去巴马科北郊的入口，有时一天5次，去进行漫长的谈判——以及一成不变的送礼——好让他的运送员顺利通过。有些运送员回到巴马科后吓坏了，只送一次就退出了，但大多数人仍然坚持到了最后。海达拉在巴马科的支持者们把抢救出来的手稿暂时放在他们的家里，直到找到更长久的解决办法。廷巴克图的37.7万份手稿有近四分之三存放在该市的安全屋，在最初的90天里，海达拉的运送员就转移走了约27万份。神奇的是，尽管在检查站被士兵粗暴对待，但它们都完好无损地通过了。

7月，当圣战分子完全控制了廷巴克图并实行伊斯兰教法时，海达拉派人接来了他的妻子和他们的3个小孩。2天后，他们抵达巴马科，千辛万苦地住进了新家。流离失所的亲戚挤满了5个房间。外面的街道又嘈杂又肮脏，混凝土砌块建筑破破烂烂，到处是摩托车排出的废气。海达拉的妻子在廷巴克图度过了大部分时光，除了大学生涯，如今她变得忧郁起来，几乎从不冒险出门。可是，海达拉却发现很难将注意力放在家庭的需求上。手稿拯救行动，他对廷巴克图图书馆所有者和运送员的责任，还有他对自己的图书馆的依恋，占据了他的全部心思。几个月后，他回忆说："我有太多事要挂心。他们把一切都托付给了我。如果他们的手稿发生任何意外，那都是我的责任。"①

"我看到他拿着那些手稿，便知道这个人对手稿有多上心。"艾米丽·布莱迪说，"他对它们就像对他自己的孩子一样。"②

每天似乎都有新的危机或者暴露的危险。就在手稿运送最紧张的那段日子，一天早晨，当海达拉的外甥穆罕默德·图雷要离开廷巴克图时，他的好运似乎到头了。基地组织的警卫拦住了他的车，搜查了后备厢，发现了藏在毯子下面的装满手稿的金属箱子，并用枪指着司机命令他将车掉头。"伊斯兰警察"将这些藏匿之物和穆罕默德·图雷交给了阿布·扎伊德。这个25岁的年轻人再一次打电话找关系，让人帮他摆脱困境。

津加里贝尔社区的负责人易卜拉欣·哈利勒·图尔是危机委员会里颇有影响力的成员，也是海达拉的密友，他与委员会主席一起再次去行政部门总部拜访阿布·扎伊德。两人都再次为穆罕默德·图雷担保，并"保证"手稿只是从廷巴克图运出去进行修复。"只是为了这

---
① 对海达拉的采访。
② 对艾米丽·布莱迪的采访。

个，修复完了就会带回来。"哈利勒·图尔向圣战组织头目承诺道。①也许阿布·扎伊德脑海中在想其他事，或者是对哈利勒·图尔有好感。"他相信了我们，我们是他与廷巴克图人之间的唯一联络人。"哈利勒·图尔回忆道。不管出于什么原因，阿布·扎伊德愿意相信哈利勒·图尔的说辞。48小时后，危机委员会成员既惊讶又松了一口气，这位廷巴克图的埃米尔释放了海达拉的外甥，允许他带着他的箱子继续上路。

晚上，图雷就睡在满玛·海达拉图书馆一间空荡荡的展厅里，以免图书馆被人破坏。一天早晨，他听到前门有人敲门。打开门后，他对上了3名拿着摄像机和麦克风杆的男子。他们自我介绍是一个国际新闻频道的电视纪录片团队，他们获得了伊斯兰马格里布基地组织和"伊斯兰捍卫者"的许可，来拍摄被占领的廷巴克图的情况。

"你们不能进来。"图雷告诉他们，然后给门上了两道锁。②半小时后，摄制组返回。这一次，他们有武装分子护送。圣战分子强行往里闯，图雷无奈地退到一边，任由他们带着摄制组进了图书馆。玻璃展柜是空的。工作室也空空如也，平常手稿在这里被数字化，被人用结实的日本喜多方纸修复并存放在防潮盒中。"手稿去了哪里？"武装分子问道。

"我……我不知道，"图雷说，"一定是手稿所有者把它们拿走了。我不知道发生了什么。"

摄制组和护送他们的圣战分子离开了，图雷再也没听到谁提起过这事。

---

① 对易卜拉欣·哈利勒·图尔的采访。
② 对穆罕默德·图雷的采访。

第十五章
孔纳沦陷

2012年秋季,马里北部的局势越发紧张。那年夏天,在伊亚德·阿格·加利的手下拆掉了廷巴克图的苏菲派圣人的坟墓,并开始根据伊斯兰教法执行石刑和砍手脚的刑罚后,法国总统弗朗索瓦·奥朗德宣布,从巴黎飞行5小时可达的一个激进的伊斯兰国家的存在,构成了大家必须面对的生存威胁。2012年9月,美国国务卿希拉里·克林顿对联合国表示:"马里的混乱和暴力有可能会破坏整个地区的稳定。"①10月,联合国安理会通过了第2071号决议,呼吁对马里进行军事干预。到了深秋时节,已经制订好了计划,3300名士兵打着非洲联盟和西非国家经济共同体的旗帜,在美国和欧洲的后勤支持下进军北方。"时间一天天流逝,基地组织和其他组织在马里北部的势力也一天比一天强大。"②12月初,美国驻非洲最高军事指挥官卡特·哈姆将军如此警告,他还声称,基地组织正在开办恐怖分子营地,并向残暴的伊斯兰组织"博科圣地"提供武器和炸药。马里正在成为国际干预的一个试验案例:一个三分之二的领土已经被圣战组织控制,几乎陷入瘫痪的国家。

伊斯兰马格里布的基地组织以威胁作为回应。"我们警告所有计划对我们寻衅的国家,[我们将给予]无情的惩罚。"被称为"红胡子"的叛军发言人发誓道。③他是独眼的圣战组织头目穆赫塔尔·贝尔摩塔尔的岳父,一名狂热分子,海达拉的外甥偷偷将手稿运到安全屋时曾被他意外撞见。"我们会将战火烧到他们首都的中心。我们警告他们，我们有数百圣战士准备殉道。"他声称，自杀式炸弹袭击者"已经携带炸药埋伏在各国首都了"。12 月下旬，加利、贝尔摩塔尔、阿布·扎伊德以及 800 名圣战分子聚集在举办过沙漠音乐节的埃萨卡纳附近，举行战前集会。音乐节负责人曼尼·安萨尔毫不怀疑圣战分子选择这个地点的意图。通过聚集在撒哈拉沙漠的这个角落，音乐巨星与西方音乐迷们曾彻夜表演和狂欢的地方，伊斯兰马格里布基地组织向所有梦想着一个世俗、自由的社会能在廷巴克图扎根的人发出了一个信息："这里不再是罪恶的温床，不再是放荡的所在，不再欢迎世界各地的嬉皮士，"安萨尔说，"这里是圣战士的根据地。"④

据一位受雇为此次集会准备食物的廷巴克图屠夫说，10 天里，3 名圣战组织指挥官和他们的手下在沙漠中一个近乎坚不可摧的天然堡垒里训练、祈祷、大排筵席。这是一片种着金合欢树的沙地，被锯齿状的砂岩墙包围，只有一个狭窄的入口，易守难攻。圣战分子绑架了一名来自廷巴克图的温和派伊玛目，以报复他在周五祈祷时对他们的谴责，还拿枪逼迫他带领他们在荆棘树林里的一个户外清真寺进行祈祷。每天早上，他们会跑上几英里，进行模拟地面攻击训练，拿卡拉什尼科夫枪朝着石壁射击，再用迫击炮、火箭发射器和榴弹炮将巨石炸碎，将坚硬的岩壁打成碎块。到了晚上，他们宰牛，把肉交给那位屠夫分成几百块，以此让大家高兴。他们也会把一整只绵羊或羊羔放在架子上烤着吃，一边吃，一边坐在篝火旁，讲述先知的故事。10 天之后，所有的人马返回廷巴克图，在入城处，圣战分子

---

① Hillary Clinton, "Transcript: Clinton's remarks at UN Secretary General Meeting on the Sahel," U.S. Africom Public Affairs, September 26, 2012.
② Eric Schmitt, "American Commander Details Al Qaeda's Strength in Mali," *The New York Times*, December 3, 2012.
③ "Les Islamistes prêts au combat contre le CEDEAO et l'OTAN," exclusive interview on Malian television, October 22, 2012.
④ 作者为《纽约书评》对曼尼·安萨尔的采访，2013 年 1 月 26 日。

在一个摄制组面前摆出姿势,他们挥舞着步枪,像在战场上那样大喊"安拉至大"。

1月初的一天早上,穆罕默德·图雷和海达拉的手稿救援队的其他成员看到100多辆皮卡隆隆地驶过廷巴克图的街道,车上载有800人,还安装了重型武器。尘土飞扬中,车队从南门消失,驶向尼日尔河港口卡巴拉。每辆车有多达十数名挥舞着卡拉什尼科夫冲锋枪和火箭发射器的士兵。"他们要开战了。"易卜拉欣·哈利勒·图尔心想。①他很担忧,但也希望他们大败,并为对抗没有发生在廷巴克图而感到欣慰。在廷巴克图以南5英里处,激进分子一步步穿过市场摊位,在尼日尔河沿岸集结。在那里,他们征用了3艘渡轮送车辆渡过尼日尔河,运了整整一天。

他们的目标是孔纳,这是一座位于尼日尔河畔、有3.5万人口的城镇,是马里政府领土的北部边界。在城北稀疏的灌木丛间,500名马里军队士兵和少数几辆卡车、装甲运兵车形成了一条力量单薄的前线。从廷巴克图出发的200英里路线上的民众纷纷向马里军队报告圣战分子在步步逼近,巧的是,圣战分子离开公路绕行,沿着一条隐蔽的小路向孔纳进军,结果陷在泥地里24小时,让马里军队获得了意外的优势。是几场短暂的冬雨把北方的小路变成了举步维艰的泥潭。

2013年1月9日,星期三,晚上,圣战分子终于从泥潭里爬了出来,那份惊喜到此结束,他们发动了袭击。孔纳的居民们都躲在家里,听着外面重型武器和卡拉什尼科夫冲锋枪的巨响,看着枪口的闪光照亮夜晚。只有500人的政府军队在6个小时后击退了基地组织的袭击者。"马里军队击退了圣战分子的第一次袭击后,在黎明时分回到了他们的营地吃饭。他们以为自己大获全胜。"一年后,当我和孔

---

① 对易卜拉欣·哈利勒·图尔的采访。

Bad-ass Librarians 175

纳的一位教师漫步在点缀着紫色九重葛的泥墙大院时听他说道。①一座仿照杰内大清真寺——有多个尖顶,脚手架用棕榈树干做成——建起的小型泥质清真寺矗立在那里,周围到处是冬雨留下泥潭、洼地和成片的沼泽草地。

"他们吃完了,全都热情高涨。"这位老师回忆道。他们与孔纳市民击掌相庆,后者则既惊讶又庆幸自己躲过了一场灾难。"他们对自己感到满意,"老师继续说道,"热闹最后归于平静——然后,圣战分子在第二天早上 9 点卷土重来。"②

这一次,他们增加了兵力。150 辆满载着士兵的皮卡从北面和东面向孔纳发起了袭击。另外 50 辆从加奥开来的车则从南面包抄过来。"圣战分子从四面八方扑来,他们攻入了孔纳,街上到处都是圣战分子。"这位老师告诉我。③圣战分子用重机枪扫射,用火箭发射器开火。惊慌失措的政府军士兵在泥土街道上逃窜,有些士兵脱下了身上的迷彩服,乞求当地人给他们便服。最终,政府军士兵 50 人死亡,数百人受伤。

星期四下午,伊斯兰激进分子占领了孔纳,并将市民召集到了泥质清真寺。"你们的城镇长期以来一直受马里政府的恐吓,现在我们接管了这里,"一名激进的伊玛目宣布,"这里不会再有市长,也不会再有警察和军队。只有我们。"④伊斯兰教法会立即生效,他说,所有女性必须将身体全部遮住,否则就会被拉到镇广场上受鞭刑。那天傍晚,市民们看到又有 9 辆车从廷巴克图方向驶入城里。队伍最前面的那个裹着白色头巾,身穿淡蓝色长袍,正在品味圣战分子新取得的胜利的,正是伊亚德·阿格·加利。

圣战分子的目标是夺取整个国家的控制权,就算不能阻断外国干

---

① 作者对布巴卡尔·迪亚罗的采访,孔纳,2014 年 2 月 9 日。
② 对迪亚罗的采访。
③ 同上。
④ 作者为《纽约书评》对奥萨马·巴的采访,塞瓦雷,2013 年 1 月 29 日。

预也让干预变得更难，占领孔纳使得他们离目标又近了一步。加利的计划已然明了，他要等阿布·扎伊德的部队到达南面，后者正从廷巴克图沿一条不同的路线赶来。然后，两位圣战领导人将在公路会合，带领他们的部队和车辆一路前往巴马科。

第十六章
"薮猫行动"

1月10日星期四,伊亚德·阿格·加利的部队攻占了孔纳并准备继续往南推进,阿卜杜勒·卡德尔·海达拉的这一天,则是在旅居马里的美国人艾米丽·布莱迪位于巴马科的家里度过的,房子在尼日尔河附近,宽敞明亮。他们一直在向欧洲的捐助者筹集资金,开展众筹活动,并向北方的手稿运送员寄送现金。海达拉还在布莱迪的家和巴马科北边的双拱形门入口之间来回奔波,迎接运送员并领着他们将珍贵的手稿送往城里的25个存放地点。

但是,当地的连番大变故使救援行动陷入了混乱。圣战分子的数百辆车刚刚占领孔纳,使得手稿运送员和手稿都滞留在此,不敢有所动作。如今,他们又扬言要接管整个马里。马里军队已经退回到该地区机场所在地塞瓦雷。但士气低落的马里军队根本无法抵抗圣战分子的屠杀,他们的指挥官更是公开地提到要脱掉制服、潜入丛林,创建一支游击队来对付叛乱分子。

驻巴马科的外交官和马里政府官员预计,新的前线将很快崩溃;从塞瓦雷出发,伊斯兰军队沿着高速公路开7个小时,就可以直达巴马科。到那时,就没有什么能阻止他们把马里变成"萨赫勒斯坦国"(Sahelistan)了——一个位于非洲中部的武装恐怖分子国度。他们很可能会绑架西方人质勒索赎金,并在首都实施伊斯兰教法。外交人员家属和其他外国人士已经开始逃离巴马科,美国大使馆已开始测试其紧急通知服务,为疏散2000名美国公民做准备。海达拉本人和他现在藏在他两名配偶家里的数十万份手稿都不安全。这里将无处藏身。

时间一天天过去，海达拉两耳各听一个电话，两手各拿着一部手机，每隔几分钟就会接到手稿运送员的电话：汗水就像胶水一样，将手机粘在他的耳朵上。"再给我来点茶。"他对布莱迪的管家说。①他每天喝几十杯加了重糖的茶，这让他有精力坚持下去。但持续的压力让他的体重膨胀、血压升高，并导致了胃溃疡。

"你的肠胃不好，不应该喝太多茶。"布莱迪说。他挥手让她走开，又喝了一杯。

当海达拉和布莱迪在马里北部面对日益严重的危险时，大陆之外的某个地方正在做出重大的决定。在巴黎的爱丽舍宫，法国总统弗朗索瓦·奥朗德与内阁召开了紧急会议，接听了驻巴马科大使和马里临时总统迪昂康达·特拉奥雷的电话。特拉奥雷是马里国民议会的前领导人，在地方政府的斡旋下取代了军政府领导人——并开始和白宫的巴拉克·奥巴马协商。

早在圣战分子接管马里北部之前，法国人就一直在加强他们在几乎被马里军队放弃的沙漠地区的地面行动。2011年1月，在两名25岁的法国人文森特·德洛里和安托万·德·雷奥库尔于尼日尔尼亚美的一家餐厅被绑架后，一架法国侦察机一路追踪伊斯兰马格里布基地组织，从沙漠地区到马里的东部；在那里，法国特种部队伏击了绑匪，人质在交火中丧生。10个月后，十几名法国特种部队突击队员在莫普提附近的塞瓦雷做好部署，搜寻在洪博里镇被绑架的法国地质学家。法国人对马里军队失去了耐心，也受够了他们与毒贩的狼狈为奸并向潜藏在沙漠中的激进分子出售武器弹药的行为，确信不能让他们参加战斗。"法国人厌恶〔马里军队〕。"当时在华盛顿担任负责非

---

① 对布莱迪的采访。

洲事务的副助理国防部长的薇姬·哈德尔斯顿回忆道。①

法国与其前殖民地在历史和语言上的关联,圣战分子控制西非法语国家的前景,以及有大概 8000 名法国侨民在巴马科的事实,让奥朗德迅速做出决定:法国将采取军事行动,从伊斯兰马格里布基地组织的魔掌中救出这个国家。近年来,奥朗德这位欧洲大国的领导人频繁介入非洲法语区的事务,从卢旺达到科特迪瓦再到中非共和国,其中动机各异,获得民众支持的程度也各有不同,这一次他获得了极大的民意支持。在一项民意调查中,75%的法国民众表示支持迅速对激进分子进行打击。法国一位国防分析人士告诉《纽约时报》:"只要目标明确且合法,法国人民就准备支持军事行动。"②

就在伊亚德·阿格·加利以凯旋者的姿态穿过孔纳泥泞的小巷数小时之后,居住在南面 36 英里外、塞瓦雷机场附近的居民看到一架直升机在黑夜的掩护下悄悄降落,机上下来 15 名白人士兵。1 月 11 日星期五下午,一架五座的瞪羚直升机低空掠过孔纳,并向武装分子的营地发射了火箭弹。"一开始我们以为是马里军队的。"③当时在战壕里埋葬士兵尸体的一名卡车司机在事发几天后告诉我,这位卡车司机我是在塞瓦雷的一个朋友家里遇到的。他回到孔纳,爬上了自家的屋顶,"只能看到满天的尘土"。武装分子进行了反击,击中了飞行员的腹股沟,割断了他的股动脉,这是此次冲突中法国的首例死亡。

当天下午晚些时候,第二架瞪羚直升机与圣战分子交战了。天黑后,4 架幻影 2000D 战斗机对圣战组织的 12 辆车和孔纳一块俯瞰尼日尔河的高地上的军营进行了精确打击。加利和他的武装分子把他们这边的死伤者堆在皮卡车上,开始了向北的漫长撤退。街上散落着数十具尸体。

---

① 对哈德尔斯顿的采访。
② Steven Erlanger, "The French Way of War," *The New York Times*, January 19, 2013.
③ 对巴的采访。

那位在此战之后跟我谈论了一年的孔纳教师，送我去了尼日尔河上游废弃的军营，这个营地曾被圣战分子短暂占领，然后又遭到法国飞机的轰炸。圣战分子驻扎过一两晚的两个营房，如今只剩下一个 12 英尺深的弹坑了，里面满是扭曲的金属和混凝土。这位老师随后带我回到了他执教的幼儿园和日托中心，并拿出了一面粗制滥造的圣战旗帜，那是一块白色亚麻布，中间涂了一块黑，旁边空白处画上了一对黑色和棕色相间的卡拉什尼科夫冲锋枪，他将旗帜展开放在我面前。这是他在基地组织士兵逃离孔纳之后，从一辆废弃的圣战组织车辆的天线上扯下来的。"这面旗只存在了 19 个小时，从 1 月 10 日星期四下午 3 点 45 分起，到 11 日星期五上午 10 点。"在旗帜底部空白处潦草地写道。①

以撒哈拉土生土长的一种小猫命名的"薮猫行动"（Operation Serval）在之后的几天里势头强劲。法国 C-160 和安-124 将地面部队、车辆和装备空运到了巴马科，更多的法国部队通过陆路从科特迪瓦抵达。到 1 月 15 日，法国在当地有 800 名士兵。法国政府宣布，将在 1 月底之前将兵力增加 2 倍，达到 2500 名士兵。几天后，法国轰炸了杰内附近迪亚比利镇（Diabily）的伊斯兰马格里布基地组织阵地，此处 1 月 14 日被阿布·扎伊德和他的几百名手下占领的。当他的手下在芒果树下露营时，这位圣战指挥官盘坐在迪亚比利一名农民拥挤的土房子里，打算将迪亚比利作为基地，然后继续朝巴马科推进。但是，法国战机的精确轰炸，毁了他们数十辆车。1 月 17 日，伊斯兰极端分子在法国的空中和地面的双重猛烈打击下往北逃去，他们用大量的树叶伪装剩余的车辆，以至于在迪亚比利的居民看来像是树丛在跑。

美国对马里军队的崩溃负有一定责任，因为它在训练不足的马里军队身上浪费了数千万美金。如今，五角大楼加入了战争：美国派空

---

① 对迪亚罗的采访。

军C-17运输机空运了数百名法国士兵和武器,用KC-135空中加油机为法国战机加油,还提供无人机进行侦察。那时刚离开国防部的薇姬·哈德尔斯顿在《纽约时报》上呼吁美国大力"为西非干预部队提供情报、装备、资金和训练"[1]。

虽然马里人对美国的援助迅速做出了肯定的回应,但一些马里知识分子抨击法国的干预是奉行新殖民主义,并猛烈抨击前总统尼古拉·萨科齐在北约袭击中发挥了核心作用,这些袭击推翻了卡扎菲,破坏了该地区的稳定。但是,包括阿卜杜勒·卡德尔·海达拉在内的大多数马里人似乎准备原谅法国在利比亚的失误并以三色旗欢迎他们,感激他们解放了马里。

---

[1] Vicki Huddleston, "Why We Must Help Save Mali," *The New York Times*, January 14, 2013.

第十七章
尼日尔河上的手稿

阿卜杜勒·卡德尔·海达拉的手稿运送员被迫停止了行动,马里北部各地已经燃起了战火。法国的干预阻止了圣战组织占领巴马科并宣布马里为哈里发国的企图。但是,当数百名法国士兵向廷巴克图挺近时,被激怒的激进分子扬言要进行报复。这些手稿因此面临双重危机,一方面,基地组织很可能会把气撒在西方认为有价值的任何东西上,另一方面,法国军队已经将整个北部变成了枪林弹雨与毁灭之地。导弹直奔圣战组织军营和军事基地、指挥控制中心、极端分子头目强占的别墅和数百辆汽车而去。幻影战斗机、超级美洲豹直升机、虎式武装直升机、雪鸮无人机、阿尔发喷气战机、C-130 运输机和米-35 武装直升机划破了马里北部的天空。法国直升机追击武装分子的车队一直到无路可走的沙漠。地面部队则向北挺进廷巴克图和加奥,并封锁了道路,禁止平民通行。廷巴克图的安全屋共藏有 791 个箱子,装着 10 万份手稿。它们被发现和毁掉的危险越来越大,海达拉一刻等不起了。他不得不考虑唯一可行的替代路线——尼日尔河。

艾米丽·布莱迪在疏散初期就催促海达拉至少把部分手稿从水路运到政府控制的领土,但是海达拉拒绝了。他说,他担心流速快的水流和不可预测的风会导致意外,也害怕万一小船倾覆,让他的手稿沉入尼日尔河底。但现在他心不甘情不愿地改变了主意,夏天时将装满手稿的箱子从图书馆运到安全屋的那些骡车又被叫回来加入行动。这

Bad-ass Librarians 183

些骡车沿着崎岖的小路,穿过片片稻田和菜地,地里太窄,车寸步难行,就这样小心翼翼地将箱子拉到了河边。早些年海达拉在这个区域到处奔走时认识了很多村长,这些人打开了自家泥墙房子的大门让他临时存放装手稿的箱子。托亚村(Toya)住的都是桑海族渔民,它由几十间平顶泥屋组成,屋子在距离廷巴克图约 7 英里的光秃秃的沙洲上一溜排开,村里的世袭酋长莫汉南·西迪·麦加起到了非常关键和秘密的作用。

  8 月一个闷热的下午,船行了很长一段时间后,我去拜访了托亚村。我在廷巴克图的主要港口卡巴拉租了一艘平底船,船长 30 英尺,上面有 5 张带粉红色软垫的长椅,船身漆了明亮的蓝色、黄色和绿色的阿拉伯花纹。船长驾驶着小船沿着橄榄绿的尼日尔河中心缓缓行驶。弯曲的木架子上支起的一个帆布屋,为我遮挡了炙热的阳光。河面越来越开阔了,阵阵风儿吹过船头,木船摇晃着发出吱吱嘎嘎的声音,让人心惊。两岸一片褐色,入眼都是贫瘠,地势缓缓上升,点缀着草地和形单影只的金合欢树。"尼日尔河,河面开阔,天水相接处不太清晰,与其说是一条河,不如说是内海。"费利克斯·迪布瓦在《神秘的廷巴克图》中写道。①这本书,旅途中我一直带在身边。"河水拍打着河岸,就像地中海海岸那种有节奏的海浪一样,当沙漠里的风猛烈起来,将河里的浪吹成一股巨浪时,晕船的感觉会让最桀骜不驯的人相信尼日尔河就是海洋。"

  在船上颠簸摇晃了 30 分钟后,我理解了海达拉对于从水路运输手稿的犹豫不决。我们抵达了托亚村,吃力地爬过在浅滩上用厚厚的棕色肥皂条洗衣服的妇女身旁,穿过沙质的洼地,来到了麦加的家。身材瘦长的麦加穿着红色 T 恤和灰色休闲裤,枯瘦如柴的两臂垂放在膝上。"当圣战分子〔2012 年 4 月〕抵达时,我们嗅到了危险的气息,SAVAMA-DCI 的人前来拜访,告诉我们他们可能需要我们的帮

---

① Dubois, *Timbuctoo the Mysterious*, p. 18.

助。"他这样告诉我。①当时,我们在他家旁边的一个户外空地上,坐在用竹竿撑起的粗麻布防水棚子下的塑料椅子上。

1月中旬的一个月夜,当法国地面部队往廷巴克图挺近时,骡车运来了箱子。麦加将它们分送到村民家中。"托亚地处偏僻,比主要港口要隐蔽多了,因此我们认为它们在这里会很安全。"他告诉我。②即便如此,麦加也明白"伊斯兰警察"随时可能突袭这个村庄。"圣战分子在占领期间多次经过这里,他们来检查妇女的穿戴是否遮住了全身,人们是否在照他们那个版本的伊斯兰教义行事,"他说,"他们逮捕了未婚男女、妇人、男孩和女孩,把他们反绑着带去了廷巴克图。"

当海达拉和其他村长准备通过水路运送手稿时,海达拉在廷巴克图的团队去了位于廷巴克图以南5英里处的卡巴拉。这个港口曾经熙熙攘攘,如今一片死寂,在被圣战分子占领前,来自巴马科和莫普提的平底船会源源不断地为廷巴克图送去电子产品、粮食和其他货品,以及西方游客。来自廷巴克图的团队和船员们谨慎地聊着天。大多数船员无所事事,迫切希望找到一份工作,对伊斯兰极端分子充满敌意,因而渴望加入这个拯救国家遗产的行动。

海达拉的团队录用了数十人,并定好了规矩:每艘平底船配备两名运送员和两名船长,这样他们就能一天24小时地在河上行动。哪条船运载的箱子都不能超过15个,以最大限度地减少船只被扣押或沉没造成的损失。船将在托亚村等河滨村庄装上箱子,以免引起圣战分子的注意。他们的目的地是位于尼日尔河和巴尼河之间的泛滥平原上的杰内,在廷巴克图以南223英里,船行大约2天。箱子一旦在政府控制的领土上平安卸下,就由卡车、出租车和其他车辆接手,将箱

---

① 作者为《史密森尼》杂志对莫汉南·西迪·麦加的采访,托亚村,2014年8月5日。
② 对麦加的采访。

子送往南面 332 英里处的巴马科。

当海达拉和他的团队准备启动水运时,圣战分子在撤退了。伊亚德·阿格·加利和阿布·扎伊德率领的两支血迹斑斑的军队,载着士兵的尸体和浑身是血、呻吟不止的伤员返回了廷巴克图,另一支车队则转道去了加奥。在炙热的太阳下,阿布·扎伊德和加利的大篷车沿着颠簸的小路开了好几个小时,扬起漫天的尘土,令人窒息。武装分子头目本来计划在巴马科与其他部队顺利会师,并宣布马里为圣战国家。但他们没有料到法国军队会如此迅速地干预,他们误判导致了这场灾难。在到达廷巴克图后,武装分子头目将伤者送到政府医院,埋葬了死者,并命令前身为布克图社区电台的阿扎瓦德电台负责人宣布圣战组织已经击败了马里军队。

"我们打死打伤了数百人。"加利宣称。[1]

"你们损伤了多少?"台长问道。

"这不是你该关心的事。"圣战组织领导人回答。

很快,法国军队对该市进行了第一次空中突袭。无人机和法国战机在天空呼啸而过,预告着袭击即将到来。

廷巴克图最受尊崇的津加里贝尔清真寺的伊玛目找上了圣战组织当权者,想就一件对该市苏菲派非常重要的事与之沟通,圣战组织当权者变得越来越激动和敌对。为期一周的先知穆罕默德诞辰庆祝活动,也是廷巴克图每年最欢乐的时刻——它将在 1 月 21 日开始,只剩下几天了。这个诞辰庆典本是 12 世纪波斯什叶派的节日,1600 年前后被引进廷巴克图,从此人们兴高采烈地庆祝着。其间,有盛宴、歌唱、跳舞,庆典将苏菲派伊斯兰教的仪式与廷巴克图丰富的文学传统结合了起来。最后,庆典以数千人傍晚时分聚集在桑科雷清真寺前的大广场上,公开朗读该市一些最为珍贵的手稿结束。对于一个已经

---

[1] 对阿斯克佛的采访。

快一年没有庆祝理由的城市，津加里贝尔清真寺的伊玛目将这一庆典视为提升市民精气神的关键，给沮丧的人们提供一线希望。

伊玛目要求阿布·扎伊德允许他举办庆祝活动。伊玛目解释说："通常我们的伊斯兰教隐士会为这个庆祝活动朗读准备好的手稿。"①

"我对此没有意见，伊玛目。"阿布·扎伊德说，他的欣然接受让这位伊玛目非常惊讶。但阿布·扎伊德又补充了一句，说他是个战士，不是知识分子，他会听从他的"宗教专家"的意见。

基地组织驻廷巴克图的道德执行部长面无表情地听着伊玛目为庆祝活动发出的动情恳求，一起来的还有廷巴克图危机委员会的成员。

"那个庆典并不存在。"等他们说完，他开口道。②这是一种"应受谴责的创新"。他说："我劝你们小心新发明的东西，因为每一个新发明都是一种创新，而每一种创新都是歧途。"

"但这是其他圣训认可的。"伊玛目据理力争。

"拿出证据来。"这位留着胡子、裹着头巾的道德执行部长回答。

廷巴克图的苏菲派伊玛目、伊斯兰教隐士和危机委员会成员成立了一个"举证委员会"，从支持庆典的文献中搜集所有的证据。尽管几个世纪以来，许多逊尼派学者一直反对将先知的生日变成一个特别的仪式，但举证委员会发现圣训为庆典留下了一些余地。一些圣训命令穆斯林"崇敬"先知，但没有规定应以何种方式进行。《古兰经》中《筵席章》第114节提到，先知最早的追随者认为盛宴是纪念具有宗教意义的事件的适当形式。"麦尔彦之子尔撒说：'真主，我们的主啊！求你从天上降筵席给我们，以便我们先辈和后辈都以降筵之日为节日，并以筵席为你所降示的迹象。'"穆罕默德本人也承认并感激他来到世上那天的荣耀："神圣的先知（愿安拉赐他平安与祝福）说：'当我的母亲生下我时，她看到从她身上射出一道光，向她

---

① 对易卜拉欣·哈利勒·图尔的采访。
② 同上。

Bad-ass Librarians

展示了叙利亚的城堡。'"

举证委员会背诵相关经文期间,基地组织的道德执行部长还是跟之前一样面无表情地听着。"很好,"他们讲完之后他说,"但你们还是不能办。男人和女人会在街头相会,这是不合适的。你们不能办。就这样。不会有什么先知诞辰庆典。"①

紧接着,这位道德执行者发出了一个令人不寒而栗的信息。"你们要把那些手稿带给我们,"他说,"我们要把它们烧掉。"

危险日益迫近,廷巴克图的圣战分子头目下令交出手稿,危机委员会成员答应交,但一直拖延,与此同时,一艘船从托亚村出发进行了一次试航。这艘 30 英尺长的小船在尼日尔河的中心行驶,经过了平坦的泥岸、茅屋和暮色映出轮廓的低矮沙丘。"落日映在河上的那刻,是生命中感受最强烈的时刻,"迪布瓦在《神秘的廷巴克图》中写道,"独木舟在村子附近多了起来,将田地里的果实带到建筑里去,这样人们翌日就可以涌去购买……岸边的大树上此时栖满了熟睡的鱼鹰,犹如覆了一层白雪。"②船身冲破水面驶向杰内,涌起的浪拍打着它。然后,运送员和船长听到了发动机和船桨叶片的嗡嗡声。一架法国攻击直升机低空飞着,在河面上方盘旋。飞行员把聚光灯打到船上,亮得船上的人睁不开眼。 "打开箱子。"他们通过喇叭喊道。③法国人警告船员,如果拒绝,他们就以涉嫌走私武器为由将船击沉。十几岁的运送员们吓坏了,在强光的照射下摸索着开了锁,打开了箱子,然后战战兢兢地走到一旁。飞行员看到箱子里全是纸之后,开着直升机飞走了。

不久之后,20 艘平底船分别载着 15 个装满手稿的金属箱,从廷巴克图附近的一个港口排着队在尼日尔河行驶。海达拉和布莱迪已经决定就这样以船队形式运送,既可以加快撤离的速度,也确保救下的

---

① 对易卜拉欣·哈利勒·图尔的采访。
② Dubois, *Timbuctoo the Mysterious*, p. 35.
③ 对海达拉的采访。

书稿能达到一定数量。船队经过了图阿雷格族一色的空旷领地之后，来到了一个过渡地带，在这里，干旱的撒哈拉荒漠被较肥沃的地区取代，入眼都是棕榈树和低矮的灌木丛。前方是代博湖（Lake Debo），一个马里中部的内陆尼日尔河三角洲季节性洪水泛滥形成的内海，这是"一片宽阔的水域……一片名副其实的海……海岸无边无际，因为远处看不到山脉的踪影"，迪布瓦这样写道。①

但当他们离湖很近时，尼日尔河似乎消失在眼前，被一片草海所吞没。"实际上它是一个单一的元素，既不是陆地也不是水，而是这两者的奇怪混合，"迪布瓦观察后指出，"草地从6到8英尺深的地方冒了出来，又浓密又绿，看起来像一片广阔的田野……我们不再是在水面上行驶，而是似乎……在布满水径的草地上滑行。"②在这段混乱的时期，水中的草地成了土匪的理想避难所。当船队沿着穿过草地的通道行进时，十几名裹着头巾的男子挥舞着卡拉什尼科夫冲锋枪，从茂密的植被中窜了出来。他们命令船队停下，强行打开锁后，用手指在布满阿拉伯文和鲜艳的几何图案的脆弱页面划来划去。

"我们要留下这些。"他们宣布。③

运送员恳求他们，并拿出了自己廉价的卡西欧手表、银手镯、戒指和项链。眼看这些人无动于衷，运送员与巴马科的海达拉通了电话。海达拉催这伙匪徒放过运送员和货，并承诺尽快交付可观的赎金。

"相信我，我们会将钱送到你们手上的。"海达拉说。④

海达拉担不起不付这笔钱的代价，他后来解释说：成千上万的手稿已经踏上水路了。

匪徒们争论该怎么办的时候，运送员们在金属箱旁紧张地等待

---

① Dubois, *Timbuctoo the Mysterious*, p. 30.
② 同上，p. 33。
③ 对布莱迪的采访。
④ 对海达拉的采访。

着。最后,持枪匪徒们明白了海达拉的困境,释放了船只和手稿。4 天后,根据承诺,海达拉的一名代理人向他们交付了赎金。

在布莱迪位于巴马科的家中,海达拉每天花 15 个小时、开着 8 部手机和他的手稿运送员们保持联络,他叫他们在路上每隔 15 分钟向他通报一次情况。一面墙上贴着巨大的棕色的牛皮纸,上面记着运送书稿的每一名青少年的姓名、最后一通联系电话、每个人运送的箱子数量、他们的位置和途中的状况。布莱迪则给她的捐助者们发短信,告知进展:**75 个箱子正在路上,孩子们已经穿过了代博湖,现在在莫普提了。**①在船运接近尾声的某天,有 150 辆出租车从杰内开往巴马科,每辆车上带着 3 个大箱子和 1 名运送员。

在廷巴克图,法国幻影战斗机轰炸了基地组织的军营后,又瞄准了阿布·扎伊德的住所 ——朝其发射了一枚火箭弹,炸毁了曾是卡扎菲别墅的后半部分,并毁掉了"非洲国王之王"和基地组织埃米尔用来开会及待客的厅。阿布·扎伊德料到了法国军队的攻击,提前搬离了这里。

攻击发生几个月后,我沿着一条似有似无的沙地小径,经过一片荆棘树和几座被围墙隔开的大院,来到沙漠中一块地势比较高的地方。铁门后面是一座摩尔风格的米色混凝土别墅,长方形的窗户,绿松石的装饰,周围环绕着松树和棕榈树。"我们仍称这个地方为'希拉克的沙丘'。"我的图阿雷格族导游阿兹马·阿格·阿里·穆罕默德告诉我。②他解释说,法国总统 2003 年在西非法语区访问期间,在图阿雷格族的一个帐篷里会见了数百名政要,2006 年,卡扎菲要求在同一地点建造这幢沙漠度假别墅。"卡扎菲嫉妒西方领导人。"阿兹马接着说,并且想证明他可以和西方领导人平起平坐。

---

① 对布莱迪的采访。
② 作者为《纽约书评》对阿兹马·阿格·阿里·穆罕默德的采访,2014 年 8 月 6 日。

我们从大门的缝里挤进去，穿过未上锁的前门。"这里是阿布·扎伊德开会的地方。"阿兹马一边说，一边领我进入一个由方柱分隔的天花板很低的房间。①只见玻璃碎片、大理石碎片和大块混凝土散落在地上。残破不堪的屋顶板阻挡了花园的景色。我在房子外面走来走去，绕过一辆尼桑车烧焦的残骸、成堆的子弹壳，还有楼里灌溉系统的橡皮水管，这时我听到一阵沙沙声传来。我吓了一跳，抬头看到一个身穿白袍的牧民领着6头驴子在这片巨大的瓦砾堆上上上下下。"愿真主赐你平安。"他对我说，还恭敬地点了点头，然后继续往前走了。

　　法国军队炸毁阿布·扎伊德的住所后，这位基地组织的埃米尔召集危机委员会开了最后一次会。易卜拉欣·哈利勒·图尔还记得，医院里满是死伤者，这位圣战组织头目情绪低落。在光线昏暗的会议室里，阿布·扎伊德第一次失去了惯常的冷静，手重重地拍在了桌上。"不能嘲笑我们，"他警告说，"如果我们发现任何人在他家门前庆祝，他会立刻没命。如果我们看到有人嘲笑或奚落我们，他就会死。"②阿布·扎伊德警告图尔和委员会其他成员，为报复而抢劫阿拉伯商店，也会被处以死刑。"只要我们还在这里，人们就应该保持冷静，不应该帮助敌人，也不应该嘲笑我们。"他再次强调。那天晚上9点，阿布·扎伊德宣布散会。图尔相信，这日子就快结束了。

　　第二天早上，伊亚德·阿格·加利把行李装进了他的陆地巡洋舰，然后开车溜出了城。他建立一个以伊斯兰教法统一的哈里发国的梦想已经破灭，而从叛军领导人变成总统关于圣战的安全顾问的他如今又有了一个新的身份：逃亡者。阿布·扎伊德在城里又逗留了4天。1月25日星期五，在祷告后，他和他的副手们宰了一只羊，准备做烤全羊——将整只剥皮的羊用叉子烤——然后在沙丘上分着吃

---

① 对阿兹马·阿格·阿里·穆罕默德的采访。
② 对易卜拉欣·哈利勒·图尔的采访。

Bad-ass Librarians　　191

了。阿布·扎伊德将他的 5 名欧洲人质关在 2 辆 SUV 中，一行人驾驶 9 辆车驶离了该市。他的手下摧毁了该市的移动通讯塔、拿走了电台的控制台和电脑。接下来，他们把注意力转向了迄今为止基本上被他们忽略的东西：手稿。

第十八章
当文明化为灰烬

2013年1月25日，星期五，早上，15名圣战分子闯入了桑科雷的艾哈迈德·巴巴研究所一楼的手稿修复和保护室，上一年的4月，这座政府图书馆就被伊斯兰马格里布基地组织接管了。近一年来，数千份手稿一直被艾哈迈德·巴巴研究所的工作人员放在外面，或是堆在展览架上，或是摊放在修复台上，而圣战分子就在它们周围祈祷、训练、吃饭和睡觉。

如今，即将被逐出廷巴克图的基地组织士兵要展开报复了。这些人从实验室的桌子和架子上拿走了4202份手稿，并将它们丢在铺着瓷砖的庭院里。圣战分子几个月来一直扬言要报复，现在他们真的要把毁坏古代文献付诸实际了。圣战分子将这些古籍堆成一座小山——其中包括14、15世纪的物理、化学和数学著作，这些手稿脆弱的页面上满是代数公式、天体图和分子示意图。他们将汽油浇到手稿上，满意地看着液体浸透书页，然后将点燃的火柴扔进了书堆。易碎的纸张和干燥的皮革封面瞬间被点燃了。火焰蹿了起来，舔上一根周围摆放着大量书稿的混凝土柱子。没过几分钟，保存了几个世纪、由廷巴克图一些最伟大的学者和科学家创作的杰作，在躲过了19世纪的圣战分子和法国殖民者的魔掌，逃过了洪涝、灰尘、细菌、湿气和昆虫的损害后，被大火吞噬了。

7个月后，我步行穿过桑科雷区，走进了艾哈迈德·巴巴研究所，这是一个三层楼高的迷宫，有着长长的走廊、摩尔风格的拱门以及类似于传统泥砖的米色灰泥墙。在入口处，有个70多岁的老者坐在地上，他裹着白色头巾，穿着白色长袍，一条腿伸直，一条腿靠在以前用来装手稿的纸板箱上。纸箱里装满了烧焦的纸片。他挑出发黑的那些，把它们排列起来，就像在拼拼图一样。他专注地看着这些残余之物，自言自语，迷失在这徒劳之中。

"一名管理员看到起了浓烟。"形如侏儒的策展人布亚·海达拉跟我说。①虽然也姓海达拉，但他跟阿卜杜勒·卡德尔·海达拉没有亲戚关系。他站在被烧成黑色的混凝土柱旁说，除了烧焦的纸片，这是唯一可以证明这里发生过暴行的物证。管理员从火里抢救出了几页烧焦的纸，其余的都被毁了。然后，圣战分子跟随阿布·扎伊德和加利进了沙漠，只留下这些发黑的书页碎片和灰烬。

然而，在这种肆意的破坏行为之外，艾哈迈德·巴巴研究所的策展人还是设法取得了小小的胜利。布亚带着我走下一段宽阔的楼梯，来到地下室，借着手电筒的光前进，因为在被占几个月后，电力仍未恢复。他转动锁孔里的钥匙，将手电筒照向整齐排列在金属架子上的几十个黑色防潮纸箱，它们就跟美国大学图书馆中的书架一样整洁有序。住在艾哈迈德·巴巴研究所的10个月里，圣战分子从来都懒得下楼去这个藏在门锁后面的黑漆漆、可控温的储藏室一探究竟。这间储藏室里存放了10603卷经过修复的手稿，有对开本的，也有皮革封面的，是最珍贵的藏品之一。布亚·海达拉跟我说："这些全都安然无恙。"②

在巴马科，阿卜杜勒·卡德尔·海达拉认为焚烧手稿证实了圣战分子的意图，也证明了他正在做的事是了不起的。刚开始时，除了微薄的个人存款之外，海达拉没有钱，他招募了一批忠诚的志愿者，通过将此举描述成文明与野蛮势力之间的史诗般的较量，使出浑身解数

---

① 作者为《史密森尼》杂志对布亚·海达拉的采访，廷巴克图，2014年8月6日。
② 对布亚·海达拉的采访。

请求国际社会为其提供资金，筹到了100万美元——对廷巴克图来说这可是一笔巨款——并在廷巴克图及其他地方雇用了数百名业余运送员。

在21世纪第二个十年的一次看似异常的低技术含量行动中，他和他的团队利用水路和陆路，历经满怀敌意的圣战分子、可疑的马里士兵、土匪、攻击直升机以及其他潜在的致命障碍，将廷巴克图的全部37.7万份手稿运送到了安全的地方。途中没有一人伤亡。艾米丽·布莱迪在接受Reddit网的采访时说："卡德尔·海达拉和我经历了一些我难以描述的事情。心力、体力和毅力都无法充分说明这是什么。我们一直想着，我们难免会损失一些手稿——小偷、土匪、交战团体……战火、那么多书在尼日尔河上的独木舟里——我们难免会损失一些，对吧？但是，我们万无一失。在疏散过程中，没有一卷手稿受损，完全没有，它们全都安然无恙。"

廷巴克图一直以来都是孵化器，它在丰富伊斯兰世界，而极端分子试图摧毁它。但是，文化本身的原始力量以及像海达拉那样为这种力量着迷的人，最终救下了这些伟大的手稿。在接下来的几个月里，海达拉经常会被问及他这样费心尽力是否值得。对方会问，如果他袖手旁观，会发生什么？"唯一的回应就是'我无法百分之百确定'，"他会这样回答，"但我认为，如果我们什么都不做，如果我们放着它们不管，会有更多的手稿遭遇到艾哈迈德·巴巴研究所手稿一样的命运。"①

海达拉经常会选择这样的时机，将廷巴克图描绘成一个遭遇过千年一遇的灾难的温和的、思想活跃的典范。当然，现实情况更为复杂，也不太给这座城市的名声增光。廷巴克图见证了14世纪头十年皇帝逊尼·阿里杀害学者的暴行；反犹太主义传教士穆罕默德·马格希利在1490年代崛起，这十年里，阿斯基亚·穆罕默德国王颁布法

---

① 作者对阿卜杜勒·卡德尔·海达拉的采访，布鲁塞尔，2014年12月16日。

Bad-ass Librarians 195

令宣布犹太人为非法人士并监禁他们；19世纪早期和中期，圣战分子在廷巴克图实施伊斯兰教法。这座城市似乎处于不断变化的状态，开放和自由主义盛行一段时间之后就是一波又一波的不宽容和镇压。"这些2012年来到廷巴克图的瓦哈比派代表了某种全新的东西。"海达拉总是这样说，①尽管很明显，在过去的5个世纪里，类似的反智主义、宗教净化和野蛮主义在这座城市反复涌动。

当阿布·扎伊德逃离廷巴克图，他的战友正在烧毁他们所能找到的所有手稿时，我登上了从阿尔及尔飞往巴马科的航班，为《纽约书评》搜集圣战分子2012年攻城略地的故事，也报道法国的军事行动是如何将他们打败的。这个国家正处于动荡之中，一边为法国的突然干预感到高兴，一边又担心伊斯兰马格里布基地组织和"伊斯兰捍卫者"会来个孤注一掷。到首都后的第一天早上，我打电话给伊玛目切里特·奥斯曼·曼达尼·海达拉，他与阿卜杜勒·海达拉也不是亲属，这位富有魅力的苏菲派传教士，因是第一位谴责北部的圣战分子统治的穆斯林领袖而在马里备受尊崇。那时，先知诞辰庆典已经在巴马科开始了，朝圣者挤满了这位伊玛目位于巴马科一条封闭街道上的绿色圆顶苏菲派清真寺的庭院，此处被多台金属探测器和一个营的戴红色贝雷帽的私人警卫保护着。在清真寺上方一个尘土飞扬的房间里，伊玛目接待了我，房间里有金色的翼背椅、沙发和猩红色的地毯。他告诉我，圣战组织的同情者已经渗入了首都。他害怕被暗杀，怕到不敢离开自己的院子。更重要的是，他的温和的伊斯兰组织"信仰捍卫者"（Ansar Dine），一个在西非和中非有100多万信徒和分支的苏菲派团体，因伊亚德·阿格·加利盗用其名而被玷污了。他的追随者被几个非洲国家的警察和军队骚扰，被指控为恐怖分子。"伊亚德·阿格·加利是瓦哈比派的，他的Ansar Dine和我的Ansar

---

① 对海达拉的采访。

Dine 不一样，我是个和平主义者。"这位伊玛目坚定地说。他五十来岁，身材高大，不怒自威，穿着一身金色的袍子，戴着绿色的羊毛围巾。"他们创建'伊斯兰捍卫者'部队只是为了给我找麻烦。"在他的清真寺举行的先知诞辰庆典没有任何纰漏，但这位伊玛目对圣战分子渗入首都的恐惧将会成为现实——过段时间，基地组织的恐怖分子朝在巴马科的外籍人士常去的人气酒吧 La Terrasse 投掷了手榴弹并用机关枪扫射，造成 2 名西方人和 3 名马里人死亡。

第二天，我坐着租来的一辆丰田陆地巡洋舰前往北方。柏油路面很快变成了泥土路，我的司机落在了一个半英里长的去廷巴克图的法国军队车队后面。1994 年，我曾在卢旺达的"绿松石行动"（Operation Turquoise）期间与法国军队同行，对眼前的场景非常熟悉。泥砖小屋上挂着法国国旗，吉普车和卡车扬起漫天尘土，路边的孩子们向我们挥手致意。人们对法国干预卢旺达的评价模棱两可：虽然法国总统弗朗索瓦·密特朗向世界表明这是一场使图西人免遭种族灭绝的人道主义行动，但其真正意图似乎是为胡图族的种族灭绝者提供一个安全的避难所，并阻止保罗·卡加梅总统的"卢旺达爱国阵线"夺取该国的控制权。然而，法军在马里的任务要简单得多，且正在取得几乎所有人的认可。

在北上的途中，我不时想起我的老熟人阿卜杜勒·卡德尔·海达拉，并猜测着他的书稿的命运，在圣战分子的占领开始之前，我们就断了联系。我曾想象，海达拉和他的同事可能会将手稿埋藏在沙漠中，就像法国殖民时期的人们所做的那样。我不知道，就在那一刻，一支船队正从廷巴克图向上游驶去，载着 700 多个箱子，前往巴马科的安全地点。

开了 10 个小时、380 英里后，我的车开进了莫普提，尼日尔河上的这个港口，曾经颇受背包客和其他探险者的青睐，这里也是拜访住在附近悬崖上的泛灵派部落多贡人的起点。如今，酒店、旅行社以及曾经热闹非凡的咖啡馆，比如以俯瞰河上落日景观而闻名的波佐酒

Bad-ass Librarians   197

吧，都空无一人，在出了西方人被绑架杀害的事后就关闭了。自从我们离开巴马科以来，在这里首次见到了尼日尔河；我看到几艘平底船缓缓向上游行驶，可能就是满载着海达拉的宝物，尽管当时我并不知道他的水运计划正在进行。

　　第二天早晨天亮后不久，在灰暗的天空下，我的司机载着我往孔纳开去。我们的计划是跟随法国军队去廷巴克图，如果凑巧，我们可以看到孔纳从圣战分子统治下解放的那一刻。但是在塞瓦雷机场的路障旁的马里士兵并不这样想。态度粗暴的士兵把我们拦下，我们把车停在路边，旁边是一大片多刺的金合欢树和沙漠草地，在接下来的一个小时里，又有20辆载着摄制组、报纸和新闻杂志记者的车挨着路边停下了。早晨过得很慢，太阳在一片钴蓝色的天空中升起，气温飙升至100多华氏度，记者们沮丧地踢着泥土，士兵们一次又一次地粗暴拒绝了让车队通过的恳求。

　　一名法国伞兵开着吉普车呼啸而来，试图代表我们进行协商，最终引我们沿路返回机场。在前门外，一名穿着挺括的迷彩服、戴着雷朋太阳镜的马里上校简略地告诉一群记者，制定这个规则的是他而不是法国人，"作战区"不对新闻媒体开放。法国电视台当天报道说，马里政府军士兵杀死了11名疑似伊斯兰极端分子，并把他们的尸体扔到了塞瓦雷的一口井里。有人推测，这些马里士兵对新闻媒体的强硬态度可能源于这则令人不快的新闻。

　　那天晚上，在莫普提河畔的卡纳伽酒店——该市唯一一家还在对西方人开放的酒店——我和其他一些记者及援助人员一起坐在泳池边的酒吧里，在热带高温下驱赶蚊虫，听着法国广播电台报道一起跨越边境的人质事件，这提醒人们马里战争的外溢效应以及北非会发生进一步动荡的可能。40名伊斯兰武装分子在阿尔及利亚撒哈拉沙漠的阿梅纳斯（Amenas）天然气厂劫持了数十名西方雇员。阿尔及利亚安全部队对恐怖分子发动了袭击，包括3名美国人在内的38名人质和29名伊斯兰极端分子在交火中丧生。这起事件的策划者被确认为躲在沙漠中一个秘密飞地的穆赫塔尔·贝尔摩塔尔，这名独眼的香烟走私犯和后来的加奥埃米尔，正在法军的追击下逃窜，并准备对其士兵在马里北部的溃败进行报复。

在法国军队涌入之前的几个月里，贝尔摩塔尔的特立独行引发了他与他在阿尔及利亚山区的几位上级之间的激烈争吵，这场争端显然最终导致了这场大规模的恐怖行动。2012 年 10 月，伊斯兰马格里布基地组织舒拉理事会的 14 名成员以一封言辞尖锐的信斥责了他，后来，1 名美联社记者在廷巴克图一个废弃的基地组织军营里发现了这封信。舒拉理事会谴责他未能像他的主要竞争对手阿布·扎伊德那样，在撒哈拉沙漠发动一场"壮观的攻击"①；也没有全力以赴去获得武器；在 2008 年的加拿大外交官绑架事件中表现"不佳"，"最值钱的人质（加拿大外交官！）"只换到了"最微薄的赎金（70 万欧元！）"。最令人震惊的是，贝尔摩塔尔似乎还对外泄露该组织的"家丑"，并向敌对的激进组织透露了严格保密的信息。"他难道不是故意把自己描绘成这块地盘上的伟大领袖，而把该组织的领导层贬得一无是处吗？"理事会问道，"如果不是真主的恩典，他会秘密泄露给全世界，弄得人尽皆知。"

舒拉理事会以律师事务所或银行绩效考核的那种发号施令、寡淡无奇的语言，进一步指责他拒绝接听上级的电话、无视理事会的召见、故意不交花销报告。这样的行为很可能会"对该组织的实体产生破坏性影响，导致其四分五裂"，舒拉理事会的秘书写道。主导舒拉理事会的是阿尔及利亚伊斯兰军事组织和"萨拉菲宣教与战斗组织"的前高级成员，前者是在阿尔及利亚内战期间杀害数万平民的伊斯兰激进分子，后者在 21 世纪初绑架西方人勒索赎金并炸毁了北非的许多大使馆和其他设施。"为什么这个地区的历任埃米尔只跟你

---

① Shura Council of Al Qaeda in the Islamic Maghreb to Shura Council of the Masked Brigade, "Al-Qaida Papers," Associated Press, October 3, 2012.

相处不好？"他们质问贝尔摩塔尔。作为最后的羞辱，舒拉理事会宣布"暂停"他的指挥权。

2012年12月，贝尔摩塔尔做出了他的回应：他从基地组织分裂出来，创立了一个新组织，名叫Al Mouwakoune Bi-Dima，阿拉伯语意为"以血留名者"，取自1990年代阿尔及利亚内战中的一个伊斯兰反叛组织。2013年1月发生在撒哈拉天然气厂的屠杀事件，以要求释放阿尔及利亚监狱里的100名囚犯为开端，这很可能是贝尔摩塔尔故意抢他上级的风头，并表明他也可以像疯狂的阿布·扎伊德那样残暴无情地对待西方人质。

1月26日，加奥被收复。27日晚间，当我坐在塞瓦雷的路障边等待进入前圣战分子领土时，一支法国装甲部队在虎式攻击直升机和空降部队的协助下，一枪未发地进入了廷巴克图。数千名市民开着轿车、卡车或摩托车穿过尘土飞扬的街道，按着喇叭庆祝，海达拉的得力助手穆罕默德·图雷也在人群之中。

"感谢弗朗索瓦·奥朗德，感谢。"当满载法国士兵的吉普车一辆接一辆呼啸而过时，一名身上披着法国三色国旗的年轻人欣喜若狂地一遍遍高呼。在广播电台，台长把设备重新组装好，恢复广播，播放了时隔9个月以来的第一首乐曲。数百名圣战分子北上逃亡，撤去了其中一些人熟悉的偏远山区避难所。他们会在那里与法军最后一战。

第十九章
围歼之战

新任命的法国驻马里地面部队指挥官伯纳德·巴雷拉将军在 1 月 21 日，也就是"薮猫行动"开始 10 天后，抵达了巴马科。这一天，应该是先知诞辰庆典开始的日子，但此时的廷巴克图已经取消了。他在机场的飞机库里设立了一个临时总部，一个星期之后乘直升机飞往刚刚解放的加奥和廷巴克图，并在美军的泰萨利特军事基地建立了一个前沿指挥所，这里是通往伊福加斯山区的门户。伊亚德·阿格·加利的手下占领这里近一年时间，已将这里洗劫一空。在空空如也的总部，巴雷拉将军这位来自马赛的第三代步兵军官，在波斯尼亚、科索沃、达尔富尔地区和阿富汗打过仗的老兵制订了针对圣战分子的搜索和摧毁计划。在巴马科，马里陆军参谋长曾预言，激进分子会躲藏在伊福加斯山最难攻破的角落。"去搜搜阿梅特塔山谷（Ametettaï Valley）吧，"他告诉巴雷拉，"你会在那里发现敌人的。"[①]

巴雷拉知道他们必须迅速行动。他随身带着约瑟夫·雅克·塞泽尔·霞飞 1893 年至 1894 年远征廷巴克图的回忆录，书中有这位未来的第一次世界大战西线法军总司令对"这个荒凉的、烈日炙烤下的近乎沙漠的国家""缺水""酷热"以及"山区隘路寸步难行"的描述。[②]伊福加斯山区的极端条件和数百英里长的补给线会迅速耗尽巴雷拉的兵力。"我们必须在一周到十天内拿下这个山谷，否则这场仗就会一败涂地。"他告诉他的部下。此战利害关系重大：如果法军在没给圣战分子致命一击的情况下撤走，伊斯兰马格里布基地组织将大肆宣扬自己打了大胜仗，这可能会吸引成千上万的新兵加入该组织，并使马里的局面更加混乱。阿卜杜勒·卡德尔·海达拉正在巴马科的安全地点尽其所能地关注北部即将打响的战斗，对他来说，歼灭极端分子至关重要。他知道，只有到那时，他才能真正地完成那项艰巨的任务，并将37.7万份手稿运回它们在沙漠中的家园。

阿梅特塔山谷是山区中心四个紧紧相扣的山谷之一，也是唯一一个全年有水的山谷。几十年来，这里一直是图阿雷格族叛乱分子、毒贩和伊斯兰极端分子的避难所。该山谷从东到西长25英里，西面入口大约有800码宽。两边耸立着低矮的黑色和灰色花岗岩山丘，日积月累的侵蚀使它成了碎石，洞穴也坑坑洼洼。山谷底部布满了巨石、岩块，以及数不清的缝隙。两个被沙子覆盖的古老河床，一个从北向南，另一个从东向西，每年两三场暴雨就会让它们变成湍急的河流。裸露的布满岩石的山丘将夏季的雨水直接灌入山谷，那里的水井可以很容易地到达地下水位，即地表下的渗透层，水渗入土壤，会填满岩石之间的所有空隙。在山谷的北端、河道的中央，有一个小村落叫阿梅特塔——就是4座由游牧民建造的废弃石屋。附近，在多刺的金合欢树和果树的树荫下，图阿雷格游牧民在沙地上挖了4个深达30英尺的洞，里面蓄了充足的水。

1月下旬，穆赫塔尔·贝尔摩塔尔、伊亚德·阿格·加利和阿布·扎伊德带着各自的手下撤到了沙漠里。贝尔摩塔尔撤到了马里与阿尔及利亚边境的无人区，继续他的杀人越货和劫持人质行动。加利从基达尔向北逃去，可能在苏丹西部的达尔富尔山区寻求临时庇护。（还有报道说他在摩洛哥西边的撒哈拉地区和毛里塔尼亚北部的沙漠中。）阿布·扎伊德和伊斯兰马格里布基地组织的至少600名士兵，包括在艾哈迈德·巴巴研究所焚毁了4000多份手稿的人，撤退到了

---

① 作者对伯纳德·巴雷拉将军的采访，巴黎，2014年3月18日。
② M. J. Joffre, *Opérations de la colonne Joffre avant et apres l'occupation de Tombouctou* (Paris: Berger-Levrault & Cie., 1895).

阿梅特塔山谷，他们准备好应对长时间被围困在此。圣战分子在山谷的入口埋下地雷，把皮卡藏在带刺的金合欢树下，在山丘上安排了狙击手，并在洞穴里装满了食物、水、枪支和弹药。阿布·扎伊德和他的圣战骨干目标很明确：坚守住他们有岩石环绕的藏身之地，要撑得比那帮外国人久，逼敌军撤出山谷，活一天就战斗一天。

在距离阿梅特塔西北48英里的泰萨利特军事基地，巴雷拉策划了一场三管齐下的进攻。来自乍得远征部队的一个营——都是久经沙场、习惯于在这类险恶地形中作战的士兵——将从东面进入山谷。一个由步兵和装甲车组成的600人机械化营，配备了四门120毫米的迫击炮和两门远程凯撒榴弹炮，将从西面发起进攻。法国的快速反应部队——第二外籍伞兵团的四个连将从北面进入。这四个连到了山谷将兵分二路，占领阿梅特塔村并截断圣战分子的水源。

2月22日，乍得军队乘坐装甲车和步行，通过山谷东面一个狭窄的开口，率先冲入了阿梅特塔。圣战分子已经等着他们了。他们在廷巴克图表现出的亢奋——那份驱使他们向该市的音乐、手稿和宽容文化宣战的狂热决心——在战场上呈现出了可怕的新强度。人肉炸弹们扎着装满钢珠的爆炸腰带，在山谷的入口处巡逻。在近距离战斗中，乍得士兵26人死亡，70人受伤。直升机疏散了死伤者，疲惫的幸存者乘坐卡车返回了泰萨利特军营，这座美军建造的基地现在被用作法军的指挥中心。他们花了3天的时间休养，然后宣布准备重新投入战斗。2月25日黎明前，他们协同1200名法国士兵一起进攻。"你们要对付的是一群意志坚决的人，他们有易守难攻的基地。"巴雷拉在部队出发前对法国士兵说，"我们会有伤亡，但我们必须继续战斗。"[1]他给了他的士兵最多6天时间拿下山谷，这比他最初预估的时间还要短。"除此之外，"他告诉他们，"在战斗中，我们将会挑战

---

[1] Laurent Larcher, "La Bataille de L'Ametettai du général Barrera au Mali," *la Croix*, May 28, 2013.

我们的身体极限。"

2月22日,也就是乍得军队在阿梅特塔山谷的东面入口伤亡的同一天,拉斐尔·乌铎·德·丹维尔上尉乘运输机从尼日尔抵达泰萨利特营地。乌铎·德·丹维尔上尉的父辈和祖辈都是军人,他2005年毕业于人称法国西点军校的圣西尔军事学院,是法国外籍军团的步兵军官,这个军团由法国军官和外籍士兵组成。这些士兵多半是从动荡的祖国逃出来寻求人生的第二次机会,他们的团队精神堪称传奇。乌铎·德·丹维尔指挥的这支军队人员来自英格兰、巴尔干半岛、波兰、俄罗斯和6个苏联国家,他们曾在科特迪瓦、中非共和国和阿富汗作战。2010年冬天,乌铎·德·丹维尔率领他的士兵跳伞进入喀布尔东北部卡比萨省的塔哈布山谷,塔利班在那里负隅顽抗,那也是他首次见识到了伊斯兰极端分子死战到底的疯狂。他认为他的手下远比在法国出生的同袍更强硬、更有纪律、更习惯于吃苦。"他们会拼尽全力。"他说。①

黎明之前,乌铎·德·丹维尔和他的士兵在泰萨利特爬上了军用卡车,穿过沙漠向南行进。他们坐在沙袋上颠簸了10个小时,沿途掠过满是石块、鹅卵石和巨石的景观,仿佛身在月球。下午3点半,他们在阿梅特塔的北面入口附近下了车。工兵在沙土中探查,看看有没有埋设地雷。他们排成紧凑的队形穿过古老的河床,时刻警惕着,以防遭到伏击。当时的气温为122华氏度。每个士兵都戴着头盔,身穿防弹背心,背着60磅重的背包,包里有6瓶塑料瓶装的水、即食食品和弹药。他们背着法国制造的M4步枪、反坦克导弹、迫击炮管和拆下的12.7毫米机枪。阿梅特塔村距离他们入谷的地方有4英里,在这段路程中,埋伏着好几百名狂热的圣战分子,其中包括其指挥官、廷巴克图的罪魁祸首阿布·扎伊德,他们挖洞,存放足够的水、

---

① 作者对乌铎·德·丹维尔上尉的采访,2014年5月10日。

食物和弹药,足以维持好几个星期。

在乌铎·德·丹维尔和他的手下进入阿梅特塔后不久,圣战分子便用小型武器和火箭推进榴弹向他们开火了。伞兵们只好爬到巨石后面隐蔽起来。子弹在岩石上弹开,击中了防弹背心和头盔。凯夫拉防弹背心救了4名法国士兵的命,一颗子弹卡在了其中一人的头盔和头骨之间。外籍军团趁着敌人的能见度有限,一点一点地爬到了洞穴两侧,朝洞里投下手榴弹。爆炸声在整个山谷中回荡。他们穿过满是石头的地带,躲过山上狙击手的子弹,一面搜寻圣战分子和武器,扔出更多的手榴弹,一面继续前进。

那天晚上,他们在山谷里的岩石上扎营,瓶装水喝完后,他们把装水的纸板箱撕开垫着睡觉,尽量不被石头硌着。乌铎·德·丹维尔被他的手下围在中间,也倒地睡去。士兵分成小组站岗。这位法国军官对法国殖民地指挥官艾蒂安·博尼埃上校以及他的法国士兵和塞内加尔士兵的悲惨命运并不陌生,当年他们从廷巴克图出发,行军35英里后疲惫不堪,又执行侦察任务,于1894年1月14日晚在撒哈拉扎营。图阿雷格族的剑士和骑兵静静等待着,直到法国哨兵打起了瞌睡,然后,凌晨4点,伴随着一声声"杀了他们"的呼喊,冲向博尼埃上校和他的手下,杀死了13名法国军官,还有1名军医、1名兽医和66名塞内加尔步兵。只有1名法国军官活了下来。"这是我们在非洲殖民战争史上前所未有的灾难。"一位法国军官后来写道。[1]这一次,法国情报部门截获了阿布·扎伊德的无线电信号,他在通话中勒令手下对"狗"发动圣战,他称法国人为"狗",这与图阿雷格族士兵首领恩古纳在对博尼埃上校等人挥下屠刀时发出的叫喊遥相呼应。在距离法军阵地只有数百码的洞穴和缝隙里,阿布·扎伊德正在鼓舞士气,激励手下发起进攻。

---

[1] Louis Frèrejean, *Objectif Tombouctou: Combats contre les Toucouleurs et les Touareg* (Paris: L'Harmattan, 1996), p. 258.

太阳升起后,在多石地形中扎营的外籍军团士兵用上了当年殖民地同袍所没有的高科技:远程火炮和空中力量。乌铎·德·丹维尔在地面上的空军前进引导员指出了敌方士兵的集结点,并以无线电请求支援。凯撒榴弹炮朝圣战分子发射了155毫米的炮弹,能精确命中25英里之外的目标。幻影战斗机投下了400磅炸弹,足以摧毁藏在地下深处的圣战分子巢穴。虎式直升机低空掠过战场,向圣战分子射出火箭弹。阿布·扎伊德除了盘坐着等待强攻结束,别无他法。

巴雷拉和他的后勤团队夜以继日地工作,以保持法军的供应充足,确保士气高昂。直升机每天给两个营运送10吨瓶装水——平均每个士兵2.5加仑——足够饮用,甚至每天还能匀出一瓶洗个澡。一些小福利也让他们精神振奋,比如温的卡思黛乐啤酒,从阿尔及利亚运来的香烟,一个生洋葱——他们将其与单兵口粮混在一起,以弥补新鲜水果和蔬菜的缺乏。巴雷拉从他位于泰萨利特的指挥所乘直升机往返,有时在战场上待几个小时,有时就睡在他的士兵旁边。

2月27日,经过5天的战斗,法军士兵已接近巴雷拉预计的耐力极限了。法军火炮和在空中爆炸的集束炸弹在山谷的东面入口炸死了40名伊斯兰极端分子。在阿布·扎伊德率领一队圣战分子与5天前遭受重大损失的乍得部队激烈交战时,法军进行了空中打击。

"法国人打得太狠了,"在截获的无线电通话中,一名指挥官报告称,"我觉得我们要完了。"[①]

那天,阿布·扎伊德没有答话。惨重的伤亡已经改变了战斗的基调。"在接下来的几天里,"巴雷拉将军告诉我,"圣战分子的士气降低了。看得出来他们已经不再顽抗了。"[②]

密集轰炸2天后,外籍军团的伞兵一枪未开就拿下了圣战分子唯一的水源地阿梅特塔村。一个连占领了石屋,并在水井周围搭起了警

[①] 对巴雷拉的采访。
[②] 同上。

戒线。乌铎·德·丹维尔的连占领了村庄上方的高地。躲藏在山洞和岩缝里的圣战分子，现在只能依赖于他们藏起来的水了。乌铎·德·丹维尔知道，胜利是早晚的事。

阿梅特塔的战斗从一开始就力量悬殊，一边是配备了最先进武器和先进通信系统的现代军队，另一边则是装备参差不齐的狂热分子，他们只有两个优势——易守难攻的地形和为事业而死的意愿。当水耗尽时，他们不顾一切地从洞里出来找水。迄今跟法军照面的敌方战斗人员都是未成年人，被雇来在洞穴之间奔走运送枪支弹药。但是此时，十几二十人一伙的圣战分子绝望地从洞里冲出来发起冲锋，嘴里大喊着"安拉至大"。有时候，他们冲到了距离乌铎·德·丹维尔和他的手下不到60英尺的地方，然后被炮火击毙。

3月4日，法国外籍军团和乍得营的士兵在山谷中央会合，互相握手，阿梅特塔被平定了。最后一批圣战分子在半夜从山谷中悄悄溜出，留下600名同伙的尸体，其中很多都被炸得支离破碎。法军只牺牲了3人。与此同时，其他法国部队也将极端分子赶出了加奥和尼日尔河岸边的泰勒姆西山谷（Telemsi Valley），后者曾是瓦哈比派的据点，是圣战分子的庇护所。

法军只用了53天就基本上彻底击败了一支曾经撼动世界、几乎夺取一国控制权的叛军。巴雷拉在几个月后说，这些极端分子"凭借勇气和毅力"[1]作战，但由于在他们控制的地区缺乏民众支持，他们人数相对较少，而且被迫在该国一个偏远无人的角落做最后的抵抗，这些基地组织的游击队是经受不住现代欧洲军队的大规模袭击的。法军并没有将马里境内的圣战分子消灭殆尽，但削弱了他们的能力，使其无法与大批武装分子发动协同攻击。死里逃生者四散到了沙漠中，已经无法再控制廷巴克图或北方的任何其他社区了。

"薮猫行动"几乎被普遍誉为未来干预的典范——一个欧洲国家

---

[1] 对巴雷拉的采访。

进入一个前殖民地，有效地消除圣战势力，同时自身损失最小的例子。与此同时，法军的轻松获胜凸显了马里武装力量的薄弱，引发了人们对于这种行动的效果能持续多久的质疑。奥朗德明确表示，法国军队无意在马里逗留，但北部的脆弱又让法军不敢轻易撤出。小型圣战组织仍然散布在整个沙漠地区，马里北部发生零星暴力事件的可能性仍然很高，对于阿卜杜勒·卡德尔·海达拉的手稿救援行动来说，迅速返回廷巴克图的可能性很小。

乌铎·德·丹维尔回到了泰萨利特基地，喝了一杯冰啤酒，洗了衣服，冲了2周以来的第一个澡。然后，他和他的部队前往阿梅特塔以南的特兹山谷（Terz Valley）搜寻逃窜的圣战分子，但发现特兹山谷空无一人。

几天之后，法国军队将从阿梅特塔东面入口找到的一具圣战指挥官的残破尸体秘密空运到阿尔及尔，交给阿尔及利亚情报官员进行DNA分析。法医调查人员将尸体的遗传标记与阿布·扎伊德的两名亲属的遗传标记进行了比较，3月底，法国外交部宣布了一项定论：廷巴克图埃米尔已经死亡。奥朗德宣称，他的死亡"标志着萨赫勒地区打击恐怖主义的重要一步"。他是马里基地组织指挥官中最残忍、最有韧性的一个，至死都是狂热分子。与选择逃跑的加利和贝尔摩塔尔不同，阿布·扎伊德选择了最后一搏，他知道自己的选择只剩下要么胜利要么死。

关于阿布·扎伊德只剩下一个问题：他是怎么死的？毛里塔尼亚的一家私人通讯社报道说，这名伊斯兰马格里布基地组织的头目是2月27日在山谷的东面遭遇法军的火炮和集束炸弹袭击身亡的。但是，在阿尔及尔实验室的鉴定结果宣布几周后，《巴黎竞赛画报》发表了一张血迹斑斑的尸体照片，疑似阿布·扎伊德，是3月2日在一个花岗岩巨石下方仅容人爬行的空隙里拍摄的。血还很新鲜，这表明阿布·扎伊德逃过了法军的枪林弹雨，一直抵抗到了最后一刻。拍这张照片的乍得士兵回忆说，3月2日那天，经过8小时的近距离战斗后，晚上7点的一次巨大爆炸让圣战分子突然停止了射击。显然，阿布·扎伊德意识到走投无路了，用手榴弹炸死了自己。他的躯干被炸伤了，但身体的某些部位还是完好的。在这具矮小的尸体身上的口袋里，乍得士兵发现了一张属于米歇尔·热尔曼诺的法国护照，他就是3年前法国突击队突袭基地组织沙漠营地后，被阿布·扎伊德残忍杀害的那名78岁的援助人员。这位圣战组织头目显然留下了这本护照，作为他杀人的纪念。

尾 声

暴雨席卷了整个巴马科，将坑坑洼洼的路变成了泥浆飞溅、散发着恶臭的棕色水池，通行很是不便。这是 2013 年 8 月，夏季雨水最丰沛的时候，此时距离法军在马里北部击败圣战分子已经 5 个月了。仍住在巴马科的阿卜杜勒·卡德尔·海达拉安排与我在 Amandine 咖啡馆前见面，这家人气很高的咖啡馆和糕点店坐落在一个河边街区，它的名字念起来很是悦耳动听，叫巴达拉布果（Badalabougou）。海达拉要向我展示他的团队从廷巴克图抢救出来的手稿的状况。他的司机把一辆丰田陆地巡洋舰停到一边，身着浅蓝色刺绣长袍、戴着栗色无檐便帽的海达拉从路边向我招手。我跳过停车场的泥塘，爬上车子的后座。我们穿过浓云般的汽车尾气，一路经过破旧的黄色出租车、锈迹斑斑的公共汽车、小型货车，以及当地人称为"雅加达"（Jakarta）的中国产廉价轻型摩托车。街头小贩在车流中进进出出，叫卖着手机充值卡、充气塑料猎豹、成箱的橘子、手电筒、运动短裤、廉价的山寨版雷朋眼镜、油炸小米甜甜圈、木瓜和烤肉串——这是一个贫穷的城市里最极致的喧嚣。

我们拐下一条宽阔的土路，路两边是一排排整齐的棕榈树和桉树，混凝土墙后面是房屋。我在街道的尽头瞥见了尼日尔河的踪影——橄榄绿的河水缓慢地流动着。一名保安打开了大门。我们将车开上了一条泥土车道，穿过一个杂草丛生的花园，在一栋完工一半的别墅前停了下来。"这里属于 SAVAMA-DCI 的某个会员。"海达拉说。①海达拉对一切都含糊其辞,极力保护着参与救援的所有人。"这些人仍然处于危险之中。"他早些时候这样对我说。

海达拉让我在一间库房旁边等着,然后独自进了房子里。我研究了散落在泥泞地面上的破烂——一辆生锈的独轮车、一台丢弃的戴尔电脑——心想,即使在马里较为繁华的角落里,尽管这样的角落很少,一切似乎也都会被人忽视,会腐烂。5分钟后,海达拉拿着钥匙从房子里出来。他打开库房,开了灯,示意我进去。10英尺高的木箱子和金属箱子整整齐齐地码在一起,大约四五堆,从地板到天花板,塞满了这个散发着霉味、被荧光灯照亮的空间。海达拉告诉我,这是分散在26处的手稿藏匿点之一,包括他自己的藏品。成千上万的手稿在这个15英尺长、8英尺宽的房间里找到了容身之地,另外25处手稿藏匿点分散在巴马科各处,它们躲过了基地组织的掠夺,经由公路或水路,从圣战分子和马里军队的检查站前经过,逃过了土匪、避开了法军的攻击直升机。

这次偷运行动催生了对藏品的第一次系统性地描述和记录。在廷巴克图将手稿打包装箱期间,海达拉、图雷和团队的其他成员编制了一个粗略的手写数据库,将手稿的名称、所有者、主题以及具体出处一一做了记录,之后他们将这些手写信息输进了笔记本电脑里。1996年,海达拉收到亨利·路易斯·盖茨和安德鲁·W.梅隆基金会给他建满玛·海达拉图书馆的捐款时,该基金会就要求满玛·海达拉这么做。但是直到廷巴克图的手稿大难临头,才促使他最终完成了这项工作。艾米丽·布莱迪称编目工作是"为整合这些知识所迈出的务实的第一步,能将所有这些易受损的纸张转化为有意义的东西"②,编目完成就有了一个连贯的清单,它有史以来第一次向手稿拥有者和外部世界揭示了廷巴克图所积累的学术成就的深度与广度。海达拉已经

---

① 对海达拉的采访。
② 对布莱迪的采访。

向德国的格尔达-汉高基金会申请了 2500 万美元的拨款，以便他能够为所有 37.7 万份手稿建立一个复杂的、计算机化的目录，并且实施一项雄心勃勃的手稿修复和保护计划。"阿卜杜勒·卡德尔现在才第一次知道他到底拥有什么，这让他兴奋不已。"布莱迪这样告诉我。

我呼吸着房间里污浊的空气。海达拉打开一个装饰华丽的箱子，露出一堆发黄的脆弱不堪的书页和正在腐烂的皮革封面，它们一张叠着一张，中间没有任何保护或填充物。"湿气和雨水加速了这些手稿和其他许多手稿的损坏，"海达拉告诉我，"应该尽快将它们运回廷巴克图。"① 廷巴克图的干燥气候可以防止真菌引起的腐烂，起到保护作用，尽管随着时间的推移那里的气候也会有害，导致未受保护的页面变得脆弱乃至四分五裂。"我们已经开始看到……纸页和皮革封面上出现了霉菌、霉斑和菌类。" 2 个月前，艾米丽·布莱迪在接受 Reddit 网的采访时表示。当时，她希望借此机会筹到 10 万美元，购买除湿器、档案盒和更多的箱子来保存在巴马科的手稿。

大家纷纷猜测这些散落各处的手稿什么时候会回到廷巴克图。2013 年 2 月和 3 月，法国军队横扫北部，解放了廷巴克图和加奥，消灭了阿布·扎伊德，并将圣战分子赶到了撒哈拉沙漠深处。暴力事件急剧下降，8 月，马里选出了新总统易卜拉欣·布巴卡尔·凯塔，他长期担任反对党的领导人，还是前国民议会议长，这使得马里重新走上了民主之路。联合国也批准派出一支 1.6 万人的维和部队——主要由西非士兵组成——去稳定北部的局势。法国人继续追捕臭名昭著的圣战分子，其中包括大名鼎鼎的贝尔摩塔尔的副手，那个被称为"红胡子"的奥马尔·乌尔德·哈马哈，也就是那晚在廷巴克图恐吓过穆罕默德·图雷的那位。他将在我此行几个月后，在法国对马里东北部的一次空袭中丧生。

但是恐怖袭击仍在马里北部零星地发生，至少有 6 名西方人质仍

---

① 对海达拉的采访。

被关押在撒哈拉沙漠中某个可怕的地方。这些人的命运各不相同，全然取决于绑架者的突发奇想，以及欧洲国家政府是否愿意继续交出大笔赎金来换取他们的自由——美国国务院和一些观察家认为，这种做法只会让圣战分子壮大，助长绑架人质换钱的事件。2013年7月，伊斯兰马格里布基地组织朝菲利普·威尔登的头部开枪，致其死亡，他是2011年3月在洪博里镇一家酒店被掳走的2名法国地质学家之一，被恐怖组织指控为间谍。2013年11月，基地组织释放了2010年在尼日尔一座铀矿被绑架的4名法国人，据说，法国政府为此支付了3200万美元的赎金，这是有史以来付给恐怖组织的最高额的赎金。这笔钱大致相当于法军在"薮猫行动"头10天的所有军事行动的支出。威尔登的商业合伙人、剩下的一名法国人质塞尔吉·拉扎雷维奇于2014年12月获释，作为交换，法国释放了4名伊斯兰武装分子，其中包括2名参与绑架的基地组织成员。2015年4月，法国特种部队解救了3年半前在廷巴克图宾馆里被劫为人质的荷兰人，但是跟他关押在一起的来自南非和瑞典的人质仍在基地组织手中。

尽管激进分子的流窜急剧减少，但他们仍在时不时地绑架误入他们地盘的西方人。2013年11月，也就是我与海达拉的那次雨季会面3个月之后，与伊亚德·阿格·加利有关联的伊斯兰马格里布基地组织武装分子在基达尔这个持续动荡的地方、叛乱的正中绑架了2名法国电台记者。法军开着吉普车和直升机追凶。当绑架者的汽车在城北8英里处抛锚后，他们残忍地割断了2名记者的喉咙，又朝他们开枪，并将尸体从车上扔了下去。然后，他们逃进了沙漠。

2个月后，我从巴马科飞往基达尔，是与来自塞内加尔、几内亚和布基纳法索的民用工程师、法国军官、联合国特遣队士兵及警察一道搭乘的联合国包机——安托诺夫喷气机。自从法国记者被害后，我是第一个到访此地的记者。帮我安排行程的联合国工作人员告诉我，这里仍然非常危险，我只能停留24小时，若非乘坐装甲车、有蓝盔部队士兵护送不能离开联合国大院。一下飞机，迎面就是耀眼的阳光和火炉般的高温，我看着裹着头巾的维和人员开着 6 辆迷彩卡车呼啸而来，他们手持重机枪，保护飞机不受攻击。热风吹起，沙子随风飞扬。远方，升起一片灌木丛的海洋，我可以看见一排黑色的山丘，也在远方形成一条忽隐忽现的线，那是伊福加斯山，是圣战分子和法国远征部队激战的地方。"一些恐怖分子已经回到了那里。"一位法国上校告诉我，他掐灭了手上的烟，等待着登上去巴马科的飞机。①

基达尔是个是非之地，国际社会的雄心壮志与马里现实在此互相抵触、碰撞，这里既是仍然渴望建立独立的阿扎瓦德国的图阿雷格族世俗武装分子的家园，也是伊斯兰马格里布基地组织武装分子的老巢，后者想尽一切办法渗透进老百姓中，让圣战继续存在下去。去年夏天，一支联合国维和部队先遣队已抵达这里，但他们不愿意找上上述两者中的任何一方。

"这里没人能控制住。"一名几内亚中尉告诉我。②当时我们乘坐一辆联合国装甲车，在两辆满载多哥警察的皮卡的护送下游览这座城市。安保小组第二天早上看着我安然无恙地离开，明显松了口气。2014 年 5 月，也就是我访问当地的 3 个月后，图阿雷格族叛军袭击了政府办公大楼，杀死了数十名士兵并劫持了 30 名人质，以此公开"宣战"。基达尔的暴力事件蔓延到了整个撒哈拉沙漠，使该地区陷入了持久的动荡。

2014 年 2 月，在结束了令人不安的基达尔之行回来几天后，我驱车从巴马科一路向北，这条路布满车辙，半是柏油路，半是泥土路，疲累地开了 5 个小时，只为一窥令人心生希望的马里复兴迹象：尼日尔河音乐节——一场为期 4 天的音乐会，在南部小镇塞古浅滩上停泊的驳船上举行，塞古镇从未被武装分子攻占。由于北方遭火箭弹

---

① 作者对一位不愿具名的法国上校的采访，基达尔，2014 年 2 月 3 日。
② 作者对联合国的几内亚经济和财政代表穆罕默德·迪亚雷的采访，基达尔，2014 年 2 月 3 日。

袭击，还发生了伏击事件、自杀性爆炸和绑架事件，2014年1月，历史更悠久、名气更大的廷巴克图沙漠音乐节取消了，已经连续2年这样了。但是，演出经理人曼尼·安萨尔受邀来到了这里，与他的表演班子（主要是图阿雷格族流亡音乐人）一起来到了尼日尔河畔的舞台上，庆祝战后的"文化多样性和民族团结"，这是这个音乐节的主题。

黄昏时分，安萨尔和我在等待音乐会开始的时候沿着河岸散步。1893年12月，正是在这段河岸，注定要失败的法军指挥官艾蒂安·博尼埃带领一支由法国军官和塞内加尔步兵组成的军队登上了开往廷巴克图的炮艇。法国军队后来伏击并杀死了大屠杀的策划者恩古纳，即安萨尔的曾曾祖父，结束了图阿雷格族人在廷巴克图周围的抵抗。我们若有所思地站在犁沟整齐的田地边缘，看着一位渔夫笔直地站在他的独木舟上，在暮光之中撑船划过尼日尔河玻璃般的水面。这条河滋养了马里被殖民之前的一个个帝国，维持了数千年的生命延续。但它也曾是一条通往战场和争夺之路，撕裂马里的大部分暴力事件都是沿着如今一片平和的河岸展开的。

当我们返回到音乐节现场时，到处都洋溢着活跃的气氛。联合国维和人员、身穿迷彩服头戴红色贝雷帽的马里将军、西方游客和当地居民都坐满了座位，连过道上都挤满了人。我在舞台附近的贵宾区坐下，演出经理人安萨尔则在过道里招呼着大使们和来自欧美的马里乐迷朋友，在法语、英语和塔玛舍克语之间流畅自然地转换。然后，灯光亮了起来，人称"北方夜莺"的凯拉·阿尔比粉墨登场。

这位天后身穿一件镶有亮片的绿色礼服，头戴一顶金币缀成的冠状头饰，一排银色手镯在她的手臂上叮当作响，她来回摆动身躯，做出夸张的手势，歌声洪亮。2012年夏天，伊斯兰马格里布基地组织的武装分子毁坏了阿尔比的吉他和她的录音室，并威胁说如果让他们逮到，就割了她的舌头，吓得她从廷巴克图逃到了巴马科。此时，她情绪激动地向观众伸出双臂。"我为从没有拿起武器反对自己国家的图阿雷格族人歌唱。"阿尔比在人群的欢呼声中宣布。在一个被战争和占领撕裂的国家，这是一种和解的姿态，是对团结的呼吁。

晚上10点，来自基达尔的图阿雷格族吉他手艾哈迈德·阿格·凯迪上台了，当年他的吉他也被伊亚德·阿格·加利的手下烧了。他声音尖锐的吉他演奏和催眠般的哀号似乎是反抗的呐喊。凯迪穿着长袍，头戴图阿雷格族长巾，与他的图阿雷格族人乐队阿曼纳尔用塔玛舍克语歌唱了沙漠之美、无垠的天空和高耸入云的沙丘，也歌唱了同伴相聚的欢乐、失去和流亡的痛苦，他们的歌用启应唱法①演绎，余音绕梁，那悠长的吉他声将孤独、忧郁和向往的情绪推向了高潮。凌晨1点左右，百余名兴高采烈的观众爬上了舞台，聚集在凯迪周围，他的吉他独奏响彻了整晚。穿着蓝色长袍、围着一条时髦的白色围巾的安萨尔手舞足蹈，与在场的音乐家拥抱，忘乎所以地沉浸在那一刻的喜悦之中。在塞古的这个舞台上，他把流亡者聚到了一起，这象征着他们战胜了伊斯兰马格里布基地组织——那群决心要消灭他们自建的哈里发国里一切自发性、艺术和欢乐的暴徒和刽子手。

然而，这个场面也是苦乐参半的。我回想起2008年我造访沙漠音乐节的情景，当时正是音乐节人气最高的时候，有8000人来到埃萨卡纳，其中四分之一是西方人。穿着狩猎夹克的游客挤满了廷巴克图的沙土街道，翘首以待，沉浸在大难临头前的情绪里。在绿洲之中，白色帆布帐篷和用山羊皮拼接而成的传统游牧民居覆盖在被风吹出一道道波纹的白色沙丘上。那是一种盛大的场面，令人难忘。那天酷热难耐，我与5个澳大利亚年轻人（我们一起在非洲徒步旅行了几个月）一起吃了饭之后，午夜之前在帐篷里睡着了。但是2个小时之后，我被一阵动听的吉他声吵醒，我爬上了一座50英尺高的沙丘，眺望着灯火辉煌的舞台。随后，我在凉爽的沙地上躺下，看着满天的繁星，在塔里温乐队主唱易卜拉欣·阿格·哈比卜催眠似的歌声和吉

---

① call-and-response.

他声中沉沉睡去。

6年后的今天，我想知道沙漠音乐节是否会在埃萨卡纳的沙丘上重现。穆赫塔尔·贝尔摩塔尔在动荡的利比亚建立了一个新的基地，圣战分子在该国许多地区占了上风。2015年6月13日，两架美国F-15战斗机将向在利比亚沿海城市艾季达比耶集会的圣战分子投下数枚500磅的炸弹，据报道造成了贝尔摩塔尔和另外6人死亡。但是一名圣战组织发言人坚称，炸弹并未击中贝尔摩塔尔，法军称他为"抓不住的人"，而且多年来，他也曾多次被误传死讯；到目前为止，还没有DNA证据证明他已经死亡。与此同时，伊亚德·阿格·加利正在撒哈拉沙漠深处百般钻营，提出通过谈判释放剩余的西方人质，以换取免于以战争罪被起诉。据说他藏身于廷佐阿廷绿洲（Tinzouatine），它位于阿尔及利亚和马里之间的无人区。美国国务院已将加利列为"特别指定的全球恐怖分子"——但法国和阿尔及利亚特种部队并没有对追捕他表现出多大的热情。尽管他曾投身圣战，尽管他让他的同胞们受尽了苦难，但他在图阿雷格族人中的影响力依然很大。人们普遍认为，武装游牧民族和政府之间的任何协议，如果没有他的同意，就无法达成。"作为政治人物，伊亚德还是大有前途的。"加利的前密友安萨尔向我保证说。[1]

伯纳德·巴雷拉将军告诉我，如果不对基地组织及其合作者进行持续的监视和军事施压，对这个地区、整个欧洲和其他地区的威胁就不会消散。"我不认为圣战组织有能力重新集结。"当我在巴雷拉将军位于巴黎高等军事学院的办公室里与他见面时，他对我说。[2]这座1751年路易十五创建的大型综合学校，意在培养500名"绅士"从事军事事业，并因拿破仑·波拿巴曾在此准备投身海军事业而闻名。"他们可以采取小规模行动，发射火箭弹，杀害当地人，搞搞恐怖活

---

[1] 对安萨尔的采访。
[2] 对巴雷拉的采访。

动。"巴雷拉接着说,"我们必须继续追查他们,因为恐怖主义可能会蔓延到法国。这不只是马里的问题,这也是西方世界的问题。"

然而,到了2015年,国际社会的注意力开始转移。2015年9月下旬,在我采访巴雷拉16个月后,检察官将一名"伊斯兰捍卫者"组织在廷巴克图的"道德小组"前成员带到海牙国际刑事法院。这名前圣战分子叫艾哈迈德·法奇·马哈迪,是师范学院毕业生,在伊亚德·阿格·加利激进的伊斯兰运动中变成了狂热分子。他被指控在2012年指挥了摧毁10座苏菲派圣地和1座苏菲派清真寺的行动。检察官认为,他作为"伊斯兰警察"的头目手握大权,人权组织和很多廷巴克图居民对他被捕的消息表示欣慰。与此同时,法国军队的缩减、马里军队的持续弱势以及非洲维和人员无力填补空缺,使得恐怖分子有机会重新集结。袭击事件在这一年越演越烈,最终发展到2015年11月20日包围了巴马科的丽笙酒店,导致19人死亡。

2014年2月,我和海达拉再次见面,当时我去了基达尔,参加了尼日尔河上的音乐节。他刚从廷巴克图回来,这是自法国干预以来他第二次去,回来时整个人欢欣鼓舞。该市45家图书馆中已经有一家重新开放了,有些在外避难的馆主正在返回。海达拉也曾考虑举家搬回廷巴克图,但局势仍然不太安全,圣战分子依旧驻扎在城市边缘以外的沙丘上,而且海达拉一家也很享受一个相对国际化的城市所能提供的优势。他和他的第一位妻子在巴马科的一家私人医院找到了一位理疗师,他们5岁的儿子在身体和精神方面都有了明显的改善。"当我们在廷巴克图时,绝对找不到能治疗他的专家。"海达拉告诉我。[1]现在,小男孩可以坐起来,说几句话,还能跟朋友一起玩。他对我说:"这让我感到欣慰——我终于松了一口气,但这真的很不容易。"

---

[1] 对海达拉的采访。

冲突导致海达拉的大家庭流离失所、穷困潦倒，都依赖海达拉的经济支持。他给他们买鞋、衣物、粮食以及宗教节日要用的绵羊和山羊，还给十几个侄子侄女付学费。"我年轻时，赚了很多钱，因为我工作非常卖力，但现在都没了。我都花掉了。我有这么多亲人要养。"他对我说。①当时是黄昏时分，我们坐在我住的宾馆"苏丹别墅"靠近尼日尔河畔的花园里，一面喝着可乐，一面欣赏着法赫德国王悬索桥上的天空变成琥珀色和紫色，这座桥是20年前沙特阿拉伯政府送的礼物。河畔为数不多的高层建筑里闪烁着灯光，其中一座灵感来自杰内泥质大清真寺的20层银行大楼，是一家没完工的酒店，曾为卡扎菲所有。河流蜿蜒地穿过杂草丛生的岛屿和两岸的菜地、稻田。空气湿漉漉的，男人、女人和孩子们用锄头翻弄着泥土。巴马科是该地区发展最快的城市之一，过去10年里人口翻了一番，达到100多万，但即使在首都的中心地带，也保留着一种非洲大村落的感觉。"我每个月都向廷巴克图寄钱，每个月都向邦巴寄钱，不堪重负。"海达拉继续说道。②廷巴克图的另外45位图书馆主也依赖于他。"我现在的愿望是让廷巴克图的所有图书馆恢复原状，这样我就可以将所有的手稿交还给当初将它们托付给我的家庭，"他说，"这样才会让我的内心获得一点安宁。"

冬天的雨季很短暂，在雨水降临这座城市之前，福特基金会、克劳斯亲王基金会和瑞士驻马里合作办公室已经给了海达拉大笔美元，用于将手稿重新安置到巴马科周围的10处高于地面的新空间，那里屋舍坚固，经过防水处理，配备了除湿机，以防手稿腐烂。现在这个项目终于完工了。第二天，我乘出租车去了离酒店几英里远的一个社区，沿途经过了许多建到一半的混凝土建筑、杂乱的电话线和电线以及马里航空、Orange移动电话网、预防艾滋病的广告牌，最后在尘土

---

① 对海达拉的采访。
② 同上。

飞扬的主街上的一座四层商业楼前下了车。海达拉在顶楼阳台上向我挥手。我爬上楼梯，在一个大型储藏室前找到了他——这是他为手稿找到的新的、可抵御气候变化的设施之一，以防手稿在巴马科这炼狱般的环境中进一步损毁。一名年轻助理拿出一个金属箱子，轻轻地放在了我和海达拉的旁边。

海达拉跪在铺了地毯的走廊上，打开了箱子，小心翼翼地从手稿堆中取出一卷，翻开。这卷500年前的大部头被深棕色的山羊皮封面包裹着，保存完好。我的脑海中闪现出这样一幅场景：在16世纪廷巴克图一所大学的昏暗的工作室里，一位穿着长袍的抄写员把羽毛笔伸进一个装着发光墨水的皮囊里，然后在亚麻纸上书写着。海达拉平摊在腿上的手稿是一卷非常著名的作品，名为 *Waffayat Al Ayan Libnu Halakan*，相当于中世纪的《大英百科全书》，最初由一位名叫伊本·哈利坎（Ibn Khallikan）的库尔德学者写于13世纪中期，记录了10到12世纪伟大的伊斯兰学者（Ulema）的生平。这卷压缩本传记按照字母顺序排列，以黑色墨水用弯弯曲曲的阿拉伯文字块书写，中间很有规律地以红色、蓝色和金色墨水书写的单行发光文字断开。"每次抄写员开始抄新的章节时，就会换另一种颜色的墨水，"他说，"这卷书稿的正文是一个抄写员写的，因为笔迹通篇都是一样的，所以他可能需要6个月甚至7个月的时间才能完成。"①

不过，实际上，海达拉手中的这卷手稿是由多人协作完成的。几个世纪以来，许多学者都在伊本·哈利坎原作的每一页空白处用极小的阿拉伯文字添加了注释。伊本·哈利坎曾在大马士革学习，一生的大部分时间都生活在开罗。海达拉用手指轻轻地摩挲着这些看似潦草的字迹，对墨水的不同质地和笔迹的变化做了一番评说。手稿中的许多地方，原纸已经腐坏，被小心地补上了新的纸片，使得手稿看起来像是拼拼凑凑的旧物，就像一件被反复修补的心爱的衣服。"请注意

---

① 对海达拉的采访。

它被修复、解体、再修复了多少次,"他说,"伟大的知识分子非常看重这样的作品。每一个注释都标有日期、作者的姓名。"①注释一条接着一条,是按照给《塔木德》作注的方式来写的,学者们注意到了彼此的论点,辩论着法律和伦理的要点,他们之间的这种对话延续了好几百年。"这位评论者从作品中选取了一段话,并从法理学角度提出了自己的观点。"他指着挤在边缘的一组阿拉伯文字说道。"这本书有好几版抄本",其中一本是廷巴克图最杰出的学者艾哈迈德·巴巴为他自己的图书馆抄写的。"最大的区别在于这些注解。"

这本百科全书就像一个互联网到来之前的聊天室,但对话在过去数百年里逐渐减少。这样的百科全书在廷巴克图的黄金时代数量大增,反映了当时的人们渴望让从廷巴克图到埃及乃至其他地方的伊斯兰学界保持连贯和有序,让那些寻求扩大人类的理解范围的学者获得认可,甚至流芳百世。它们是中世纪伊斯兰世界的《名人录》,在那个世界远比人们知道的要大、各地的往来远没有那么密切的时代,它们代表了一项了不起的成就,因为整理分散在各处的学者的传记需要耗费大量的时间和精力。在这里,廷巴克图的学术生活的活力和持久性似乎是有形的,无论是在原作,还是在数百年来不断增加的注释里,都得到了印证。海达拉虔诚地翻阅着手稿的纸页,然后轻轻地将它放回了箱子里的书堆最上面。他将它从占领廷巴克图的圣战分子手中救了出来,又把它搬出了巴马科那个淹水的地下室。他合上了箱子,上了锁,招手示意助理将箱子放回储藏室。这卷手稿还有最后一段旅程要走——回到廷巴克图——但是具体什么时候启程,甚至连海达拉自己都不确定。

---

① 对海达拉的采访。

致 谢

如果没有《史密森尼》杂志的编辑们的全力支持，《盗书者》可能永远不会与读者见面。2006年冬，我前往廷巴克图，撰写关于找回手稿、将其送回原处的工作的故事，在接下来的8年里，我又受《史密森尼》杂志的指派两次去马里。第一次是在2008年1月，我在马里待了两周，为一篇关于文物走私的长篇文章做调查，第二次是在2013年8月，去记录阿卜杜勒·卡德尔·海达拉的手稿救援行动的来龙去脉。这些旅行激起了我对这个陌生而美丽的国家的神往，并为本书的写作奠定了基础。在此，我特别感激《史密森尼》杂志的Carey Winfrey、Michael Caruso、Terry Monmaney，尤其是指派我前往的编辑兼我的好友Kathleen Burke，感谢她放任我在这10年里四处游荡，并鼓励我完成这本书。一并要感谢的还有Molly Roberts、Jeff Campagna、Nona Yates、Bruce Hathaway、Jesse Rhodes、Brian Wolly以及《史密森尼》杂志的所有编辑对我的支持。

2013年1月，Robert Silvers派我为《纽约书评》去一趟马里，正好是在法国发起驱逐伊斯兰武装分子的"薮猫行动"几天后，这是一次至关重要的旅程，让我得以用最直接的方式向美国人介绍马里这个国家所经历的创伤。国家研究所[①]的Esther Kaplan为我2013年1月的旅程提供了资金。在接下来的一年里，《纽约书评》也派我去了基达尔和廷巴克图，继续在其知名专栏上让我发表关于马里的报道，并帮助我增长对这个国家的了解。我还要感谢《纽约书评》的Hugh Eakin，在我整个项目中，他始终对我鼓励有加。我也很感激位于华盛顿的普利策危机报道中心的 Jon Sawyer 和 Tom Hundley，该机构资助我于 2014 年 1 月和 2 月穿越马里北部，并在其网站上发表了我的大部分报道和摄影作品。

在过去 10 年里，《纽约时报》的 Stuart Emmrich 和 Suzanne McNeille 发表了数篇旅行作品，让我有机会了解了马里的音乐和文化。网络杂志 The Atavist Magazine 的 Evan Ratliff 和 Katia Bachko 帮助我探究了曼尼·安萨尔和伊亚德·阿格·加利的关系，让我写成了 2015 年 5 月发表的《沙漠蓝调》（The Desert Blues）一文。该报道揭开了许多新的细节，让这本书的叙述更加丰富。《国家地理杂志》的 Oliver Payne 和 Victoria Clark 也为我对手稿故事的研究提供了很好的发表机会和更多的资金支持。

我衷心感激我的老友、巴马科的托古纳旅游公司（Toguna Adventure Tours）的 Karen Crabbs，自 2006 年以来，她为我安排了 6 次穿越马里的行程，其中几次还是在这个国家最为动荡的时候。Karen 为我引见了很多重要的消息人士，为我找到了疏通关系的人和翻译，对安全状况和政治局势提供过非常敏锐的判断，并带我体验了巴马科活力四射的夜生活。2013 年的一个晚上，我在巴马科与她共进晚餐时，我第一次开始思考要写一本关于马里的书，在本书付梓之前，她一直是该书最重要的宣传者。马里最著名的记者亚当·提亚姆让我看了他关于圣战分子接管马里北部的报道，还给了我他在廷巴克图和加奥等地的联络人名单。2013 年 1 月，通过 Karen Crabbs 的牵线搭桥，我第一次见到了曼尼·安萨尔，后者成了我了解马里音乐、塔里温乐队、图阿雷格文化和历史以及他曾经的密友伊亚德·阿格·加利的生平的重要消息来源。2013 年和 2014 年，我们在奥斯陆、柏林、巴马科和塞古等地多次见面，曼尼总是慷慨地抽出时间，跟我分

---

① 1966 年成立时名为 Nation Institute，现更名为 Type Media Center，运作着六个项目，是一个由数百名记者、作家和写作爱好者组成的社区，为记者、思想家、活动家提供资金、奖金和讨论时代问题的平台。——编者

享很多陈年记忆，包括一些痛苦不堪的。Azima Ag Ali Mohammed 多次在廷巴克图为我导游，也为我打开了通往这个城市秘密角落的大门。穆罕默德·图雷（Mohammed Touré），至今隐姓埋名的英雄，那群了不起的图书馆员之一，以扣人心弦的细节向我讲述了他的故事。音乐学家、塔里温乐队的研究者 Andy Morgan 对我详尽地讲述了该乐队和图阿雷格族的近期历史。

我要万分感谢阿卜杜勒·卡德尔·海达拉（Abdel Kader Haidara），2006 年，我与他在廷巴克图初次相见，在 2014 年 1 月我回到马里准备着手写这本书之前，我们一直保持着断断续续的联系。在巴马科和布鲁塞尔，海达拉花了 20 个小时给我讲述他的人生故事，对我表现出了无限的耐心，为我打开了一个世界，让我了解了他对伊斯兰教、廷巴克图社会、桑海文化，当然还有对廷巴克图黄金时代的伊斯兰手稿传承的见解。

在巴黎，我的老友兼同事、《华盛顿邮报》的前传奇驻外记者 Jon Randal 介绍我认识了他在法国国防部的熟人，让我有机会结识了参与"薮猫行动"的几位关键的军官。他们帮助我重现了在马里北部沙漠中打击圣战分子的这场鲜为人知却至关重要的战役。感谢 Pierre Bayle、伯纳德·巴雷拉（Bernard Barrera）将军、拉斐尔·乌铎·德·丹维尔（Raphaël Oudot de Dainville）上尉以及法军第二步兵团奥弗涅军团的 Bruno Bert 上校，后者在他位于克莱蒙费朗的营地接待了我，并将我介绍给了他的军团，我们一起吃了一顿很长时间的午餐，喝了好几杯法国葡萄酒和香槟。Vivienne Walt 和 Jeffrey Schaeffer 容我住在他们位于塞弗尔-巴比伦的公寓里，并对我撰写本书表现出了极大的友好和热情。此外，还要感谢巴黎的乔治·蓬皮杜艺术中心国家图书馆的工作人员，感谢他们为我查阅重要的档案资料提供了便利。

美国这边，前驻马里大使薇姬·哈德尔斯顿（Vicki Huddleston）多次亲自通过电话和电子邮件回答了我关于美国如何应对萨赫勒地区日益严重的圣战威胁的问题。前大使吉莉安·米洛瓦诺维奇（Gillian Milovanovic）、前将军查克·瓦尔德（Chark Wald）和前武官威廉·曼提普利（William Mantiply）也都慷慨地贡献了他们的时间。亨利·路易斯·盖茨（Henry Louis "Skip" Gates）给我讲了他与阿卜杜勒·卡德尔·海达拉会面时通常鼓舞人心、有时又令人恼火的生动细节。

我还要感谢 Scott Johnson、Janet Reitman、Lee Smith、Kathleen Hughes、Bob and Frankie Drogin、Keith Richburg、Nicole Gaouette、Yudhijit Bhattacharjee、Clifton Weins、Michael Kimmelman 以及在伦敦的 Alex Perry 为我的叙事提供了鼓励和建议；我的父亲 Richard Hammer 和我的继母 Arlene Hammer、我的母亲 Nina Hammer 和我的继父 Mitchell Cotter 也是如此。在西蒙与舒斯特（Simon & Schuster），我的编辑 Priscilla Painton 在 Megan Hogan、Sophia Jimenez 以及 Jonathan Evans 的得力协助下，不知疲倦地为本书忙活着，他们激发我的热情，帮我寻找和打磨故事，并想出了这个精彩的书名。我的经纪人 Flip Brophy 也一如既往坚定地支持着我。

柏林那边，Paul Hockenos、Mark Simon、Sam Loewenberg 以及 Melissa Eddy 在许多次愉快的用餐和交谈中，让我感受到了他们的友谊和支持，感谢他们的建议。Annette Krämer 全心全意地照顾着她的外孙 Tom，为我减轻了家庭负担，使我能够旅行和写作。我的儿子 Max、Nico 和 Tom，让我坚持我的思考，保持高昂的情绪投入工作。最重要的是，我要感谢我的伴侣 Cordula Krämer，感谢她在本书进行的所有起起伏伏的过程中不懈的奉献、支持和爱，感谢她能出色地胜任一份富有挑战性的工作并成为一个 3 岁孩子的好妈妈。从某种意义上说，她跟那些图书馆员一样了不起。

Simplified Chinese Translation Copyright © 2024

By Shanghai Translation Publising House

The Bad-ass Librarians of Timbuktu: And Their Race to Save the World's Most Precious Manuscripts

Original England Language Edition Copyright © 2016 by Joshua Hammer

All Rights Reserved.

Published by arrangement with the original publisher, Simon & Schuster, Inc.

图字：09 - 2023 - 0421 号

图书在版编目(CIP)数据

盗书者：廷巴克图的生死时速 /（美）约书亚·哈默(Joshua Hammer) 著；吴娟娟译. -- 上海：上海译文出版社, 2025. 1. -- (译文纪实). -- ISBN 978-7-5327-9716-5

Ⅰ. I712.45

中国国家版本馆 CIP 数据核字第 2024WW7799 号

盗书者：廷巴克图的生死时速

［美］约书亚·哈默 著 吴娟娟 译
责任编辑/钟 瑾 装帧设计/柴昊洲 邵 旻 观止堂_未氓

上海译文出版社有限公司出版、发行
网址：www.yiwen.com.cn
201101 上海市闵行区号景路159弄B座
上海市崇明裕安印刷厂印刷

开本 890×1240 1/32 印张 7.25 插页 2 字数 101,000
2025 年 1 月第 1 版 2025 年 1 月第 1 次印刷
印数：0,001 - 6,000 册

ISBN 978 - 7 - 5327 - 9716 - 5
定价：55.00 元

本书中文简体字专有出版权归本社独家所有，非经本社同意不得转载、摘编或复制
如有质量问题，请与承印厂质量科联系。T：021 - 59404766